Ein unvorstellbar unsinniges Abenteuer

Katherine Rundell, geboren 1987, wuchs in London, Simbabwe und Brüssel auf. Sie ist Fellow am All Souls College, Oxford, und schreibt Bücher für Erwachsene ebenso wie für Kinder. »Ein unvorstellbar unsinniges Abenteuer« ist schon ihr fünftes Buch bei Carlsen und wurde in England bereits vielfach ausgezeichnet.

Katherine Rundell

Ein unvorstellbar unsinniges Abenteuer

Aus dem Englischen von Henning Ahrens

CARLSEN

Außerdem von Katherine Rundell im Carlsen Verlag:

Zu Hause redet das Gras

Sophie auf den Dächern

Feo und die Wölfe

Mitten im Dschungel

FSC
www.fsc.org
MIX
Paper from responsible sources
FSC® C021394

Wir produzieren nachhaltig

- Klimaneutrales Produkt
- Papiere aus nachhaltigen und kontrollierten Quellen
- Hergestellt in Europa

Veröffentlicht im Carlsen Verlag
Januar 2023

Umschlagillustrationen: shutterstock.com: Oliver Hoffmann, Mauromod, Slowga, Tatiana Buzikova, milhad, Ewa Kwasniewski, George J
Umschlaggestaltung: formlabor
ISBN 978-3-551-32091-9

Für Ellen Holgate, meine Lektorin,
und Claire Wilson, meine Agentin.
Mit zwei solcher Frauen zu arbeiten,
ist ein wahres Glück.

1

Vita reckte entschlossen das Kinn und nickte der Stadt zu, wie ein Boxer vor dem Kampf seinem Gegner zunickt.

Sie stand allein auf dem Deck des Schiffes. Das tosende Meer schleuderte die Gischt meterhoch in die Luft. Alle anderen Passagiere des Ozeandampfers, auch Vitas Mutter, waren so vernünftig gewesen, in ihren Kabinen Zuflucht zu suchen.

Aber vernünftig zu sein ist manchmal unvernünftig.

Vita hatte sich davongeschlichen und stand draußen, beide Hände fest um die Reling geschlossen, während das Schiff auf einer Welle von den Ausmaßen eines Opernhauses ritt. So kam es, dass sie als einziger Passagier den ersten Blick auf die Stadt erhaschte.

»Da ist sie!«, rief ein Decksarbeiter. »In der Ferne, an Backbord!«

Die Häuser New Yorks schälten sich aus dem Nebel, hoch und blaugrau und schön; so wunderschön, dass es Vita zum Bug zog, um die Stadt von dort weiter zu betrachten. Sie beugte sich so weit wie möglich über die Reling, als plötzlich etwas auf sie zusauste.

Sie zog erschrocken den Kopf ein. Am Himmel machte eine Möwe Jagd auf eine junge Krähe, hackte kreischend nach ihrem Rücken. Vita runzelte die Stirn. Das war kein fairer Kampf, fand sie. Sie kramte zornig in der Tasche und ihre Finger schlossen sich um eine smaragdgrüne Murmel. Sie zielte, schätzte kurz entschlossen Entfernung und Winkel ab, holte aus und warf.

Die Murmel erwischte die Möwe am Hinterkopf. Sie kreischte wie eine empörte Herzogin, und die Krähe riss sich im Flug herum und sauste zu den Wolkenkratzern von New York zurück.

Im Hafen nahmen sie ein Taxi. Vitas Mutter zählte ein paar Münzen ab und nannte dem Fahrer die Adresse. »Bitte fahren Sie uns so weit, wie es das Geld gestattet«, sagte sie, und er warf einen Blick auf ihre sorgfältig geflickten Säume und nickte.

Manhattan sauste vor den Scheiben vorbei, sturmumtoste Gebäude, zwischen denen bunte Farben aufleuchteten. Sie kamen an einem Kino vorbei, das mit Bildern Greta Garbos geschmückt war, und an einem Mann, der aus einem Karren gekochte Hummerscheren verkaufte. Eine Straßenbahn raste über eine Kreuzung und verfehlte knapp einen Lastwagen, der für Gewürzgurken der Marke *Colonial* warb. Vita saugte die Stadt in sich auf. Sie versuchte, sich den Verlauf der Straßen einzuprägen, im Kopf einen Stadtplan anzulegen; sie flüsterte die Namen: »Washington Street, Greenwich Avenue.«

Sobald die Summe aufgebraucht war, gingen sie zu Fuß weiter. Sie schritten auf der Seventh Avenue so schnell aus, wie es Vita im stürmischen Wind und mit Koffern in den Händen möglich war, wichen Männern im Nadelstreifenanzug und Frauen mit hochhackigen Schuhen aus.

»Da!«, sagte Vitas Mutter. »Dort wohnt Grandpa.«

Das Apartmentgebäude aus braunem Stein, das an der Ecke Seventh und West 57th stand, erhob sich hoch und stattlich über dem geschäftigen Bürgersteig. Ein Zeitungsjunge stand davor und brüllte Schlagzeilen in den Wind.

Auf der anderen Straßenseite stand ein Gebäude aus hellrotem Backstein mit reich verzierter Fassade und Bogenfenstern. Man hatte Flaggenhalter über dem Eingang angebracht, in denen zwei wild flatternde Fahnen steckten. Darüber standen die Worte *Carnegie Hall*, hervorgehoben durch buntes Glas.

»Sieht alles sehr … edel aus«, sagte Vita. Das Apartmentgebäude schien verächtlich auf die Welt hinabzusehen. »Bist du dir sicher, dass er *hier* wohnt?«

»Ganz sicher«, sagte ihre Mutter. »Er wohnt ganz oben, direkt unter dem Dach. Früher war es die Dienstmädchen-Wohnung. Es wird eng, aber wir bleiben ja nicht lange.« Sie hatten Tickets für eine Rückreise in drei Wochen gebucht. Vitas Mutter meinte, dass sei genug Zeit, um Grandpas Unterlagen zu sichten, einige Sachen zu packen und ihn zu überreden, zusammen mit ihnen heimzukehren.

»Komm!« Ihre Mutter klang unnatürlich heiter. »Wir klopfen an seine Tür.«

Der Fahrstuhl war kaputt, also rannte Vita die Treppen hinauf, so schnell ihre Beine sie trugen. Ihr Koffer knallte gegen die Wände, als sie schmale Treppen hinaufhetzte, ohne ihren linken Fuß zu beachten, der immer stärker schmerzte. Sie war außer Puste, als sie die Wohnungstür erreichte. Sie klopfte, aber ihr Grandpa reagierte nicht.

Vitas Mutter schnaufte die letzte Treppe hinauf. Sie bückte sich und zog den Türschlüssel unter der Fußmatte hervor. Dann zögerte sie, den Blick auf ihre Tochter gesenkt. »Es ist bestimmt nicht so schlimm, wie wir glauben«, sagte sie, »aber …«

»Mama! Er wartet!«

Ihre Mutter schloss die Tür auf, und Vita stürmte durch den Flur; in der Wohnzimmertür blieb sie wie angewurzelt stehen.

Grandpa war stets dünn gewesen; gut aussehend und schlank, mit langen, schmalen Fingern und spitzbübischen, blaugrauen Augen. Nun war er hager und seine Augen hatten sich tief in den Schädel zurückgezogen. Er ballte die Hände zu Fäusten, als wollte er sich mit jeder Faser seines Körpers aus der Welt zurückziehen. Neben seinem Stuhl lehnte ein Gehstock an der Wand – er hatte noch nie einen Stock gebraucht.

Er nahm sie nicht gleich wahr und sein Gesicht wirkte kurz wie ein Ebenbild tiefster Trauer.

»Grandpa!«, sagte Vita.

Da wandte er sich um und sein Gesicht leuchtete auf und sie bekam wieder Luft.

»Satansbraten!« Er stand auf und Vita warf sich in seine Arme und er lachte, obwohl ihm die Luft wegblieb.

»Julia«, sagte er, als Vitas Mutter eintrat. »Dein Telegramm kam erst vor drei Tagen, andernfalls hätte ich dir die Überfahrt ausgeredet …«

Vitas Mutter schüttelte den Kopf. »Versuch mal, uns zu stoppen, Dad.«

Grandpa drehte sich wieder zu Vita um. »Schenkst du mir noch ein Lächeln, Satansbraten?«

Also lächelte sie, anfangs ganz natürlich, und dann, als er seinen Blick nicht abwandte, immer breiter, bis sie das Gefühl hatte, jeden einzelnen Zahn zu zeigen.

»Danke, Satansbraten«, sagte er. »Du lächelst immer noch wie deine Großmutter.« Vitas Magen verkrampfte sich, als sie sah, dass ihrem Großvater Tränen in die Augen traten.

»Grandpa?«

Er hustete und lächelte und räusperte sich. »Mein Gott, wie gut, euch zu sehen. Aber das wäre nicht nötig gewesen.«

Julia schob Vita zur Tür. »Schau dir mal dein Zimmer an, Süße«, sagte sie.

»Aber …«

»Bitte«, sagte ihre Mutter. Sie sah bleich und erschöpft aus. »Sofort.«

»Es ist am Ende des Flurs«, sagte Grandpa. »Eher ein Schrank als ein Zimmer, fürchte ich«, ergänzte er, »aber mit einem herrlichen Ausblick.«

Vita ging langsam durch den Flur, den Koffer in der Hand. Sie bemerkte, dass die Dielen knarrten und die Wandfarbe abblätterte. Sie wollte die Tür aufdrücken, aber sie klemmte. Vita stützte sich an der Wand ab und trat mit ihrem gesunden Fuß gegen die Tür. Sie flog auf und es regnete Putzbröckchen.

Das Zimmer war so winzig, dass Vita dort, wo sie stand, alle vier Wände hätte berühren können, aber es gab einen Schrank und ein Fenster mit Blick auf die Straße. Vita setzte sich aufs Bett, zog den linken Schuh aus und nahm ihren Fuß in beide Hände. Sie knetete die Sohle, dehnte und bewegte die Zehen und versuchte nachzudenken.

Sie waren am Ziel. Sie hätte hellauf begeistert sein müssen. Sie hatten den Ozean überquert, waren um die halbe Welt gereist und draußen vor dem Fenster wartete New York auf sie, die Skyline strebte zum Himmel wie ein Schriftzug, hingeworfen von einem temperamentvollen Gott.

Aber nichts davon zählte, weil es Grandpa nicht so schlecht ging wie erwartet. Sondern noch viel schlechter.

Vitas Rocktaschen waren voller Kiesel aus ihrem Garten; sie suchte die größten heraus und warf sie gegen die Schranktür. Das half ihr beim Nachdenken.

Einem Zuschauer wäre vielleicht aufgefallen, dass jeder Stein den Griff des Schrankes genau in der Mitte traf – aber niemand sah zu und Vita selbst achtete nicht groß darauf. Sie vergeudete keinen Gedanken an die Kiesel.

Sie musste etwas tun, um das Unrecht wiedergutzumachen. Sie wusste noch nicht was oder wie, aber es liegt wohl in der Natur der Liebe, dass sie den Menschen keine Wahl lässt.

2

Das Unheil war aus heiterem Himmel über Grandpa hereingebrochen, aber ein Unheil kündigt sich natürlich selten an. Sein Telegramm an Vitas Mutter war kurz gewesen: DEINE MUTTER IST LETZTE NACHT VERSTORBEN.

Vita hatte wie gelähmt auf der Fußmatte gehockt. Ihre kreidebleiche Mutter trug sie ins Bett, und dort tranken sie Johannisbeersaft und erzählten einander von Grandma, die mit Grandpa rund um die Welt gereist war und so tief in der Kehle gelacht hatte wie ein Seebär. Diese Geschichten trösteten beide ein bisschen, denn es kann heilsam sein, wenn man erzählt.

Damit war es aber noch nicht vorbei. Weitere Briefe folgten. Die ersten waren kurz und düster. Hudson Castle, schrieb Grandpa, wimmele von Gespenstern.

Verglichen mit anderen Burgen war Hudson Castle eher klein. Vitas Ururgroßvater hatte es von einem Hügel in Frankreich gepflückt und Stein um Stein über den Ozean nach Amerika verschiffen lassen. Damals hatte die Burg als prachtvoll, aber auch als etwas verrückt gegolten. Nun war sie baufällig und begann zu bröckeln, war aber wunderschön, und Grandpa wohnte dort mutterseelenallein.

Dann tauchte ein Hoffnungsschimmer am Horizont auf. Ein Mann, schrieb Grandpa, wolle Hudson Castle mieten. Er habe vor, die Burg in eine Schule umzuwandeln. Grandpa würde als Direktor weiter dort wohnen; er hätte wieder eine Aufgabe, etwas zu tun. Noch waren keine Verträge unterzeichnet, aber der Mann wolle unbedingt mit der Renovierung beginnen. Er heiße Sorrotore und sei ein New Yorker Millionär.

Grandpa tat einen Artikel in den Umschlag. Das Zeitungsfoto zeigte einen Mann, der in New York vor einem mächtigen Gebäude stand und wie ein Hollywood-Star in die Kameras lächelte. *»Victor Sorrotore vor seinem Zuhause im Dakota Building«*, lautete die Bildunterschrift.

»Victor Sorrotore«, flüsterte Vita und prägte sich für alle Fälle sein Gesicht ein.

Es dauerte keine Woche, da schlug Sorrotore zu. Grandpa stellte bei der Rückkehr von einem Nachmittagsspaziergang fest, dass der Weg in sein Zuhause versperrt war. Ein fremder Mann kam mit zwei Wachhunden aus dem Hausmeister-Cottage und richtete ein Gewehr auf ihn. »Hudson Castle gehört Mr Sorrotore«, sagte der Wächter. »Verschwinde!«

Grandpa war während seines gesamten Lebens als Erwachsener nie befohlen worden, zu verschwinden. Er wollte sich am Wächter vorbeidrängeln, aber einer der Hunde biss ihn ins Bein; er schnappte nicht nur danach, sondern schlug eine blutende Wunde. Das Gewehr wurde auf die Brust von Vitas Großvater gerichtet. Er stieg daraufhin verstört in einen Zug nach New York, mietete die winzige Wohnung in der Seventh Avenue und suchte Sorrotores Anwalt auf.

Der Anwalt zeigte sein Erstaunen, wie das nur Anwälte können: Er zog die Augenbrauen so hoch, dass sie fast auf den Hinterkopf rutschten. Grandpa wisse doch, sagte der Anwalt, dass er die Burg an Sorrotore verkauft habe. Er habe das Geld schon auf dem Konto. Eine bescheidene Summe – zweihundert Dollar –, aber es sei doch wohl klar, dass Hudson Castle inzwischen eine Belastung darstelle, und deshalb sei Grandpa sicher froh, es losgeworden zu sein. Grandpa überprüfte sein Konto; man hatte das Geld tatsächlich überwiesen.

Daraufhin versuchte Grandpa, einen Anwalt zu engagieren, um Sorrotore zu zwingen, die Eigentumsurkunde vorzulegen, aber die Kosten der Anwälte überstiegen seine Möglichkeiten. »Gerechtigkeit«, schrieb er in seinem letzten Brief, »können sich offenbar nur Reiche leisten.« Er wolle nun versuchen, das Haus zu vergessen, in dem er das Licht der Welt erblickt habe. Er wolle versuchen, schrieb er, das Leben zu vergessen, das er dort mit Lizzy geführt habe: das sei wohl das Beste.

Als Vita diesen Brief las, schnürte es ihr die Kehle zu. Hudson Castle war Grandpas Zuhause. In der Burg hätte er mit all seinen Erinnerungen an Grandma Lizzy leben können. *»Nein«*, hauchte sie.

Dann schaute sie ihre Mutter an, deren Miene für frische Hoffnung sorgte. Ihre Mutter war zart gebaut und hatte eine feine Stimme, aber auch einen eisernen Willen. Vita hatte die braunen Augen und das trotzige Kinn von ihr geerbt.

Am nächsten Tag kehrte ihre Mutter mit zwei Tickets aus der Stadt zurück. »Wir holen ihn nach England, ob es ihm passt oder nicht. Das Schiff legt in Liverpool ab«, sagte sie. »Wir brechen gleich heute Abend auf.«

Vita bemerkte, dass Verlobungsring und Ehering von der linken Hand ihrer Mutter verschwunden waren. Sie fragte nicht weiter, sondern ging packen. Auf dem Weg zum Schlafzimmer rumsten ihre Schuhe wie die Stiefel eines Soldaten auf dem Weg in die Schlacht.

Grandpa hatte Vita das Werfen beigebracht.

Vitas Großvater hieß Jack Welles. Genau genommen – denn er stammte aus einer jener Familien, die lange Namen, lange Autos und lange Abendessen schätzen – lautete sein Name William Jonathan Theodore Maximilian Welles. Das Familienvermögen war längst den Bach hinuntergegangen, aber der Hang zu extravaganten Namen hatte sich erhalten. Sein Vater war Amerikaner, seine Mutter und seine Bildung waren britisch. Jack war von Haus aus Juwelier. Er war groß genug, um eine Bedrohung für Türrahmen darzustellen, und schmal genug, um seine Beine durch einen Briefkastenschlitz schieben zu können.

Als Vita fünf war, geschah zweierlei: Ihr Vater starb als Soldat im Weltkrieg und sie infizierte sich mit Kinderlähmung. Ihre Mutter kämpfte mit ungestümer, nimmermüder Leidenschaft gegen die Krankheit an. Vita lag lange, dunkle Monate in einem Krankenhausbett, das sie nur verließ, um in oxidiertem Wasser mit Mandelmehl zu baden. Man flößte ihr sogar Goldchlorid und Pepsinwein ein. Nach einer Weile sah sie viel älter aus, als sie war.

Eines Tages reisten ihre Großeltern aus Amerika an. Grandpa saß neben ihrem Bett, gab ihr einen Tischtennisball und meinte, sie solle ihn rufen, sobald es ihr gelänge, den Chefchirurgen zu treffen. Dann malte er mit der sicheren Hand eines Juweliers einen klitzekleinen Kreis auf die weit entfernte Wand.

Sie warf daneben und wieder daneben, bis sie schließlich nicht mehr danebenwarf.

Grandpa trainierte sie wie eine Athletin. Auch er konnte meisterhaft werfen und Vita warf stundenlang. Sie warf mit Kieselsteinen, Murmeln, Dartpfeilen, Papierfliegern. Als sie das Krankenhaus verließ, war sie sieben Jahren alt und konnte ein Steakmesser so werfen, dass es in eleganten Schwüngen durch die Luft flog und am anderen Ende des Zimmers mit der Klinge voran punktgenau in einem Butterfässchen landete.

Vita wuchs und ihre Knochen wurden kräftiger und schließlich wurde die Beinschiene abgenommen. Ihre linke Wade war dünner als die rechte, ihr linker Fuß bog sich nach innen und ein Schuster fertigte ihre Schuhe gratis aus dem weichsten Leder, das er auftreiben konnte. Ihre Mutter verzierte den Spann mit Nähten aus roter Seide und stickte Vögel darauf. Vita konnte rennen, obwohl sich ihre Muskeln verkrampften und wehtaten, und obgleich sie gern jammerte, wenn sie sich schnitt, verlor sie kein Wort über diese Schmerzen.

Sie blieb relativ klein und war still und wachsam. Sie hatte sechs Lächeln und fünf davon waren aufrichtig. Alle waren es wert, gesehen zu werden. Ihre Haare waren rotbraun wie ein frisch gewaschener Fuchs.

Julia, ihre Mutter, sprach ihre ständigen Zielübungen nur ein einziges Mal an.

»Sie wird es nicht einfach haben«, meinte Grandpa. »Und sie wirkt so zerbrechlich. Da ist es nicht verkehrt, wenn sie weiß, wie man mit Steinen wirft.«

Als Vita acht war, konnte sie einen Apfel hoch oben im Baum aus fünfzig Schritten Entfernung treffen. Sie konnte einen Stein dreiundzwanzig Mal hintereinander über das Wasser springen lassen. »Zu Hause in New York ist dein Grandpa der beste Werfer«, sagte Grandma Lizzy. Sie war eine große Frau mit Adlernase und gütigen Augen. »Aber ich glaube, du bist noch besser.«

Grandpa sah zu, wie Vita einen Stein schwungvoll aufs Meer warf. »Nun musst du lernen, was es mit der Geschwindigkeit auf sich hat – wie der Luftwiderstand den Kurs eines Wurfgeschosses ändert. Das musst du nachlesen! Und dir einprägen! Du musst möglichst viel lernen, denn Lernen heißt leben! Herrlich!« Grandpa war der einzige Mensch, fand Vita, der beim Reden Funken sprühte wie ein Feuerstein, den man gegen Stahl schlug.

Schließlich fuhren Grandpa und Grandma wieder nach Amerika, zurück zum Hudson Castle. Bald darauf wurde alles anders und führte Vita in dieses klitzekleine Dachbodenzimmer, durch das sie nun beobachtete, wie über New York die Sonne unterging.

3

In jener ersten Nacht standen weder Mond noch Sterne am Himmel, aber in New York ist es niemals dunkel. Als Vita nach Mitternacht aufstand, war die Stadt noch wach. Sie ging zum Fenster; das Apartmentgebäude war hoch, höher als die umliegenden Häuser, und sie konnte die Straßen sehen, die zum tiefdunklen Central Park führten. Straßenlaternen, Lichter in den Häusern, die zwielichtigen Kellerfenster verbotener Flüsterkneipen, Autoschweinwerfer, Zigarrenglut; Manhattan bebte und glühte.

Vita hatte das Gefühl, dass sich Schlafen verbot. Im Gebäude nebenan war ein Restaurant, aus dem der Klang zweier Geigen und schiefer, männlicher Gesang drangen.

Der rote Backstein der gegenüberliegenden Carnegie Hall schimmerte bronzefarben im Schein der Straßenlaternen, die Fassade strahlte eine stille Würde aus. Dann blinzelte Vita und sah genauer hin.

Die Fassade war weder still noch würdevoll, denn ein Junge schickte sich an, im dritten Stock aus einem Fenster zu springen.

Er kletterte auf die Fensterbank. Er war schmal gebaut,

hatte dunkle Haut und abstehende Ohren und er sah nicht nach unten, sondern hatte den Blick auf die Stadt gerichtet.

Ein zweiter, kleinerer Junge flitzte um die Ecke des Gebäudes. Er lachte und zog mit beiden Händen eine Matratze über den Bürgersteig. Er ließ die Matratze fallen und rief: »*Listo*! Alles bereit! *Hops*!«

Der Junge auf der Fensterbank hob die Arme über den Kopf, und bevor Vita ihm zurufen konnte, er solle das lassen, stieß er sich ab und sprang. Vita stockte der Atem. Er presste die Knie fest gegen seine Brust, drehte sich im Fallen zwei Mal um sich selbst, machte sich kurz vor dem Aufprall kerzengerade und landete mit den Füßen auf der Matratze. Er tat einen Schritt, kippte auf die Knie und sprang wieder auf. Der kleinere Junge schrie triumphierend und der größere lächelte verhalten.

Dann hob er den Blick und sah Vita, die sich gefährlich weit aus dem Fenster lehnte, dessen Kante in ihren Bauch schnitt. Alle starrten einander mit großen Augen an. Dann lächelte der größere Junge wieder rätselhaft und der kleinere Junge lachte und winkte. Als Vita den beiden etwas zurufen wollte, bogen sie schon um die Ecke, der Kleinere mit der Matratze im Schlepptau.

Vita schaute auf den Bürgersteig, entdeckte aber niemanden, der hätte bezeugen können, dass soeben ein Junge durch die Luft geflogen war.

»Vergiss sie nicht«, flüsterte sie. *»Nur für den Fall. Nur für den Fall.«* Als hätte sie das je vergessen können.

Am ersten Morgen in New York erwachte Vita zu Musik, die draußen vor ihrem Fenster erklang. Sie spuckte auf einen Finger, um sich den Schlaf aus den Augen zu wischen, und schaute nach draußen. Auf dem Bürgersteig stand ein Mann, der den Hut tief in die Stirn gezogen hatte, und drehte die Kurbel seines Leierkastens.

Der Tag war sonnig und strahlend blau, aber so kalt, dass sie beim Waschen ihre Atemwolken sah. Sie zog eine warme Strickjacke und einen knallroten Rock mit viel Beinfreiheit an. Sie schloss sorgsam ihre roten Seidenstiefel und kämmte sich mit den Fingern.

Grandpa saß im Wohnzimmer in einem Sessel und betrachtete den Himmel. Als sie hereinkam, drehte er sich nach ihr um, und sie merkte, wie viel Mühe es ihn kostete, wie gewohnt zu lächeln.

»Satansbraten! Guten Morgen. Deine Mutter ist schon los, um mit meinem Bankberater zu sprechen und auszuloten, was man tun kann. Sie hat ganz besonders kämpferisch dreingeschaut.«

Vita nickte. Wenn ihre Mutter ein Ziel hatte, steuerte sie es mit der Beharrlichkeit eines Kriegsschiffes an, das keinen Millimeter vom Kurs abwich.

»Sie sagt, sie sei viel unterwegs, denn sie müsse meinen Pass erneuern und alles, was ich auf dem Konto habe, nach Großbritannien überweisen – also bin ich für dich und das, was du treibst, verantwortlich. Ich musste ihr schwören, dass wir vernünftig sind.« Er zog eine Augenbraue hoch. »Weißt du schon, was du heute machen willst?«

Vita sagte: »Ich mache jetzt Würstchen mit Ketchup.« Sie hatte Ketchup auf dem Schiff entdeckt und seither täglich gegessen, es war eine Offenbarung. »Willst du auch was?«

Er schüttelte den Kopf. »Sehr nett, aber ich verzichte.«

»Vielleicht Kaffee?« Vita wusste, dass man in Amerika Kaffee trank. Sie fand, dass er wie wütender Matsch schmeckte, aber sie wusste, dass andere ihn gern tranken. »Ich weiß zwar nicht, wie man ihn zubereitet, aber ich kann es probieren.«

»Nein, besten Dank.«

»Kann ich nichts für dich tun?«

»Du bist bei mir und das genügt.«

Sie wusste aber, dass es nicht genügte, denn als sie in die Küche gehen wollte, bemerkte sie, dass er wieder mit leerem Blick im Sessel zurücksank.

Sie fand Würstchen und tat sie in den Ofen und wollte gerade ein Messer in die Ketchup-Flasche tauchen, als Grandpa rief.

»Satansbraten? Bist du noch da?«

Vita sauste zu ihm, so schnell sie ihre Beine trugen. »Ja!«

»Setz dich zu mir, während die Würstchen brutzeln. Ich muss dir etwas Wichtiges sagen.« Grandpa schaute an ihr vorbei, er schaute an den Dächern vorbei, sein Blick schien über die Stadt hinauszugehen und sein Blick war wütend.

»Was denn?« Als er nicht reagierte, setzte sie sich auf den Fußboden und legte ihm eine Hand auf den Fußknöchel. Sie hatte herausgefunden, dass es tröstlich war, wenn einem jemand die Hand auf den Fußknöchel legte, vorausgesetzt, es war der richtige Jemand.

»Du musst jetzt gut zuhören«, sagte er. »Du warst immer eine extrem gute Zuhörerin, Satansbraten. Zu deiner eigenen Sicherheit muss ich dich über Sorrotore aufklären. Und du musst wissen, was er mir geraubt hat.«

»Deine Grandma hat die alte Burg zum Leben erweckt«, sagte Grandpa. »Sie ließ Pflanzen an Stellen wachsen, wo eigentlich nichts gedieh. In den Mäulern der Wasserspeier wuchsen Erdbeeren und auf den Fenstergittern rankten Rosen, die bis in die Fenster reichten. Die Kloschüssel war so von Efeu überwuchert, dass man sie kaum noch benutzen konnte.« Er kniff die Augen zusammen, als könnte er alles sehen, und der Anblick schien ihn zu schmerzen.

»Mein Urgroßvater würde sich für mich schämen«, sagte Grandpa. »Er glaubte bei seinem Tod, er würde uns im Luxus zurücklassen – Kutschen, Pferde, Juwelen. Lauter Diamanten, Rubine, Saphire. Fast alle gingen verloren. Mein Großvater verspielte das meiste. Aber was ich getan habe, ist noch viel schlimmer. Ich habe unser Zuhause verloren. Mein Gott – was würde Lizzy sagen, wenn sie das wüsste?«

»Sie würde sagen, dass es nicht deine Schuld ist«, erwiderte Vita entschieden. »Das weiß ich.«

»Die Welt stand uns offen, als wir jung waren. Das letzte Schmuckstück war eine Kette – mit einem Smaragd-Anhänger, groß wie ein Löwenauge. Wir ließen ihn schätzen, als wir Geld brauchten, um das Dach zu erneuern. Er war Tausende wert. Oh, Satansbraten – hättest du uns nur gesehen! Sie legte die Kette mit dem Smaragd an und dann gingen wir tanzen.«

Vita versuchte, keine Miene zu verziehen, nicht aufgeregt dreinzuschauen. »Tausende Dollar?«

»Sie war so schön. Ich habe ein Foto gemacht, als sie die Kette trug – meine Liz! Sie liebte den Smaragd ...« Er verstummte und hustete erstickt. »Nach ihrem Tod wusste ich nicht, was tun – also habe ich ihn versteckt. Ich habe den Anblick nicht mehr ertragen. Und er liegt immer noch im Versteck. Oh, Vita.« Er holte tief und rüttelnd Luft und versuchte, gelassener zu schauen.

Eine Kette mit Smaragd. Dieser Gedanke durchzuckte Vita wie ein Stromstoß. Sie konnte die Burg nicht zurückerobern; aber ein Smaragd war etwas anderes. Ein Smaragd, so groß wie das Auge eines Löwen und Tausende Dollar wert – der konnte alles ändern.

Ich kann ihn finden. Ich kann ihn zurückholen.

Und ich könnte ihn verkaufen. Ich könnte mit dem Erlös einen Anwalt bezahlen und diesen Sorrotore zwingen, Grandpa sein Zuhause zurückzugeben.

»Nein, unmöglich«, sagte sie zu sich selbst. *Aber*, flüsterte ein leises Stimmchen in ihrem Inneren, *unmöglich heißt ja nicht, dass es keinen Versuch wert wäre.*

Vita legte einen Apfel auf ihre Kommode. Sie setzte sich auf das Bett, das Taschenmesser in der Hand, und konzentrierte sich auf die Spitze des Apfelstiels.

Farben flackerten hinter ihren Augen und sie schob die Alltagsgedanken beiseite, den üblichen Kleinkram, und suchte nach dem stillen Ort in ihrem Geist. Grandpa hatte immer gesagt: »Wenn du dein Denken dorthin lenkst, wo eine Idee dich finden kann, dann wirst du zu guter Letzt auch eine Idee haben.«

Er hatte noch hinzugefügt: »Die Idee muss natürlich nicht unbedingt praktikabel oder erlaubt sein.«

Der Plan, der in ihren Gedanken Gestalt annahm, war tatsächlich weder praktikabel noch erlaubt.

Sie saß lange da, starrte geradeaus und atmete kaum. So still hatte sie noch nie dagesessen. Sie spürte den pochenden Schmerz im Fuß nicht mehr. Ihre Gedanken umrundeten Ecken und entwischten aus Sackgassen.

Der Plan nahm in ihrem Kopf in Großbuchstaben und kursiver Schrift Gestalt an. Er verfestigte sich.

Vita blinzelte und schüttelte sich. Sie klappte die Klinge ihres Taschenmessers aus und warf es durch das Zimmer; der Griff hatte eine Unwucht und drehte sich, aber die Klinge bohrte sich trotzdem mit einem dumpfen Geräusch direkt in das Herz des Apfels. Er flog auf den Fußboden.

Vita lächelte eines ihrer sechs Lächeln. Dann schüttelte sie ein rotes Notizbuch aus ihrem Gepäck und schrieb zwei Wörter hinein:

DER PLAN.

Dann drehte sie das Notizbuch um, weil sie hinten auf einer freien Seite beginnen wollte, und fing an zu schreiben:

Am Tag, als Grandpa und Grandma wieder nach Amerika aufbrachen, bekam ich mein Taschenmesser.

Ich wollte nicht sehen, wie sie abfuhren, also ging ich allein in den Wald. Ich versuchte, die Wucherung an einem Baumstamm mit Steinen zu treffen, warf aber jedes Mal daneben; mein Blick war getrübt.

Eine Stimme hinter mir sagte: »Konzentrieren.«

Und ich sagte: »Das tue ich doch!«

Er sagte: »Du bist traurig, Satansbraten, und wütend. Ich weiß. Aber wenn es dir gelänge, Trauer und Wut in etwas anderes zu verwandeln – in Arbeit, in Güte –, dann wärst du ein ganz besonderer Mensch. Lass Wut und Trauer in dein Handgelenk fließen und wirf.«

»Wie denn?«, fragte ich. »Wie soll das gehen?«

Er sagte: »Man braucht sehr lange, um das zu lernen. Versuch es noch mal. Stell dir vor, die Trauer aus deiner Brust ins Handgelenk umzuleiten. Wirf.«

Ich versuchte es. Ich verlagerte mein Herz in die Hand und warf den Stein und traf die Wucherung des Stamms. Ich drehte mich um und da saß er lächelnd auf einem Baumstumpf. Und er sagte: »Schließ deine Augen.«

Und er drückte mir ein Taschenmesser in die Hand.

Er sagte: »Das hatte ich, als ich in deinem Alter war. Es ist ein Messer der Schweizer Armee. Es soll dich daran erinnern, dass du selbst eine Armee bist.«

Ich klappte die Klinge aus. Sie war lang und gut geölt. Außerdem gab es eine Schere und am oberen Ende eine Pinzette, die man herausziehen konnte.

»Verwende es als Werkzeug, nicht als Waffe«, sagte er. »Die Waffe, die du in deinem Leben führst, wird kein Messer sein – sondern etwas viel Mächtigeres und Originelleres. Die Pinzette dagegen ist praktisch. Eine gute Pinzette ist nicht zu verachten.«

Er küsste mich oben auf den Kopf und ging wortlos davon.

So war mein Grandpa vor Grandmas Tod. Vor Sorrotore.

Vita zog einen Strich unter das, was sie geschrieben hatte, und schob das Buch unter ihr Kopfkissen.

Die Würstchen fielen ihr erst viel später ein, und obwohl sie fast zu Holzkohle verbrannt waren, futterte sie alle mit viel Ketchup und aß danach einen Apfel. Pläne haben die Eigenart, den Appetit anzuregen, und so war es auch hier.

4

Später am Tag schlich Vita aus der Wohnung, in der Grandpa schlief, und wollte ein Taxi nehmen. Sie tat das zum ersten Mal allein. Ihr Herz hämmerte und sie vergrub die geballten Fäuste in den Manteltaschen.

Ihr erster Versuch schlug fehl; sie stand vor der Carnegie Hall an der Bordsteinkante und reckte den Daumen, aber als der Taxifahrer das Tempo drosselte und sah, dass sie nicht in Begleitung eines Erwachsenen war, schwenkte er ab und fuhr weiter. Bei ihrem zweiten Versuch riss sie die Tür auf und warf sich auf den Rücksitz, bevor der Fahrer ohne sie abzischen konnte.

Sie presste ihr Gesicht gegen die Scheibe. Früher Abend, und die Straßen waren voll. Das Auto sauste durch die 59th Street und dann durch die Central Park West, wo über einem Kinoeingang ein Filmtitel erstrahlte: *Wild Bill Hickock*.

Vita spürte, wie die Energie und die Lebendigkeit New Yorks auf sie übersprangen. Sie griff in ihre Tasche. Darin befand sich ein Stadtplan, den sie von ihrem Großvater geliehen hatte, und darunter lag ihr Taschenmesser.

Das Taxi hielt unvermittelt am Bürgersteig. »Da sind wir, Kleine«, sagte der Fahrer. »Das Dakota Building!«

Er nannte den Preis für die Fahrt, der schwindelerregend hoch klang. Vita wusste, dass die Amerikaner immer Trinkgeld gaben, nur wusste sie nicht, in welcher Höhe, also gab sie dem Mann ihr ganzes Geld und rannte danach auf dem Bürgersteig davon, denn das hielt sie für das Klügste.

Sie stand da und sah zu dem Gebäude auf. Es war riesig; eine regelrechte Festung mit Türmchen und Zinnen an jeder Ecke und hell erleuchteten Fenstern.

Während sie dort stand, rauschten ein grauhaariger Mann und eine große Frau an ihr vorbei. Der Wind wurde plötzlich böig und die Frau lachte und griff mit einer Hand in ihr Haar, das sie mit einer diamantenbesetzten Schwanenfeder hochgesteckt hatte.

»Sei bitte kein Langweiler, Liebling, und rede nicht endlos über Politik«, sagte die Frau mit einem starken New Yorker Akzent. »Victors Partys sind immer so fabelhaft angesagt.«

Vitas Herz pochte vor Freude schneller. Sie erlaubte sich kein Zaudern und folgte dem Paar so dicht, wie sie wagte. Die beiden durchschritten eine Tür, nickten einem Portier zu (Vita nickte auch und versuchte, portiersgerecht zu lächeln) und traten in einen Fahrstuhl. Vita folgte ihnen hinein, wobei sie versuchte, so unbekümmert und arrogant zu wirken, als wäre ein Fahrstuhl mit Eichenvertäfelung ihr zweites Zuhause. Die Frau senkte den Blick, sah ihren linken Fuß und wandte sich sofort wieder ab.

Der Fahrstuhl öffnete sich auf einen Flur. Am einen Ende war eine Doppeltür aus Eiche, zu der sechs Marmorstufen hinaufführten. Das Paar klopfte, es ertönten schrille Schreie des Entzückens, Musik schallte in den Flur, dann traten sie ein. Hinter der Tür erklangen die Fetzen Dutzender Gespräche. Sorrotore feierte tatsächlich eine große Party.

Nichts wie weg, befahl jeder Instinkt Vitas. Ich kann bei anderer Gelegenheit wiederkommen, dachte sie. Ihr Magen plädierte begeistert für diese Idee.

Aber ihre Füße sträubten sich. In diesem Moment waren die Füße mutiger als alles andere an Vita. Sie trugen sie die fünf verbleibenden Stufen hinauf und ihre noch mutigere Faust pochte drei Mal laut gegen die Tür.

Diese wurde sofort geöffnet und auf der Schwelle stand ein professionell lächelnder Lakai mit weißen Handschuhen und wulstiger Stirn. Seine schwarzen Stiefel waren so blank poliert, dass sich seine Nasenlöcher darin spiegelten.

Bei Vitas Anblick kam sein professionelles Lächeln ins Wanken. Sie nahm ihn mit einem verstörend zornigen Blick ins Visier. Sie konnte spüren, dass ihre Wangen rot vor Kälte waren, und ihr Unterkiefer bebte, weil sie die Zähne so fest zusammenbiss.

»Ja? Womit kann ich dienen?«

Vita drückte ihren Rücken durch, um größer zu wirken.

»Ich möchte Mr Sorrotore sprechen.« Sie versuchte, den Namen so auszusprechen wie ihr Großvater: »Sorro-tori-ä.«

»Er gibt heute eine Soirée – wie du siehst.« Links hinter ihm öffnete sich eine Doppeltür zu einem riesigen Raum, aus dem eine Kakofonie von Stimmen und Gelächter in den Flur drang. »Komm morgen wieder.«

»Könnten Sie ihn trotzdem fragen, ob ich ihn sprechen darf?«

»Er könnte sich ärgern, und das Risiko gehe ich nicht ein.«

Vita fragte sich, ob sie etwas von dem Geld hätte behalten sollen. Ob der Lakai ein Bestechungsgeld erwartete?

»Er könnte genauso ärgerlich sein, wenn er erfährt, dass sie mich davongejagt haben. Richten Sie ihm aus … dass Jack Welles mein Großvater ist.«

Der Lakai sah sie eindringlich an. Er zog einen Handschuh aus und kratzte sich am Auge, die Spitze seines kleinen Fingers streifte den Augapfel. Dann seufzte er. »Wenn er ärgerlich ist, wirst du das ausbaden.« Er ging in den hell erleuchteten Raum. Als er den Handschuh wieder anzog, sah Vita, dass er die Tätowierung einer fauchenden Katze zwischen Daumen und Zeigefinger hatte.

Vita wartete. Dann stieß sie die Tür zum Salon auf und folgte den Düften von Parfüm, Schweiß und Zigarettenrauch.

Es glich einem Blick in ein Kaleidoskop. Paare mit Kleidern in leuchtenden Farben tanzten in der Mitte des

Raums oder hatten sich am Rand zusammengeschart. Die Frauen trugen Diamanten, groß genug, um einen Mann damit zu erschlagen, tranken viel und lachten laut. Sie hatten ihre Wangen mit Rouge gepudert und alle waren Schönheiten.

Es war so heiß, dass die Fensterscheiben beschlagen waren. Vita schlang die Arme trotz der Hitze um ihren Körper und zitterte, denn das Gelächter war so schrill, als wollte man etwas verbergen, zum Beispiel Angst oder Panik. Die Atmosphäre war fiebrig, angespannt. Die Frauen schienen nicht aus Fleisch und Blut zu bestehen, sondern nur Zierde zu sein. Vita wusste, dass die Prohibitionsgesetze keinen Alkohol erlaubten, und trotzdem saß eine Frau da und starrte die Wand an, zu betrunken, um noch aufstehen zu können.

Einige Gäste bemerkten Vita und sie nahm wahr, dass die Blicke stets auf ihren Fuß fielen. Danach schaute man mitleidig drein. Vita kannte das. Sie bemühte sich, möglichst nicht zu blinzeln, spürte aber, dass Hals und Ohren knallrot anliefen.

Sie wollte gerade in den Flur zurückweichen, als eine der Bedienungen – ein großes Mädchen, nicht viel älter als sie, mit einem schmuddeligen, weißblonden Zopf und einem spitzen, mürrischen Gesicht – »Entschuldigung, bitte« sagte und sich mit einem Champagnertablett an ihr vorbeizwängte. Vita wich aus und drückte sich gegen die Wand.

Da sah sie, wie ein massiger, weißhaariger Mann nach

dem letzten Champagnerglas griff. Er kam ihr irgendwie bekannt vor. Die Bedienung knickste und wollte mit dem leeren Tablett in der Menge untertauchen, stolperte aber über ihre eigenen Füße und streifte den Mann. Ihre Finger flatterten einen Augenblick vor seinem linken Handgelenk und anstelle seiner Armbanduhr gab es nur noch blanke Haut.

Vita blieb die Spucke weg. Sie wollte rufen, um den Mann zu warnen, als sie den Blick des Mädchens auffing. Die schüttelte eindringlich den Kopf und wandte sich ab, doch Vita konnte vorher noch ihre Miene sehen. Es war die eines verängstigten Tieres, das in der Falle saß.

Vita rang noch mit sich, als jemand in ihr rechtes Ohr sprach.

»Bist du das Mädchen, das mich sprechen will?«

Der Mann, der sie ansprach, sah dem Foto nicht ähnlich, aber Vita hatte keinen Zweifel, dass er es war.

»Ja«, sagte sie. »Und Sie sind Victor Sorrotore.«

Er war größer als erwartet, und obwohl er einen piekfeinen Anzug trug, waren seine Fingernägel bis auf die Kuppen abgekaut und blutig. Seine Haare waren sorgsam mit Pomade nach hinten gekämmt, doch er hatte dunkle Ringe unter den Augen, als hätte jemand zwei in Tinte getauchte Daumen auf sein Gesicht gedrückt. Er sah Vita in die Augen und sie spürte, wie sich ihre Brustmuskeln verkrampften.

»Dein Anliegen?«, fragte er. Sie zögerte kurz und er fuhr fort: »Ich hoffe, du bist nicht nur gekommen, um mir zu sagen, wie ich heiße?« Er hatte eine tiefe Stimme und sprach sehr amerikanisch, wenn auch mit einem leichten europäischen Einfluss.

»Ich bin hier, weil ich eine Bitte habe.«

»Du platzt in meine Party, weil du mich um einen Gefallen bitten willst?« Er klang, als würde er zu einem Kleinkind sprechen. Sie hielt seinen Blick und versuchte, nicht zu blinzeln.

»Es ist geschäftlich«, sagte sie.

»Geschäftlich! Wenn du etwas Geschäftliches willst, solltest du zur Geschäftszeit kommen.« Er schnaubte, was irgendwie brutal klang. »Dann hätte ich dir eine Zigarre angeboten.« Er musterte sie von Kopf bis Fuß und sie ahnte, dass er eine kühle, raffinierte Rechnung anstellte. »Da du schon mal hier bist, können wir uns ebenso gut einen Tisch und ein paar Ledersessel suchen, damit es angemessen *geschäftlich* ist.«

Er ging voran. Aus den Augenwinkeln sah Vita, dass sich die Bedienung mit dem langen Zopf mit ausdrucksloser Miene zwischen ein paar lachenden Frauen durchschlängelte. Einer von ihnen fehlte plötzlich das Diamant-Armband.

Sorrotore blieb vor dem weißhaarigen Mann stehen und Vita fiel ein, dass sie auf dem Schiff sein Foto in amerikanischen Zeitungen gesehen hatte. Ein Politiker im Ruhestand, dachte sie. Ah, nein: ein pensionierter Polizeichef. Er war jetzt ein Stadtentwickler und »führender Philanthrop«, hatte es in den Zeitungen geheißen. Letzteres klang wie eine Hautkrankheit, aber das war es sicher nicht.

»Alles in Ordnung, Westerwicke?«, fragte Sorrotore. »Ist es mit Louie gelaufen wie geplant?«

Westerwicke nickte. »Ich denke schon. Oder, Dillinger?« Er wandte sich an einen neben ihm stehenden jungen Mann mit schütteren, dunkelblonden Augenbrauen und mürrischer Miene. Der Mann wurde knallrot, nickte aber.

»Ja, vermutlich.«

»Und der Beweis?«, fragte Sorrotore.

Dillinger griff in seine Brusttasche und zog einen kleinen, braunen Umschlag hervor. Er schüttelte einen goldenen Siegelring auf seine Handfläche und hielt sie Sorrotore hin. »Hier.«

»Sehr schön.« Sorrotore nahm den Ring. »Ich habe noch etwas zu erledigen ...« – er schwenkte eine Hand in Vitas Richtung – »... aber danach komme ich gleich.«

»Nur keine Eile, nicht wegen mir.« Westerwicke sah auf Vita hinab und lächelte. Es war das Lächeln einer Person, die Kinder weder mag noch ihnen traut.

Sorrotore führte Vita in einen dunklen, holzvertäfelten Raum. Das im Kamin qualmende Feuer roch so komisch, als hätte man die Holzscheite in Parfüm getränkt. Vita schüttelte sich kräftig und dehnte die Finger in den Taschen; die Party und der Qualm sorgten für ein leichtes Schwindelgefühl und es kam ihr vor, als würde sie neben sich stehen.

Sie erschrak, als sich in einer Ecke etwas bewegte.

»Ignoriere die Biester einfach«, sagte Sorrotore.

Vita machte große Augen, als hinter einem Sofa zwei Schildkröten hervorkamen, eine so klein wie ein Kuchenteller, die andere so groß wie der Reifen eines Fahrrads. Sie krochen langsam und glitten wiederholt auf dem gebohnerten Parkett aus. Als sie näher kamen, stellte Vita verblüfft fest, dass man Edelsteine in ihre Panzer gesetzt hatte. Auf dem der größeren Schildkröte formten glitzernde, weiße Steine das Wort »IMPERIUM«. Auf der kleineren las sie ein Wort in roten Steinen. Sie begriff entsetzt, dass es »VITA« lautete.

»Rubine«, sagte Sorrotore. »Und die weißen sind Diamanten. Sie haben nicht besonders viele Karat, aber ich finde sie sehr hübsch. *Imperium* heißt ›Macht‹. *Vita* …« – er sah sie kurz mit schweren Lidern an – »… bedeutet ›Leben‹. Macht ist Leben, Leben ist Macht.« Vita legte ihre Stirn in Falten. »Man lebt nur richtig, wenn man Macht besitzt. Besser, man vergisst das nicht. Sie erinnern mich daran.«

»Tut ihnen das nicht weh?«, fragte Vita.

»Wehtun? Stell dich nicht an. Es sind Tiere.«

Vor dem Kamin standen zwei Sessel. Sorrotore legte den Siegelring auf den Kaminsims, sank in einen Sessel und forderte Vita mit einem Wink auf, sich in den anderen zu setzen. Sie sank erleichtert hinein; ihr Fuß zitterte und begann zu schmerzen.

»Also.« Er klang jetzt nicht mehr scherzhaft. »Dann erzähl mal, warum du hier bist.«

»Ich bin die Enkeltochter von Jack Welles«, sagte sie.

Er seufzte. »Das weiß ich. Sonst würdest du jetzt auf der Straße stehen.«

»Ich bin hier …« – Vita wollte amtlich und energisch klingen, aber ihre Stimme war hoch und gequetscht – »… weil ich die Dokumente zum Verkauf des Zuhauses meines Großvaters sehen möchte.«

Die kleine Schildkröte nagte an Sorrotores Ferse. Er zischte entsetzt und keilte aus, ließ das Tier über den gebohnerten Fußboden schlittern. Es knallte gegen die Wand, landete auf dem Rücken und ruderte mit den Beinen.

»Ihre Schildkröte!«, sagte Vita.

»Was ist mit ihr?«

Vita schwieg. Sie stand auf, ging quer durchs Zimmer, wobei sie versuchte, ihr Hinken zu verbergen, und setzte die Schildkröte wieder auf die Beine. Sorrotore lachte bellend und freudlos.

»Wie ich sehe, habe ich es mit einer kleinen Schutzheiligen der Tiere zu tun. Du willst also die Dokumente sehen? Wie darf ich das verstehen?«

»Sie sollen beweisen, dass Sie Hudson Castle rechtmäßig erworben haben.«

»*Beweisen*? Glaubst du wirklich, ein Erwachsener würde diesen Unsinn mitmachen, nur weil ein Kind es so will?«

Er wich ihrem Blick aus, als er das sagte, und Vita spürte, dass sie auch wütend wurde. Trotz der goldenen Uhr und der Pomade im Haar war Sorrotore nur ein Blender; davon war sie überzeugt. »Sie haben das Zuhause meines

Großvaters geraubt, mitsamt allem, was sich darin befindet.«

»*Rauben* ist falsch. Er hat es mir verkauft – zu einem günstigen Preis, wie ich zugeben muss, aber das war seine Entscheidung. Wie du weißt oder vielleicht auch nicht weißt, wurde die Burg an einem einzigartigen, malerischen See erbaut. Das konnte ich mir nicht durch die Lappen gehen lassen.«

»Nein! Er sagt, er habe nur vermieten wollen ...«

»Willst du etwa sagen, dass ich lüge?«

Das Feuer zischte und im Zimmer roch es komisch und Vita war wie benebelt. In ihrem Kopf jagte ein Gedanke den anderen. In ihrer Verzweiflung probierte sie eine andere Taktik aus. »Sie müssen ihm wenigstens erlauben, seine Sachen abzuholen. Da gibt es eine Halskette mit einem Smaragd, und es wäre nicht rechtens, wenn Sie verhindern, dass er sie holt ...«

Sie bereute sofort, sich verplappert zu haben. Aber er schien ihre Worte nicht wahrgenommen zu haben. Er betrachtete sich im Spiegel und strich die pomadisierten Haare aus der Stirn.

»Ich habe keine Zeit für diesen Unsinn. Ich bringe dich jetzt zur Tür.«

»Nein!« Sie versuchte, sich auf die Wahrheit zu besinnen. »Sie sind ein Dieb!«

Sorrotore sah Vita mit einem Blick an, der sie gegen den Sessel taumeln ließ. »Was hast du gesagt?«

»Ich sagte, Sie sind ein Dieb«, sagte Vita fast flüsternd.

»Wie kannst du es wagen!«, fauchte er.

Er wirkte erbost. Sie war darauf gefasst gewesen, dass er den Vorwurf bestritt, hatte aber nicht mit seinem Zorn gerechnet. Sie musste sich zusammenreißen, um nicht in Tränen auszubrechen.

»Weißt du, was mit Leuten passiert, die mich in meinen eigenen vier Wänden der Lüge bezichtigen?«

Bevor Vita antworten konnte, wurde geklopft, und ein Butler steckte den Kopf zur Tür herein. »Mr Westerwicke muss los, Sir – er würde Sie zuvor noch gern sprechen.«

Sorrotore fluchte, brummte und stapfte aus dem Zimmer, ohne Vita eines weiteren Blickes zu würdigen.

Vita atmete stockend, aber sie zwang sich, auf die Beine zu kommen. »Aufstehen«, befahl sie sich leise. »Stell dich nicht so an. Darum bist du doch hier. Um auszukundschaften. Deinen Feind kennenzulernen. Sieh dich um. Du findest bestimmt irgendetwas Nützliches.«

Auf dem Schreibtisch lag ein Papierstapel, es waren mindestens fünfzehn Seiten. Sie blätterte alle durch. Auf jedem Dokument stand oben »Verkaufsvertrag«. Die Summe belief sich stets auf zweihundert Dollar – lächerlich wenig. Sie bemerkte verwirrt, dass diese Verträge nicht auf Sorrotore ausgestellt waren, sondern auf Unternehmen mit auffällig unauffälligen Namen: Eine Firma namens Expedient Constructions erwarb das Old Hotel in der Columbus Avenue. North Manhattan Enterprises kaufte einen Apartmentblock von »hohem architektonischen Rang« in der East 23rd. Die Liste war lang.

Sie ging zum Kaminsims, auf dem mehrere Einladungskarten standen, außerdem das Foto einer bildhübschen Frau, signiert mit den Worten: »*V, Darling! In Liebe, Lillian Gish*«. Sie nahm den Ring zur Hand, den Sorrotore dort abgelegt hatte; das goldene Rund mit den gravierten Initialen »LZ« glitzerte im Feuerschein. Für ihre Finger war er zu groß, also schob sie ihn auf einen Daumen. Der Ring funkelte rot und gelb, als sie ihre Hand hob.

Draußen vor der Tür waren Schritte zu hören. Sie zerrte am Ring. Er klemmte unter dem Daumengelenk. Jemand drehte den Knauf der Tür und Vita versuchte, den Ring mit den Zähnen von ihrem Daumen zu ziehen. Da ging die Tür auf. Vita stopfte die Hand panisch in eine Tasche und sauste zum Sessel.

Sorrotore trat ein und er sah betrübt aus. »Gut, Kleine – spitz deine Ohren. Schau dich um. Ich nehme an, dir ist aufgefallen, dass ich reich bin.«

Vita musste sich nicht umschauen. Sie wusste, dass das ganze Zimmer nach Geld stank.

»Warum sollte ich stehlen? Dein Großvater sagte, die Burg sei eine Last. Er wollte sie loswerden. Ich habe sie erworben. Ein geschickter Geschäftsmann zu sein ist ja kein Verbrechen. Die Burg gehört mir, und ich gebe sie nicht zurück, aber …« – sein Blick wurde grimmig – »… ich werde auch nicht dulden, dass man in der Stadt verbreitet, ich wäre ein gemeiner Dieb.«

»Grandpa hat geschworen, dass er nicht verkauft hat! Er würde nie lügen.«

»Er lügt, weil er es bereut. Er lügt, weil es ihm unangenehm ist. Er lügt, weil er sich vorkommt wie ein alter Narr.« Sorrotore sprach jetzt mit tiefer Stimme, beschwörend, schnarrend, hypnotisierend. »Er lügt, weil er ein alter Narr ist.«

»Er lügt nicht! Ich kenne ihn!« Trotzdem machten sich erste Zweifel bemerkbar; sie nahm sie wahr und schreckte davor zurück.

»Im tiefsten Herzen weißt du, dass es stimmt. Es würde dir sicher guttun, wenn du es laut sagst. Dein Großvater hat gelogen. Und jetzt du, schön langsam: ›Mein Großvater hat gelogen.‹ Sag es.«

»Hat er *nicht*!«

»Du hast ein Märchen von Unrecht und Verbrechen erfunden, um vor dir selbst zu verbergen, dass ein alter Mann einen Fehler begangen hat. Gesteh es dir ein. Sag: ›Mein Großvater hat gelogen.‹«

Vita wurde von Entsetzen und Scham erfasst. Und dann spürte sie noch etwas, das ihr neu war, etwas, das sie selbst nicht wahrhaben mochte.

Gib nach, flüsterte jene barsche, böse kleine Stimme, die in den dunklen Tiefen jedes Herzens zu Hause ist. *Gib zu, dass er gelogen hat, dann musst du dir keine Sorgen mehr machen. Armer, närrischer Grandpa. Dann kannst du mit ihm nach England heimkehren. Dann kannst du deinen Plan abhaken. So einfach ist die Sache.*

Sprich es aus und du bist frei.

Das Feuer flackerte und Vita sank noch tiefer in den

Sessel. Sie kniff die Lippen zusammen, unterdrückte die Worte und schüttelte den Kopf.

»Es wird dir guttun, Vita. Sag: ›Mein Großvater hat gelogen.‹«

Vita öffnete den Mund, um zu sprechen.

5

Irgendwo hinten im Flur ertönte ein Krachen, so laut, dass die Dielenbretter bebten.

Sorrotore fuhr auf wie von der Tarantel gestochen. Er eilte zur Tür. Die Partygäste im Salon schienen sich über das unerwartete Drama zu freuen.

»Was war das für ein Krach?«, rief die Frau mit den diamantenbesetzten Federn im Haar. »Es klang wie berstendes Eis – hat dir die Kleine das Herz gebrochen?«

Die Tür knallte zu und Vita war allein. Sie stand mitten im Arbeitszimmer. Schweißperlen bedeckten ihre Oberlippe und sie rang um Atem, als wäre sie meilenweit gelaufen.

Plötzlich wurde ein Fenster aufgeschoben und ein Mädchen kletterte ins Zimmer.

»Komm mit!«, sagte sie. »Beeil dich. Hier entlang.«

Es war die blonde Bedienung.

Vita starrte sie an. »Was geht hier vor?«

»Später. Ab durch das Fenster.« Das blonde Mädchen hatte keinen amerikanischen, sondern einen britischen, vielleicht sogar irischen Akzent. »Los, komm.«

»Wir sind aber ganz hoch oben!«

»Wir nehmen die Feuertreppe!«

Vita rannte durch das Zimmer. Das Fenster führte auf einen Metallbalkon, von dem eine lange Leiter zur nächsten Plattform hinabführte; diese führte zu weiteren Plattformen und noch mehr Leitern und schließlich auf den Bürgersteig.

Vita schwang ihr Bein über die Fensterbank.

»Schneller.« Die Bedienung spuckte in die Hände und stieg flott und sicher die erste Leiter hinunter. Die unterste Leiter endete ein gutes Stück über dem Bürgersteig; das Mädchen hing kurz daran, dann ließ sie sich fallen. Vita packte die Leiter, während ihr der Wind die Haare ins Gesicht pustete, zählte bis drei und ließ ebenfalls los. Sie versuchte, auf dem rechten Bein zu landen, aber ihr linker Fuß tat trotzdem höllisch weh. Sie bückte sich, um den Knöchel zu reiben und ihre schmerzverzerrte Miene hinter den Haaren zu verbergen.

»Was war das für ein Krach? Warst du das?«, fragte sie.

»Nicht hier«, sagte das Mädchen. »Los, weiter.«

Sie überquerten die Straße und entfernten sich vom Dakota Building, tauchten in der Menge unter.

Vitas linker Fuß schmerzte bei jedem Schritt und sie war mit ihrer Geduld am Ende. »Erzähl mir, was passiert ist«, sagte sie, »und zwar sofort. Sonst schreie ich.«

Das Mädchen seufzte. »Ich habe draußen am Fenster gelauscht.«

»Warum?«

»Weil du bemerkt hast, dass ich … gearbeitet habe.«

»Gestohlen?«

»Gearbeitet. Und du hast mich nicht verraten. Ich wollte aber sichergehen – sichergehen, dass du nicht petzt. Also habe ich gelauscht. Und ich konnte hören, wie dieser Mann, Sorrotore, versucht hat, dich einzuwickeln.«

»*Mich* einzuwickeln?«

»Ja. Ich weiß, wie ein Meister des Betrugs redet.«

»Und woher?«

Das Mädchen war verdutzt. »Tja, ich bin auch eine Betrügerin.«

»Ich dachte, du wärst eine Taschendiebin.«

»Das auch. Außerdem kann ich Schlösser knacken.«

»Wirklich?«

Sie kamen an einem blauen Briefkasten vorbei. Das Mädchen zog einen langen Metallstab aus dem Strumpf und beugte sich über das Schloss. »Ja, wirklich.« Ein Klicken, dann war der Kasten offen.

Vita warf einen Blick über ihre Schulter. »Was soll das?«

»Umschläge enthalten manchmal Geld. Aber es ist keine schöne Arbeit, weil man nie weiß, wen man bestiehlt. Also tue ich das nicht mehr.«

»Zumachen!«, sagte Vita. »Sonst sieht uns noch jemand!«

Das Mädchen drückte die Klappe des Briefkastens zu. »Als ich kleiner war, habe ich Leute betrogen, um an Geld zu kommen. Das war schrecklich – schrecklicher geht's nicht, es war noch schlimmer, als Briefkästen zu knacken –, aber ich habe dadurch gelernt, wie Sorrotore zu reden. Irgendwann konnte ich so gut lügen, dass ich dabei wirklich geknickt und verletzt, geduldig und großmütig klang.« Sie bemerkte, dass ein vorbeifahrendes Auto das Tempo drosselte, und schubste Vita in eine andere Straße. »Hast du gemerkt, wie wütend er wurde? Wenn man etwas verbrochen hat, besteht die beste Verteidigung darin, wütend zu werden. Ich habe draußen vor dem Fenster gehockt und mich gefragt, warum ein Erwachsener versucht, einem Kind etwas einzureden. Und da dachte ich, ich muss etwas tun.«

»Was hast du getan? Wieso der Krach?«

»Ich habe Rotwein auf meine einzige Uniform gekleckert, um ein Handtuch aus der Küche holen zu dürfen. Dann sah ich in einem Zimmer die weiße Porzellanbüste des Kerls – Sorrotores Kopf – und sie war so hübsch und so edel, dass ich am liebsten dagegengetreten hätte. Ich habe ihr dann nur einen kleinen Schubs gegeben – so dass es auch der Wind gewesen sein könnte – und sie fiel auf den Fußboden und ging in Scherben.«

»Ah«, sagte Vita.

»Danach bin ich wieder zum Fenster gehuscht und habe dich rausgeholt.« Sie musterte Vita von Kopf bis Fuß. »Und? Was hast du dort gemacht?«

»Der Mann hat meiner Familie etwas gestohlen. Ich wollte es zurückfordern.«

Das Mädchen starrte Vita an. »Zurückfordern?« Sie schnaubte. »Ehrlich, das ist Irrsinn – als Diebin weiß ich das. *Zurückfordern*! In der Bowery würdest du keine drei

Minuten überleben!« Sie wirkte fast wütend. »Du weißt nicht, wie es in der wahren Welt zugeht, oder? Leute wie du sind gefährlich!«

»Leute wie ich?« Vita war erbost.

»Blöd! Naiv! *Hoffnungsvoll*!« Sie bogen um eine Ecke und das Mädchen blieb abrupt stehen. »Nicht da entlang«, sagte sie.

Zwei Jungen, ein paar Jahre älter als Vita, lehnten in einem Hauseingang.

»Wer sind die beiden?«

Sie machte auf dem Hacken kehrt. »Typen, mit denen ich nicht reden will.«

Ein Ruf erschallte und dann hörten sie, wie ihnen die beiden auf der anderen Straßenseite nachliefen. »Hey! Hey, Silk!«

Das Mädchen wehrte sie mit einer groben Geste ab. »Lasst mich in Ruhe!«, schrie sie.

»Ist das dein Name?«, fragte Vita. »Silk?«

Der größere der beiden Jungen begann zu rennen. »Silk! Hey! Ja nicht abhauen – du schuldest uns noch was! Was hast du heute Abend erbeutet?«

Doch Silk war schon über die Straße geflitzt und im Gewühl untergetaucht. Die Jungen setzten ihr nach und ließen Vita mit schwirrendem Kopf auf dem dunklen Bürgersteig zurück.

Vita dachte an die Worte von Silk: »blöd«, »naiv«, »hoffnungsvoll«. Sie fand sich nicht naiv. Und voller Hoffnung war sie auch nicht gerade – in ihrem Inneren loderte keine Hoffnung, sondern grimmige Entschlossenheit. Und sie war sicher nicht blöd, denn ihre Gedanken blitzten auf und jagten einander und in ihrem Kopf entstand alles Mögliche – Pläne, Bilder, Geschichten. Vor allem Pläne.

Sie zog den Stadtplan aus der Tasche und folgte den dreien zur Bowery Street.

Bei ihrer Rückkehr bekam sie Ärger, aber ihre Mutter war erschöpft und Vita behauptete, die Stadt erkundet und dabei die Zeit vergessen zu haben. Die Standpauke fiel also nicht so drastisch aus, wie sie hätte sein können.

Vita zog sich in ihr Schlafzimmer zurück und holte ihr rotes Notizbuch hervor. Sie stellte mit leichten Skrupeln fest, dass sie noch immer den Ring trug. Sie rieb ihren Daumen im Bad mit Seife ein und zog den Ring ab. Anschließend versteckte sie ihn in ihrer Manteltasche.

Dann zog sie ihren Füllfederhalter mit schwarzer Tinte auf, wobei sie ihre Finger bekleckste. Sie biss sich so heftig auf die Lippe, dass sie zu bluten begann, und begann zu schreiben:

Ich entdeckte das Mädchen vor einer Pfandleihe in der Bowery Street. Sie wollte nicht zuhören, aber ich zwang sie: Ich drohte, zur Polizei zu gehen, wenn sie nicht fünf Minuten Zeit für mich hätte. Darauf war ich nicht stolz, aber ich tat es trotzdem. Es ging nicht anders.

Ich sagte: ›Ich habe einen Plan. Ich brauche Hilfe. Und ich kann dich bezahlen.‹

Ich erzählte ihr alles über Hudson Castle, was ich weiß. Ich war noch nie dort, aber ich habe Grandpas Geschichten sicher tausendmal gehört.

Ich erzählte ihr von dem See, in dessen Mitte die Burg steht. Ich erzählte von den Gittern, die mein Urgroßvater 1888 nach dem Einbruch vor jedes Fenster setzen ließ. Er ließ auch jede Tür mit einem einbruchssicheren Schloss versehen. Grandpa nannte es immer ›die alte Festung‹. Niemand schafft es hinein. Niemand schafft es hinaus.

Und ich schilderte ihr meinen Plan:

Wir werden uns Grandpas Smaragd zurückholen.

Die Burg ist absolut einbruchssicher. Aber zum Glück müssen wir gar nicht einbrechen.

Der Smaragd, sagt Grandpa, liegt im alten Familien-Versteck. Also unter den Steinplatten beim Springbrunnen im umwallten Rosengarten.

Es gibt zwei Wachhunde. Sie sind bissig. Ich brauche also jemanden, der sie beruhigt.

Sie meinte: ›Du kannst sie doch einfach umbringen‹, aber das überhörte ich.

Der ganze Garten ist von einer Mauer umgeben. Ich brauche auch jemanden, der mir hinüberhilft.

Und der Rosengarten, sagt Grandpa, hat eine Tür mit einem Schloss, so groß wie ein Kopf. Ich brauche jemanden, der es knackt.

Wir brauchen eine Truppe. Wir steigen in New York am späten Abend in den Zug, weil es dann dunkel ist. Wir brechen in den Garten ein, graben den Smaragd aus und verduften. Dann sind wir am Vormittag wieder in der Grand Central Station. Niemand wird merken, dass wir in Hudson Castle waren.

Dann verkaufen wir den Smaragd, engagieren einen Anwalt und kehren zur Burg zurück und dann hat Grandpa wieder ein Zuhause. Und er wird wieder richtig atmen können.

Silk hatte abgelehnt.

Sie hatte mit verkniffenem, skeptischem Gesicht gelauscht, bis Vita ausgeredet hatte. »Im Augenblick bin ich pleite«, sagte Vita, »aber sobald wir den Smaragd verkauft haben, kann ich dir ein Honorar zahlen. Ein anständiges.«

Silk schüttelte den Kopf. Der Blick in ihren Augen war zu alt für ein Mädchen wie sie.

»Nein. Ich würde selbst dann nicht mitmachen, wenn es kein Irrsinn wäre – und genau das ist es nun mal. Ich arbeite stets allein. Nie im Team.«

»Nie?«

»Nein. Man hat mich schon mal gebeten.«

»Aber wenn …«

»Wenn und Aber sind mir schnuppe. Ich will nicht geschnappt werden. Geht das in deinen Schädel? Das kann ich mir nicht leisten. Die Polizei – sie würde ermitteln wollen, wer mein Vormund ist, und man würde herausfinden, dass ich keinen habe, und dann würde ich in einem Heim landen, bevor du ›aber wenn‹ sagen könntest.«

»Aber dies ist etwas anderes. Ich habe einen Plan. Wenn ich in etwas gut bin, dann im Pläneschmieden.«

»Hast du schon mal was gestohlen?«

»Tja, nein, nicht wirklich …«

»Ach, *wirklich*? Wenn man mit einer fremden Person zusammenarbeitet, erhöht das die Chance, erwischt zu werden. Also nein.«

»Und diese Jungs? Ich habe dich mit ihnen gesehen …«

»Ich arbeite nicht *mit* ihnen. Ich stehe in ihrer Schuld – das behaupten sie jedenfalls. Sobald ich sie bezahlt habe, gebe ich alles auf: den Taschendiebstahl, das Schlösserknacken, alles.«

»Ja, ich weiß! Das habe ich gemerkt – auf der Party – ich konnte sehen, dass es dir nicht leichtfiel. Aber mein Plan ist ganz anders – wir klauen etwas *zurück*.«

»Nein.«

»Und wenn ich dir sagte, dass ich weiß, wie wir todsicher nicht erwischt werden? Würdest du es dir dann noch mal überlegen? Denn ich weiß es! Ehrenwort.«

»Nein.« Und Silk entfernte sich so kerzengerade, als wäre ihr Rücken ein Ausrufezeichen. »Lass mich in Ruhe.«

Das schrieb Vita nicht in ihr rotes Buch. Denn sie hatte nicht vor, ein Nein als Antwort zu akzeptieren.

6

Am nächsten Morgen erwachte Vita vor Sonnenaufgang. Wenn man voller Hoffnung ist, schläft man schlecht. Sie strich mit dem Daumen über den Rand ihres roten Notizbuches.

Sie holte das Fernglas aus ihrem Koffer. Es hatte ihrem Vater gehört und eine Linse war angeknackst, aber sie konnte die andere benutzen wie ein Teleskop. Sie ging zum Fenster und schaute in der Erwartung hinaus, ein paar Leute zu sehen, die sich verschlafen zur Arbeit quälten.

Stattdessen erblickte sie einen Schimmel. Das Pferd galoppierte auf der leeren Seventh Avenue durch die Morgendämmerung, vorbei am Park. Auf seinem Rücken saß ein Junge, der ohne Sattel ritt und keinen Mantel trug und lachend den Kopf einzog, weil der Wind so kalt war. Über seinem Kopf flatterte ein schwarzer Vogel wie ein Begleiter.

Vita beugte sich weit aus dem Fenster und stellte die Linse des Fernglases scharf. Der knallrote Pullover des Jungen leuchtete sogar in der Morgendämmerung. Zu ihrer Freude erkannte sie ihn: Es war der Junge von der Carnegie Hall. Nicht der mit der dunklen Haut, der gesprungen war, sondern der kleinere, weiße Junge. Er ritt gebeugt und mit in die Höhe gerecktem Hintern und die Haare fielen ihm vor die Augen, als er sein Pferd antrieb. Vita hatte ein Pferd noch nie so schnell galoppieren sehen.

Sie fackelte nicht lange. Sie schlüpfte rasch in Rock, Strickjacke, Schal und Stiefel. Den linken zerrte sie über den Fuß, der nach dem gestrigen Abend immer noch wehtat. Dann zog sie den elfenbeinweißen Trenchcoat an, der ihrer Mutter gehört hatte. Ärmel und Taille waren ihr angepasst worden und sie schlang ihn wie eine Rüstung um ihren Oberkörper, stopfte das rote Buch in eine Tasche und ging hinaus.

Sie sah gerade noch, wie der Junge über die Straße preschte und den Schimmel abrupt zügelte. Er schwang sich hinunter und flüsterte ihm etwas ins Ohr. Danach führte er das Pferd so gemächlich über den Bürgersteig zur großen Eingangstür der Carnegie Hall, als sollte der Schimmel mit seinen Hufen ein Klavierkonzert von Johann Sebastian Bach spielen.

»Warte mal!«, rief Vita.

Der Junge wirbelte mit der Schnelligkeit einer Person herum, die ein schlechtes Gewissen hat. Er errötete, aber als er sah, wer gerufen hatte, musste er grinsen.

»*Oi!* Mach das nicht noch mal! Ich dachte, es wäre mein Vater!«

Er hatte einen starken Akzent, Englisch war sicher

nicht seine Muttersprache. Vielleicht ein Spanier?, dachte Vita. Sie ging über die Straße zu ihm. »Was tust du da?«

»Ich bringe Moskau zurück«, sagte er.

Ein Russe!, dachte sie.

»Sie hat sicher Hunger«, sagte der Junge. Er war weder groß noch kräftig, aber sein Grinsen war so breit, dass es die ganze Straße und den halben Himmel auszufüllen schien. »Und man darf uns nicht ertappen.«

»Darf sie denn nicht auf die Straße?«

»Doch, schon – sie muss zwei Mal pro Tag bewegt werden –, nur bin ich dafür nicht zuständig. Samuel ist verantwortlich. Außerdem müsste ich sie hinten reinführen.«

Vita strich über die Nüstern der Stute. Sie waren so weich wie Schwanendaunen. »Hallo«, flüsterte sie. »Ich hätte nie erwartet, etwas so Hübsches wie dich zu sehen, heute nicht.«

Eine Windbö fegte Moskaus Mähne in die Höhe und der Junge zitterte. Vita bot ihm ihren Schal an. Sie hatte eine höfliche Ablehnung erwartet, doch er nahm den Schal grinsend entgegen und wickelte ihn um seinen Hals.

»Besten Dank! Wie heißt du?« Er wartete die Antwort nicht ab, sondern ging weiter. »Ich bin Arkadi. Ich habe dich schon mal gesehen, stimmt's? Als Samuel den doppelten Salto aus dem Fenster schlagen wollte.«

»Ich wohne eine Weile gegenüber. Ich bin Vita.« Sie streichelte Moskaus bebende Flanke. »Wo ist ihr Stall?«

Arkadi grinste. »Möchtest du ihn sehen?«

Er wartete die Antwort wieder nicht ab; er schien nicht zu den Menschen zu gehören, die abwarteten. Er schnalzte mit der Zunge und ging mit dem Pferd, das nicht von seiner Seite wich, weiter auf die Carnegie Hall zu. Vita folgte ihm.

Er drückte die eine Hälfte der wuchtigen Doppeltür auf – »Ich habe nicht zugesperrt«, sagte er. »Erzähl das ja nicht meinem Vater« –, und dann stand Vita im Foyer der Carnegie Hall.

Die geschwungene Treppe war so breit, dass drei Elefanten Seite an Seite hinaufstapfen konnten – vorausgesetzt, man hätte ein paar Elefanten auf Lager. Das vergoldete Geländer glänzte im Morgenlicht, seine Reflexion ließ die Kristalle der Kronleuchter glitzern. Hinten an der Wand gab es mehrere Kartenschalter. Alles war blitzsauber. Vita betrachtete ihre Fingernägel und verschränkte die Hände hinter dem Rücken.

»Hier entlang«, sagte Arkadi. »Ich muss Moskau in den Stall bringen, bevor man mir auf die Schliche kommt.«

Im Foyer hallten ihre Schritte unnatürlich laut und Moskau klapperte hinterdrein. Ein großer Fahrstuhl mit Türen aus glänzendem Mahagoni stand offen. Arkadi führte das Pferd hinein. Vita folgte den beiden.

»Der Fahrstuhl … ist der Stall?«

»Quatsch. Dritter Stock«, sagte Arkadi und drückte den Knopf. Nachdem sie ausgestiegen waren, eilten sie durch einen langen Flur. Arkadi schien Vitas verblüffte Miene zu bemerken. »Wir sind sonst immer mit Zelten und einem

Extra-Eisenbahnwagen für die Tiere auf Tournee, aber im Winter versuchen wir, in einem Theater unterzukommen. Manche Familien mieten eine Wohnung. Meine Eltern, ich und ein paar andere schlafen über dem Theater.«

Vita sah sich verwundert um. »Dann … tretet ihr also in der Carnegie Hall auf?«

»Aber klar! Täglich um neunzehn Uhr. Ich natürlich nicht – das darf ich erst, wenn ich vierzehn bin –, aber meine Familie.«

»Wie lange seid ihr schon auf Tournee?«

»Seit einer Ewigkeit! Viel zu lange! Seit ich ein Baby war.« Er wirkte überrascht. »Hast du noch nie vom Zirkus Lazarenko gehört? Wo lebst du denn? In einer Höhle? In einem Loch? In *Belgien*?«

»Nein! In England.«

»Ah«, sagte er, als wären alle vier Orte mehr oder weniger dasselbe. Er stieß eine Tür am Ende des Flurs auf und führte die Stute hindurch. »Dies ist der Goldene Ballsaal! Man kann ihn für Feste mieten, wenn gerade keine Oper aufgeführt wird.«

Das Licht der Morgendämmerung kroch in den Saal. Es gab Wandgemälde von Frauen mit turmhohen Frisuren und von Männern mit balkenartigen Schnauzbärten. Sie schienen zu vibrieren, als hätten sie die Musik in sich gespeichert, die hier erklungen war.

Moskau trabte über das Parkett in eine Ecke, wo man Stroh aufgetürmt und einen Kübel mit Wasser hingestellt hatte. Die Stute trank etwas und wurde dabei von einem

Porträt George Washingtons beäugt. Das Licht fiel auf ihre Flanke und ließ sie erglänzen wie pures Silber.

»Sie ist eine Schönheit …«

»Pst«, sagte Arkadi. »Warte.« Dann pfiff er und rief: *»Ko mne!«*

Bevor Vita ihn bitten konnte, das zu übersetzen, kam aus der hinteren Ecke etwas Riesengroßes, Kläffendes angeprescht.

Es sprang Arkadi an und Vita rang um Atem und sah sich nach einem Wurfgeschoss um.

Das Ding legte die Vorderpfoten auf Arkadis Schultern und versuchte, seine Nase mit der Zunge abzuschlecken.

»Das ist Cork«, sagte Arkadi. Er stieß den Hund lachend weg. »Platz, Cork! Er gehörte zu niemandem. Ich habe ihn vor einigen Monaten im Park entdeckt und meine Eltern haben mir erlaubt, ihn mitzunehmen. Jedenfalls sozusagen. Meine Mutter hat es mir erlaubt. Genau genommen weiß mein Vater nichts davon. Er kommt nie in diesen Saal.«

Der Hund war so groß wie ein Bär. Sein Fell war strohblond und im Sitzen reichte sein Kopf bis an Vitas Rippen.

»Welche Rasse ist das?« Sie hielt dem Hund vorsichtig eine Handfläche hin und er drückte die Schnauze darauf. Seine Nase war sehr weich und feucht und so sanft wie ein Lufthauch. Sie kraulte ihn hinter den Ohren und er jaulte entzückt.

»Er ist ein Mischling. Mischlinge sind immer die besten Hunde. Ich bin mir ziemlich sicher, dass er etwas von einem Labrador und etwas von einem Schäferhund hat. Sein Vater könnte ein Kaukasischer Owtscharka sein. Schau mal!«

Er formte mit den Fingern eine Pistole und richtete sie auf den Hund.

»Peng!«

Cork taumelte zurück, kippte auf die Seite und heulte. Arkadi lachte und klatschte in die Hände: der Hund kam auf die Hinterbeine und ging ein paar zierliche Schritte, die Schnauze in die Luft gereckt. Dann rollte er sich mehrmals um sich selbst, sauste im Kreis und lief rückwärts. Der Junge musste nichts dafür tun; Cork schien seine Gedanken zu lesen.

»Er ist ein Wunder! So klug!«, sagte Vita. »Und er hat ein Gesicht wie ein König.«

Arkadi schenkte ihr sein unvermitteltes Lächeln. »Ich weiß. Die meisten Leute haben Angst vor ihm, weil …«

»Weil er groß genug ist, um jemanden zu fressen und danach noch Appetit auf Nachtisch zu haben?«

»Ganz recht! Er hat aber nur einmal nach mir geschnappt, bei unserer ersten Begegnung, und da hatte er Angst. Außerdem ist die Bisswunde längst verheilt. Dumme Sache!«, sagte er. »Aber du bist nicht dumm.« Er betrachtete sie genau, musterte sie gründlich, bemerkte ihre wache Miene und ihren forschen Blick. »Gut. Wenn das so ist …«

»Wenn was wie ist?«

»Dir kann ich dir mein Geheimnis zeigen.«

»Der Hund ist nicht dein Geheimnis?«

»Nein!«

Und er ging zu einem der großen Fenster, riss es auf und pfiff.

Vita glaubte zuerst, von geflügelten Feinden angegriffen zu werden. Sie duckte sich, als Dutzende Vögel durch das Fenster in den Ballsaal schossen, oben auf den Gemälden landeten, aus dem Kübel der Stute tranken, um Arkadis Kopf wirbelten.

Anfangs sahen alle Vögel braun aus, aber bei genauerem Hinschauen bemerkte sie die farblichen Unterschiede auf den Flügeln, die weiß gesprenkelte Brust einer Drossel, das pure Weiß der Tauben, das tropische Orange der Amselschnäbel.

»Zeit zum Füttern«, sagte er. »Sie warten täglich in den nahen Bäumen.« Er holte Samen aus den Taschen und verschwand daraufhin fast im Gewirbel der Vögel.

»Hier«, sagte er, »nimm auch was«, und er ließ Futter in Vitas Hände rieseln. Sie hatte das Gefühl, von Wärme, spitzen Schnäbeln, großen Krallen und Federn belagert zu werden, die gegen ihre Wangen klatschten. Dann war das Futter alle und die Vögel ließen von ihr ab, um die Samen aufzupicken, die rings um Arkadis Füße lagen.

»Sind sie zahm?«, fragte sie.

»Nein. Jedenfalls nicht zahm genug für den Zirkus. Aber sie kennen mich und wissen, dass ich sie füttere.« Die ersten Vögel flogen schon wieder zum Fenster hinaus. »Aber zwei sind speziell.«

»Welche?«

»Die Krähen. Ich habe sie schon als Küken gefüttert. Sie sind noch jung. Eine sitzt da drüben auf dem Porträt des schockiert dreinschauenden Admirals. Das ist Rimski.« Er klang stolz, als er hinzufügte: »Sie hört auf ihren Namen – das tun alle beide.«

»Wirklich?« Dass ein Vogel auf seinen Namen hörte, war Vita neu und sie schien skeptisch zu klingen, denn Arkadi schnitt eine Grimasse.

»Rimski!« Er pfiff zischend durch die Zähne. Die Krähe strich von dem Gemälde ab, schlug drei Mal träge mit den Flügeln und landete auf Arkadis ausgestreckter Hand. Sie hüpfte bis zu seiner Armbeuge, reckte sich nach seiner Brusttasche und fischte ein Stück Brotrinde heraus, hackte mit ihrem Schnabel nach seinem Daumen und flatterte wieder auf.

Arkadi lutschte den Daumen, der ein bisschen blutete. »An die Zuneigung von Vögeln muss man sich erst gewöhnen. Krähen sind genauso schlau wie Hunde – sie bringen mir Geschenke von der Straße. Schau mal!« Er holte einen glänzenden Silberknopf aus der Tasche. »Den habe ich gestern von Rimski bekommen.«

»Wo ist die zweite Krähe?«

»Rasko?« Arkadi lachte. »Was weiß ich! Irgendwo in der Stadt.«

»Du hast doch gesagt, sie seien zahm.«

»Ja! Aber ich habe nicht gesagt, dass sie meine Diener sind.«

Eine Frage nagte an Vita. »Wozu das Ganze?«, fragte sie. »Die Vögel füttern, die Krähen zähmen – warum?«

»Eines Tages werde ich meine eigene Vorstellung haben. Meine Familie arbeitet mit Hunden – sechs Pudel – und Mr. Kawadza ist für die Pferde zuständig. Ich möchte aber mehr – ich möchte einen Zirkus mit … ach, im Russischen gibt es einen Begriff – er bedeutet ›die verborgene Wildnis‹. Kapierst du? Es gibt so viel Leben, sogar in den Straßen dieser Stadt, man muss nur genau hinschauen. Ich hätte gern Pferde, denn Pferde sind gern aktiv – aber auch ganz normale Hunde und Krähen – vielleicht sogar Eichhörnchen – oder gar Mäuse, wenn ich herausfinde, wie ich sie dressieren kann – die alle zusammen Walzer tanzen. Als wäre die Stadt ein Tier-Ballett. Kannst du dir das vorstellen?«

»Das wäre grandios.«

»Aber auch schwierig. Nach der Revolution wurde jeder Zirkus in Russland verstaatlicht – wir haben in Russland keine einzige Zirkusarena mehr gefunden, also mussten wir auf Tournee gehen. Immer auf Tournee, seit bald zehn Jahren! Wenn ich die Vögel eines Ortes kennengelernt habe, ziehen wir schon wieder weiter. Wenn wir New York verlassen, muss ich Rimski und Rasko hierlassen – ich kann sie ja schlecht in einen Käfig stecken. Ich würde gern mal irgendwo bleiben – ganz egal wo. Aber Papa meint, entweder kaufe er die ideale Unterkunft oder gar keine – ich glaube, das ist seine Art, Nein zu sagen.«

Er drehte sich zum Fenster um, weil er es schließen

wollte, und just in diesem Moment kam ein dicker Stein angeflogen und knallte gegen seinen Hinterkopf. Oder? Nein, doch nicht, wie Vita jetzt sah. Es war kein Stein, sondern eine Krähe.

»Rasko!« Arkadi lachte. »Schau mal! Er heißt nach Raskalnikow – dem Mörder, weißt du? Wie gesagt: Die Freundlichkeit der Vögel kann wehtun.«

Da stand er, auf jeder Schulter eine Krähe, einen Hund hinter den Beinen und eine Schimmelstute, die ihn quer durch den Saal ansah. So, dachte Vita, sollte der Goldene Ballsaal immer genutzt werden.

Arkadi bohrte in seiner Nase und studierte die Popel. Er seufzte. »Schwarz«, sagte er. »In der Stadt sind die Popel schwarz.« Rimski pickte sie von seinem Finger. Arkadi sah Vita an. »Behältst du das Geheimnis für dich?«

»Ja!«, sagte Vita. Und dann drängte sich ein Gedanke aus ihrem Hinterkopf in den Vordergrund, schob sich nach vorn. Bevor sie wieder von Zweifeln geplagt wurde, zwang sie sich, die Frage zu stellen: »Kannst du auch ein Geheimnis für dich behalten?«

Sie umriss ihren Plan, während Rimski um sie herumflatterte und an ihrem Schuh pickte. Sie zog das rote Buch aus der Manteltasche, legte es auf den Fußboden und zeigte es Arkadi.

Im Gegensatz zu Silk sagte er nicht gleich Nein; er sagte auch nicht Ja; er lachte, bis er keine Luft mehr bekam und Rasko einen wütenden Abflug machte.

»Ich hätte es wissen müssen! Du, eine Diebin!«

»Wenn man sich etwas zurückholt, ist das kein Diebstahl …«, begann Vita, doch er hörte nicht zu.

Er fuhr mit den Fingern über den Eintrag im Buch: DER PLAN. »Ich wusste, dass was im Busche ist! Du bist so still, aber du hast diesen Blick – als würdest du immer genau hinschauen – als würdest du acht Dinge gleichzeitig bedenken. Brillant! *Otlitschno!* Zeigst du mir das Buch noch mal? Smaragdkette, uralte Burg, Zugfahrt, Einbruch und dann nichts wie weg, richtig?«

»Ja«, sagte Vita.

»Kinderleicht! Was muss ich tun?«

»Ich kann dich auch bezahlen«, sagte Vita. »Nicht sofort, aber wenn wir den Smaragd verkaufen …«

Arkadi funkelte sie an. »Ich brauche kein Geld.« Er schlug sich an die Brust. »Das mache ich für den Ruhm! Wir werden in die Geschichte eingehen – wie Robin Hood! Die guten Diebe!«

»Ich möchte aber nicht, dass du denkst …«

»Ich sagte: Was muss ich tun?«

»Ich muss über eine Mauer klettern – eine hohe Mauer, und das mitten in der Nacht. Außerdem gibt es zwei Wachhunde. Man hat sie darauf dressiert zu töten. Kannst du da helfen?«

»Bei den Hunden? Klar. Kein Problem! Jeder Hund, jederzeit! Und wie hoch ist die Mauer?«

»Weiß ich nicht. Vielleicht fünf Meter? Vielleicht sechs? Oder noch höher?«

Arkadi war plötzlich nervös. »Nein, das nicht. Ich bin kein guter Kletterer. Dafür brauchst du jemand anderen.«

»Und wen?«

»Du brauchst Samuel. Samuel Kawadza. Er kann fliegen.«

In den Tiefen des Gebäudes knallte eine Tür und dann ertönte eine schrille Blechpfeife.

Arkadi erschrak. »Mein Vater ist wach. Du musst gehen. Komm heute Nacht wieder!«, sagte er. »Wegen Samuel.«

»Wann genau? Und was meinst du mit fliegen?«

»Zu viele Fragen! Schwer zu sagen – wenn alle schlafen.« Arkadi zog sie zum Fenster und zeigte hinaus. »Du kannst springen.«

Vita schaute nach unten. Der morgendliche Verkehr war schon dicht.

»Ich könnte mir ein Bein brechen.«

»Höchstens ein bisschen.«

Vita senkte den Blick auf ihre roten Schuhe. Arkadi folgte ihrem Blick, sah die Form ihres Schuhs, die dicke Sohle, ihr nach außen gebogenes Bein.

»Weißt du was?«, sagte er. »Nimm doch besser den Fahrstuhl. Warum springen, wenn man fahren kann? Komm!«

»Du musst nicht mitkommen. Ich weiß den Weg noch.«

»Prima – dann schnell. Nimm das hier.« Arkadi griff in die Tasche und gab ihr eine Hand voll Vogelfutter. »Das legst du nach Anbruch der Dunkelheit auf deine Fensterbank und wartest – wenn die Zeit reif ist, schicke ich Rasko.«

Kurz darauf stand Vita im hellen Morgenlicht auf der

Straße und sah zur Carnegie Hall auf. Nichts hatte sich verändert und doch sah das Gebäude jetzt, da sie wusste, dass im Ballsaal ein Pferd stand, ganz anders aus.

Als Vita auf dem Weg zum Apartmentgebäude die Straße überquerte, sah sie den Zeitungsjungen, der die Schlagzeile der *New York Times* lauthals verkündete.

»Tornado-Louie in Imbiss erschossen! Louie Zwerback tot!«

Vitas Stirn kribbelte und Adrenalin schoss durch ihre Finger; sie hatte Angst, bevor sie wusste warum. Sie kramte in ihren Taschen nach zwei Cent, nahm eine Zeitung und las an der Straßenecke darin.

»Louie Zwerback, notorischer Schmuggler aus Brooklyn, wurde niedergeschossen, als er in einem Vierundzwanzig-Stunden-Imbiss Kaffee trank. Mehr auf Seite 3.«

Vita schlug hastig die dritte Seite auf. Das Zeitungspapier raschelte im Wind.

»Das Attentat auf Zwerback lief aus dem Ruder und kostete weitere Opfer. Mehrere Menschen wurden verletzt und die Attentäter, die ihr Gesicht verhüllt hatten, ergriffen die Flucht, nachdem sie Zwerbacks Siegelring an sich genommen hatten.«

Vitas Brust war plötzlich wie aus Eis. Sie holte den Ring aus der Tasche ihres roten Rocks und betrachtete die Initialen auf dem goldenen Rund, LZ. Sie hatte den Impuls, den Ring in einen vergitterten Gully zu werfen. Aber eine Stimme in ihrem Kopf sagte: *Beweisstück.* Sie bremste sich und stopfte ihn tief in die Rocktasche.

Sie dachte an Westerwickes lachendes Gesicht und an Sorrotores Worte am Kamin: Weißt du, was mit Leuten passiert, die mich in meinen eigenen vier Wänden der Lüge bezichtigen?

Vita schlang den Mantel enger um ihren Körper. Ihr Fuß tat jetzt schrecklich weh und sie kam sich klein vor und hatte das Gefühl, in der Welt der Erwachsenen keine Luft zu bekommen.

7

Beim Betreten der Wohnung drehte Vita den Knauf der Tür so vorsichtig, als wäre er aus Glas. Sie war viel länger fort gewesen als geplant; ihre Mutter war bestimmt schon zu Grandpas Bankberater aufgebrochen. Hoffentlich hatte sie nichts gemerkt. Vita roch nach Pferd und nach Vogel und ihre Wangen waren gerötet.

In der Wohnung herrschte Stille. Sie schlich auf Zehenspitzen in ihr Schlafzimmer und versteckte den Ring unter dem Bett; dann zögerte sie, den Arm noch tief unter der Matratze. Was, wenn Sorrotore herausfand, wo sie wohnte? Sie holte Nadel und Faden, ribbelte den Saum ihres Rocks ein paar Zentimeter auf und nähte den Ring darin ein. Sie biss gerade den Faden durch, als Grandpa klopfte.

»Bist du wach?«

Vita öffnete die Tür und erblickte ihren Großvater im grünen Wollmantel, der nun viel zu groß wirkte. Grandpa lächelte, seine Augen funkelten.

»Zieh das hier an, Satansbraten.« Er reichte ihr seinen roten Wollschal. »Ich habe zu lange drinnen gehockt. Wir gehen in den Park.«

Das Laub im Central Park hob sich strahlend rot vor dem blauen Himmel ab und bedeckte den Boden wie mit einem Teppich. Grandpa schwang seinen Stock, während sie den gepflasterten Wegen folgten, die sich zwischen Bäumen durchschlängelten. Eine schwarze Frau im knöchellangen Mantel, die einen Verkaufskarren für heiße Schokolade vor sich herschob, ging forsch an ihnen vorbei. Grandpa bemerkte Vitas flehende Miene und gab ihr eine Münze.

»Hol dir die größte und stärkste heiße Schokolade, die sie im Angebot hat.« Er ließ sich auf einer knarrenden Bank nieder. »Ich warte hier und halte Zwiesprache mit den Eichhörnchen.«

Vita folgte dem gewundenen, von Bäumen gesäumten Weg, so schnell sie konnte. Der Weg gabelte sich, und weil sie die Frau nirgendwo sehen konnte, bog sie nach links auf den breiteren Weg ab. Sie humpelte stärker als sonst, aber die heiße Schokolade war verlockend.

Der Mann bog aus heiterem Himmel um eine Kurve.

»Hey! Hey! Du!«

Vita erstarrte. Er hatte breite Schultern und dunkelblonde Haare und sah viel jünger aus, als er auf der Party gewirkt hatte. Seine Augen waren blassgrau und sein Blick zuckte über ihren Fuß, ihr Bein und ihr rotbraunes Haar. Dillinger, dachte sie.

»Du bist die Kleine, die auf Sorrotores Party war!« Seine Stimme war hoch, mit einem heiseren Unterton, der sich vermutlich Zigaretten und Alkohol verdankte.

Vita versuchte, furchtlos dreinzuschauen. »Und wenn ich es wäre?«

»Was hast du damit gemacht?«

»Womit gemacht?«

»Mit dem Ring, du kleine Göre! Wo ist der Ring?« Er lallte das Wörtchen »wo« und sie fragte sich, ob es an seiner Wut oder an morgendlichem Alkoholkonsum lag.

Vita bemühte sich um eine unbewegte Miene und eine reglose Haltung. Nur ihr Herz machte, was es wollte. »Welcher Ring?«, fragte sie.

»Werd ja nicht frech, Kleine. Sorrotore hat sein Arbeitszimmer auf den Kopf gestellt, um den Ring zu finden. Niemand sonst kann ihn geklaut haben.« Seine Kleidung war teuer und grell, aber er wirkte so zerknittert, als hätte er die Nacht durchgemacht. Seine silberne Armbanduhr war nicht aufgezogen und zeigte immer noch Mitternacht.

»Ich weiß wirklich nicht, was Sie meinen.« Der im Rocksaum eingenähte Ring drückte gegen ihr Bein.

»Jetzt hör mal gut zu, Kleine.« Er bückte sich und schob das Gesicht dicht an ihres heran. »Du hast ja keine Ahnung, mit wem du es zu tun hast. Für den Boss läuft es gerade nicht so goldig. Er ist unberechenbar. Rück den Ring raus und er vergisst die Sache.«

»Ich habe keinen Ring! Ich weiß nicht, was Sie meinen.« Es war heller Tag, aber sie war nicht mehr in Sichtweite von Grandpa und es waren auch keine anderen Leute in der Nähe. Sie fragte sich, ob Grandpa ihren Schrei hören würde. Und wenn er ihn hörte, aber nicht helfen konnte? Bei diesem Gedanken presste sie ihre Lippen zusammen.

Dillinger packte ihren Oberarm. »Du hättest also nichts dagegen, wenn ich dich durchsuchen würde?«

»Lassen Sie mich los!«

Plötzlich sauste etwas durch die Luft und knallte gegen Dillingers Schulter. Vita senkte den Blick. Es war ein faustgroßer Stein.

»Lassen Sie das Mädchen los!« Grandpa kam anmarschiert, auf den Stock gestützt, sein Blick war eisig. Seine Stimme klang fest. »Vielleicht erklären Sie mir mal, warum zum Teufel Sie meine Enkelin festhalten.«

Dillinger wich zurück, ließ Vita aber nicht aus den Augen. »Ich habe ihr nichts getan. Ihre Kleine hat meinem Boss was geklaut.«

Grandpa stellte sich schützend vor Vita. »Und wer ist Ihr Boss?«

»Victor Sorrotore.«

Grandpa lugte zu Vita, wandte Dillinger aber weiter das Gesicht zu. »Ich halte es für extrem unwahrscheinlich, dass meine Enkelin andere bestiehlt. Aber wenn ich bedenke, dass Ihr Boss mein Zuhause gestohlen hat, würde ich meinen, dass er selbst dann keinen Anlass zur Klage hätte, wenn sie sich wider Erwarten doch an fremdem Eigentum vergriffen hätte.«

»Sie soll ihre Taschen ausleeren!«

»Seien Sie nicht albern«, erwiderte Grandpa. »Verschwinden Sie oder ich rufe die Polizei.«

Dillinger griff in seine Jacke. »Das sollten Sie besser bleiben lassen«, sagte er.

Als seine Hand wieder zum Vorschein kam, hielt er eine kleine Pistole. Er zielte nicht auf sie, behielt die Waffe aber lose in der Hand.

Vita erstarrte, den Blick auf die Pistole gerichtet. Der Lauf war nicht länger als ihr Daumennagel und doch schien die Pistole groß genug zu sein, um die Sonne zu verdunkeln. Dillinger hielt sie mit der Lässigkeit eines Mannes, der es gewohnt war, seine Worte durch die Drohung mit einer Waffe zu unterstreichen.

Grandpa machte vor Schreck große Augen, dann kniff er sie wütend zusammen. »Polizei!«, brüllte er mit seiner alten, aber weithin hallenden Stimme. »Polizei! Hilfe!«

»Seniler alter Narr.« Dillinger stolperte zurück und blähte die Nasenlöcher auf. »Du hast keine Ahnung, was du machst, Kleine! Du spielst mit dem Feuer.« Dann ergriff er die Flucht. Der Weg gabelte sich und er rannte auf dem schmaleren der beiden Pfade davon. Mitten darauf befand sich ein Kanaldeckel und zu ihrem Erstaunen sah Vita, wie er den Deckel hob und sich in die dunkle Tiefe fallen ließ.

»Er ist in den Abwasserkanal gesprungen!«, sagte sie, aber Grandpa hatte nicht hingesehen. Er betrachtete das Gesicht seiner Enkelin und schien für alles andere blind zu sein.

»Kannst du mir erklären, was hier gespielt wird? Hast du Sorrotore aufgesucht?«

Vita zögerte, dann nickte sie.

Grandpas Blick verfinsterte sich. »Wieso? Warum tust du etwas, das so riskant und dumm und kriminell ist?«

»Ich wollte nur ... Es ist ja nichts passiert. Ich wollte bloß wissen, wie er aussieht.«

»Und du hast ihn gesehen?« Ihr Großvater klang gepresst. »Weißt du jetzt, wozu er imstande ist?«

Vita nickte langsam, den Blick auf ihren linken Fuß gesenkt.

»Versprichst du mir, dass du ihn nicht noch einmal besuchst? Nie wieder? Das musst du mir versprechen, denn sonst kann ich dich nicht mehr allein vor die Tür gehen lassen.«

»Ja«, sagte sie. Das war nicht gelogen, redete sie sich ein. Denn es ging ihr ja nicht um Sorrotore. Und wenn er sie suchte, wäre das etwas anderes. Da hatte sie nichts versprochen.

Grandpa seufzte tief und setzte sich am Wegrand auf einen Baumstumpf. Er war kreidebleich und offenbar wütend auf sich selbst. »Ach, mein liebes Kind. Was habe ich bloß getan? Ich habe dich in eine schlimme Gefahr gebracht.«

»Hast du nicht. Ehrlich. Ab jetzt passe ich auf, Ehrenwort.«

Sie ergriff die Hand ihres Großvaters. Die freie Hand ließ sie in ihre Tasche gleiten und tastete nach dem roten Buch. Sie rollte es auf und schloss die Finger darum. Sie hielt ihren Plan in der Hand – eine Art Waffe.

8

Vita wartete, bis die Sonne untergegangen war, und kippte das Vogelfutter dann innen auf die Fensterbank. Alle Vögel, die tagsüber aktiv waren, hatten sich in ihre Nester zurückgezogen, die Tauben blieben also aus.

Sie saß am Fenster und wartete; und wartete. Sie schlief schon fast, als sie ein Flügelrauschen hörte und Augen glitzern sah. Dann landete eine Krähe auf ihrer Fensterbank und begann, die Körner zu fressen.

An eines ihrer Beine war ein kleiner, aufgerollter Zettel gebunden.

Einen Brief von einem Vogelbein zu lösen ist viel schwieriger, als es in Büchern behauptet wird, das merkte auch Vita. Der Vogel flatterte durchs Zimmer, behutsam, aber beharrlich verfolgt von Vita. Sie konnte die drei Bänder, mit denen das Papier befestigt war, erst lösen, nachdem sie der Krähe ihren lange gehorteten Ingwerkeks angeboten hatte, denn da hielt sie endlich still.

Die Nachricht lautete: »Komm um 23:20 zum Eingang der Carnegie Hall. Sei pünktlich auf die Minute. Nachricht bitte aufessen.«

Vita starrte den Zettel an, der aufgrund der Nähe zum Hinterteil des Vogels etwas gelitten hatte, und beschloss, ihn nicht aufzuessen. Sie spülte ihn stattdessen im Klo hinunter.

Arkadi, hinter einer Eingangstür der Carnegie Hall versteckt, linste durch einen Spalt und riss die Tür auf, bevor sie klopfen konnte.

»Komm! Hier dreht ein Nachtwächter seine Runden, aber nur im Erdgeschoss. Er ist gerade vorbeigegangen. Schnell!«

Er führte Vita durch die große Eingangshalle, die vom Schein der Straßenlaternen erhellt wurde, zum Fahrstuhl. »Zweiter Stock«, sagte er. »Der Vortragssaal.«

»Der was?«

»Ein kleiner Saal mit Bühne, für zweihundert Leute. Der große Saal bietet fast dreitausend Menschen Platz. Im Vortragssaal gibt es eine Schaukel.«

»Was für eine Schaukel?«

»Natürlich ein Trapez!« Ihre Unwissenheit schien ihn zu schockieren. »Das Trapez gehört den Sabatini-Schwestern, aber sie haben nichts dagegen, dass Samuel es benutzt. Sie hätten jedenfalls nichts dagegen, wenn sie es wüssten. Es muss unter uns bleiben.«

»Was muss unter uns bleiben?«

»Samuels Training. Er will Luftakrobat werden.«

»Und warum darf niemand davon wissen?«

»Weil er aus einer Pferde-Familie stammt.« Er sah sie

kopfschüttelnd an, als wäre das sonnenklar. »Er muss bei der Nummer seines Onkels mitmachen. Darum ist er hier – er soll Reiten lernen.«

»Könnte er denn nicht darum bitten …«

»Nein. Zirkusfamilien funktionieren wie Königshäuser – man wird in den Beruf der Eltern hineingeboren. Man hat nur eine einzige Wahl, so wie Zarewitsch Alexander nur die Wahl hatte, Zar zu werden. Für mich ist das in Ordnung – mir war immer klar, dass ich mit Tieren arbeiten will, mit Hunden und Pferden und Vögeln.«

Vita dachte daran, wie er gestrahlt hatte, als er auf Moskau durch die schlafende Stadt geritten war, und nickte.

»Das Problem ist aber, dass Samuel ein famoser Luftakrobat ist«, sagte Arkadi. Das Wort »famos« ließ Vita lächeln, aber Arkadi schaute todernst drein. »Er hat es sich selbst beigebracht – indem er zugeschaut hat. So wie andere Leute lernen, auf dem Klavier eine Melodie zu spielen, weißt du? In seinem Fall ist es natürlich der eigene Körper und jetzt kann er nicht mehr anders. So ist das.«

»Das ist unfair!«, sagte Vita.

Arkadi zuckte die Schultern. »Ich weiß. Aber hast du in letzter Zeit mal versucht, das einem Erwachsenen klarzumachen?«

»Das heißt ja nicht, dass man nichts daran ändern könnte. Nichts ist in Stein gemeißelt!«

Arkadi rannte schon voraus. »Komm mit!«

Der Saal hatte einen Parkettfußboden, vertäfelte Wände

und eine hohe Decke. Auf drei Seiten des Raumes standen Stühle und eine einsame Lampe brannte. Es roch nach Schweiß und Talkum.

Mitten im Saal standen vier Stangen wie Tore auf einem Rugbyfeld. Zwei davon an den Enden des Raums trugen eine Plattform; an den mittleren beiden hingen kleine Metallschaukeln. Darunter war ein Netz gespannt. Auf einer Plattform stand ein Junge auf einem Bein und bog das andere über seinen Kopf.

»Samuel!«, rief Arkadi. »Hier ist sie.«

Der Junge wandte sich zu ihnen um und grinste, setzte aber seine Dehnübungen fort. Vita schärfte sich ein, das Blinzeln nicht zu vergessen.

Samuel war so hübsch, dass es Vita den Atem verschlug. Er war ganz in Schwarz – schwarze Baumwollhose, schwarzes Trikot, schwarze Bänder für die Handgelenke, schwarze Ballettschuhe. Seine Haare waren raspelkurz und seine Wangenknochen zogen sich wie Zwillingsklippen über sein Gesicht. Er stemmte beide Hände auf die Plattform und schwang sich zu einem Handstand auf.

»Reden wir jetzt oder später?«, fragte Arkadi.

»Später«, sagte der kopfstehende Samuel. Er schien Vita kaum wahrgenommen zu haben. »Ich probiere etwas Neues aus.« Er hatte einen New Yorker Akzent, sprach die Vokale aber so tief und gedehnt aus, dass er eine andere Muttersprache zu haben schien.

Samuel schnellte auf die Füße, tauchte die Hände in Talkum, griff nach einer langen Stange mit einem Haken an der Spitze und angelte damit nach der Metallschaukel. Er packte sie mit einer Hand und beugte sich über das Netz, wobei nur noch seine Hacken auf der Plattform ruhten.

Er blickte auf Arkadi hinab und sein Gesicht war angespannt vor Konzentration.

»Gibst du die Befehle?«, fragte er.

Arkadi rief: *»Listo!«*

»Listo?«, flüsterte Vita.

»Spanisch für ›fertig‹.«

Samuel verlagerte das Gewicht. »Fertig!«

»Hep!«, rief Arkadi.

Samuel sprang, beide Hände an der Trapezstange, und schwang sich in die Luft. Auf dem höchsten Punkt des Bogens ließ er los, schlug einen Salto über der Stange und landete mit den Kniekehlen daran. Vita drehte sich der Magen um.

Der Junge wirbelte in die Senkrechte, packte die Stricke links und rechts neben der Stange und stellte sich darauf. Er schwang sich vor und zurück, so hoch, dass er waagerecht in der Luft hing und Vita einen Blick auf sein Gesicht erhaschte. Dann ließ er los, ohne einen Mucks von sich zu geben, sackte nach vorn und drehte sich am Trapez, an dem er nur mit einem Fuß hing, um dreihundertsechzig Grad.

Vita stockte der Atem. Er flog nicht nur durch die Luft, als hätte ihn die Schwerkraft von ihrer Bürde erlöst, nein, es war nicht nur seine Akrobatik, sondern vor allem der Ausdruck, der sein Gesicht verzauberte.

Samuel reckte das Kinn, ohne zu lächeln, strahlte aber Glück und Entschlossenheit aus: die Freude einer Person, die das tut, wozu sie geboren wurde.

Vita konnte nicht sagen, wie lange Samuel sich schwang und drehte und seinen Körper in alle Richtungen warf. Sie wusste nur, dass sie ihm ewig hätte zuschauen können. Und dann, das Trapez flog höher und immer höher, ließ er los und schlug einen doppelten Salto, konnte die Stange aber nicht mehr ergreifen und stürzte ins Netz.

Er richtete sich mit leuchtenden Augen auf.

»Neuer Trick?«, rief Arkadi.

»Hat nicht geklappt«, sagte Samuel, der auf die Beine kam und seine Hände abklopfte. »Hast du mitbekommen, was ich falsch gemacht habe?« Wie Vita nun sah, war er schmal und mager und seine großen Hände und Füße verrieten, dass er eines Tages eine Bohnenstange wäre.

»Du bist noch mit nach unten geschwungen«, sagte Arkadi. »Vielleicht eine Zwei-Drittel-Sekunde zu lang. Ich frage mich allerdings, ob ein doppelter Salto überhaupt möglich ist.«

»Oh, ja!« Samuel schüttelte den Kopf. »Ich habe gemerkt, dass ich mich verschätzt hatte.« Er sprang vom Netz und wischte seine Stirn mit dem Trikot ab. Seine Flugübungen hatten ihn verändert; sein Körper war lockerer, nicht mehr so angespannt.

»Du bist sicher Vita«, sagte er. »Ark meint, du hast ein Anliegen.«

Vita tastete nach dem roten Buch in ihrer Tasche und

packte es fest. Sie drückte den Rücken durch. »Ich brauche ein Team«, sagte sie. Und dann erklärte sie in aller Schnelle: Hudson Castle, der Smaragdanhänger, der dringende Bedarf an Geld und die Armeen von Anwälten, die man bräuchte, um Sorrotore in die Knie zu zwingen.

»Ich muss eine Mauer überwinden, die zwischen fünf und sechs Meter hoch ist.«

»Warum nicht mit einer Leiter?«

»Weil sich die Mauer direkt aus dem See erhebt. Er ist klein, aber trotzdem ein See. Man braucht ein Seil.«

»Ein *See*?«, fragte Samuel.

»Ein *ganz* neuer Trick!«, sagte Arkadi, der sich in seiner Aufregung verhaspelte. »Wir wären Diebe!«

Samuel runzelte die Stirn.

»Ja, ich weiß, was du denkst«, sagte Arkadi hastig. »Aber wir holen uns bloß etwas zurück, das jemand anderer geklaut hat. Wir wären gute Diebe!«

»Diebe aus Notwehr«, ergänzte Vita.

»Außerdem ist das auf dem Land«, sagte Arkadi, »irgendwo im Nirgendwo, man kann uns also nicht erwischen. Das glaube ich jedenfalls.«

Samuel schien nicht überzeugt zu sein. »Aber warum? Warum willst du das machen?«

Vita sah zum Trapez auf, das über ihren Köpfen immer noch hin und her schwang.

»Weil es niemand anderer machen würde«, sagte sie.

»Das ist doch kein richtiger Grund«, sagte Samuel. »Das könnte für alles Mögliche gelten.«

Vita biss sich auf die Lippe. »Mama meint, wir müssen vernünftig sein. Sie will unbedingt, dass mein Großvater mit uns nach England zurückkehrt. Und Grandpa schweigt sich aus, wenn man ihn nach seinen Wünschen fragt. Dann gleicht sein Gesicht einer zuknallenden Tür.«

Vita schloss die Augen, um den Gedanken zu verdrängen – und öffnete sie dann wieder.

»Aber wenn wir unsere Sachen packen und heimkehren, hätte Sorrotore gewonnen. Er wird gewinnen, weil Männer wie er immer gewinnen. Deshalb mag ich nicht vernünftig sein.«

Sie senkte den Blick auf ihren linken Schuh, auf ihren krummen Fuß und das dünne, zerbrechlich wirkende Bein. Sie dachte an all die Erwachsenen, die angeblich immer nur das Beste wollten und ständig sagten »hinsetzen«, »aufpassen«, »das darfst du nicht«. Sie schüttelte den Kopf und richtete sich kerzengerade auf. »Ich will ausnahmsweise einmal nicht auf sie hören! Ich will kämpfen. Ich *werde* kämpfen.«

Samuel schenkte ihr einen langen, verständnisvollen Blick. »Mein Vater stammt aus dem afrikanischen Maschonaland«, sagte er. »Als ich noch ganz klein war, hat er alles hergegeben, was er besaß, damit ich hierherkommen und mit meinem Onkel auf Tournee gehen kann. Um bei seinem Auftritt mitzumachen. Wenn ich das nicht täte, würde ich die ganze Familie verraten: Tanten, Cousins, alle. Aber … als ich vier war, habe ich mir beigebracht, einen Rückwärts-Salto zu schlagen. Ich fand es irre, wenn ich auf den Füßen landete – wie bei einem Zaubertrick. Ich kann nicht mehr davon lassen.« Er starrte seine Hände an, die noch voller Talkum waren. »Deshalb kann ich es gut verstehen, wenn jemand nicht immer auf Erwachsene hören will.«

Und dann lächelte er und das Lächeln stieg bis zu den Ohren und seine verstörende Schönheit wich der Freude, wie sie brave Menschen erfüllt, die plötzlich über die Stränge schlagen. »Und wie breit ist die Mauer?«

»Das weiß ich nicht. Ziemlich breit, nehme ich an.«

»Und wie hoch genau?«

Vita schüttelte den Kopf. »Wie gesagt: zwischen fünf und sechs Meter.«

»Ich muss das genau wissen. Wegen des Seils. Hast du einen Grundriss?«

»Einen was?«, sagte Arkadi.

»Ein Bauplan des Hauses«, sagte Samuel.

»Den habe ich nicht«, sagte Vita, »aber ich kann einen auftreiben.« Wie sie erleichtert feststellte, klang ihre Stimme viel selbstgewisser, als sie sich fühlte.

»Wenn du einen auftreibst«, sagte Samuel, »mache ich mit. Dann bin ich bei eurem Raubzug dabei.« Er wischte die weißen Handflächen an der schwarzen Hose ab und streckte eine Hand aus.

Arkadi klatschte über dem Kopf in die Hände und jubelte, doch in Vitas Brust erwachten unerwartete Gewissensbisse. Die zwei Jungen standen Schulter an Schulter, beide mit einem Grinsen im Gesicht. Sie hatten Sorrotore nie gesehen, wussten nichts von seiner Skrupellosigkeit. Sie hatte ihnen die Schlagzeile der Zeitung verschwiegen.

Sie verdrängte ihre Gewissensbisse so tief, dass sie sich nicht mehr regten. Sie ergriff Samuels Hand und schüttelte sie.

»Wann geht's los?«, fragte Arkadi. »Schon bald, oder? Gleich morgen?«

»Bald«, sagte Vita. »Aber noch nicht morgen.«

»Und warum nicht?«

»Vorher gibt es noch viel zu tun«, sagte Vita. »Wie Samuel sagt – jeder Raubzug braucht einen Plan.«

9

Am nächsten Morgen brach Vitas Mutter in aller Frühe auf, um in der Stadt diverse Männer im grauen Anzug aufzusuchen, die Grandpas steuerliche Angelegenheiten und Bankgeschäfte zu regeln versuchten. Grandpa las am Fenster. Und Vita, barfuß durch sein Schlafzimmer pirschend, suchte in jedem Schrank und in allen Schubladen nach Plänen.

Sie fand nichts. Das hätte sie wissen müssen, wie ihr wütend bewusst wurde. »*Wie dämlich*«, flüsterte sie. Grandpa hatte das Hudson Castle ja nur mit den Kleidern verlassen, die er am Leib getragen hatte. Trotzdem war das ein Schlag.

Schließlich tat sie das Einfachste und zugleich Riskanteste: Sie fragte ihn.

»Ein Bauplan? Sicher, den gibt's.« Er musterte sie skeptisch von Kopf bis Fuß. »Wieso interessiert er dich? Deine Mutter hat recht, Satansbraten – besser, wir lassen all das ein für alle Mal hinter uns.«

»Ich bin nur … neugierig.«

»Neugierig?« Er klang trocken.

»Ich brauche ihn …« Vita biss sich kräftig innen auf die Wange, bevor sie log. »Für ein Spiel. Wo ist der Plan? Immer noch in Hudson Castle?«

»Er liegt in der New York Public Library. Wir haben ihn damals mit vielen anderen Unterlagen an die Bücherei übergeben. Man hatte Anfragen an alle alten Häuser geschickt.«

»Ich könnte also einen Blick darauf werfen?« Sie fasste wieder Mut.

»Würdest du mir erklären, wieso?« Er zog erst die eine Augenbraue hoch, danach die andere.

»Nein, lieber nicht«, sagte Vita.

»Besser, du vergisst, dass er jemals existiert hat, Satansbraten.«

»Nein, lieber nicht«, wiederholte sie.

Und als sie zu ihm aufsah, ohne mit einer Wimper zu zucken, lachte er schallend.

»Deine Großmutter war genauso dickköpfig. Liegt in der Familie. Warte, ich hole meinen Hut.«

Sein Hut war mottenzerfressen und so ausgeblichen, dass das ursprüngliche Schwarz wie ein Braunton wirkte, doch Grandpa hatte seine Kleidung stets mit Eleganz getragen, und er setzte den Hut auf, als wäre er eine Krone. In der Stadt war es eisig kalt und an der Ecke der West 47th Street blieb Grandpa stehen, um eine Tüte mit süßen, gerösteten Erdnüssen zu kaufen.

Auf der anderen Straßenseite sah ein Weißer im schwarzen Anzug auf und erblickte einen alten Mann mit schmalen Händen und ein Mädchen mit rotbraunen Haaren und weit auseinanderstehenden Augen. Sie hatte ihren Trenchcoat fest zugeschnürt, trug knallrote Stiefel und ihr linkes Bein bog sich nach innen. Er legte die Brezel weg, die er hatte kaufen wollen, und folgte ihnen mit einem halben Block Abstand auf dem breiten Bürgersteig.

Als sie die Bücherei erreichten, waren Vitas Finger klebrig von warmem Sirup. Sie leckte sie ab, wobei sie das gegenüberliegende Gebäude betrachtete.

Es sah eher nach einem Palast als nach einer Bücherei aus. Säulen und Portikus, umwogt von den Farben und dem Lärm der Stadt, hatten etwas Herrschaftliches.

»Das ist mein Lieblingsort in New York«, sagte Grandpa. »Die Löwen heißen Geduld und Seelenstärke – ich finde allerdings, dass sie wütend dreinschauen, und das gefällt mir.«

Die Löwen sahen tatsächlich zornig aus: zwei grimmige, weiße Marmorskulpturen, die die Bücher der Stadt bewachten. Vita nickte ihnen zu, als sie die Stufen hinaufgingen. Sie gingen Arm in Arm, wobei sie den linken Fuß behutsam auf die breiten Stufen setzte und ihr Großvater seinen Stock benutzte. Beide richteten den Blick auf die großen, einladenden Türen.

Der Mann im schwarzen Anzug folgte ihnen nicht hinein. Er lehnte sich gegen einen Löwen und wartete, wobei er auf seine Finger pustete. Auf seinem Handrücken war die Tätowierung einer fauchenden Katze zu sehen.

Die diensthabende Bibliothekarin war Miss Sutton, eine

große, in Samt gekleidete Frau mit hispanischen Wurzeln, die Vitas Großvater begrüßte wie einen alten Freund. Sie führte die beiden durch einen langen Flur, gesäumt von Tischen, an denen sich Gelehrte im Schein der Leselampen über Bücher beugten.

»Sie kommen am besten mit«, sagte sie, »dann können Sie reden, ohne die anderen Leute zu stören.«

Und sie führte die beiden in einen kleinen Raum mit einem großen, lederbespannten Tisch, mehreren Paaren weißer Handschuhe und einer Lampe mit grünem Glasschirm, die Vita am liebsten gleich berührt hätte.

Miss Sutton holte eine Schachtel, deren Deckel mit einem Band befestigt war, und ließ sie allein. Vita hob ein Bündel Papiere heraus und setzte sich neben ihren Großvater. Zuoberst lag ein acht Mal gefaltetes Blatt.

Grandpa breitete es auf dem Tisch aus.

»Da ist es!«, sagte er und seine Stimme war nicht mehr ganz so fest wie zuvor.

Das Blatt war riesig, groß wie ein Atlas und fast durchscheinend dünn. Sie ahnte, dass ihr Großvater nicht das Blatt, sondern die Burg selbst vor Augen hatte; er erlaubte sich ausnahmsweise, sich zu erinnern.

»Die Burg ist älter als die Verfassung – mein Urgroßvater hat sie nach Amerika verschiffen lassen. Verrückt, das muss man schon sagen, aber warum sollte ein bisschen Verrücktheit so schlimm sein? Als wir nach dem Tod meines Vaters dort einzogen, vor der Geburt deiner Mutter, war Hudson Castle schon etwas baufällig – die weißen

Innenwände hatten Schimmel angesetzt. Also haben wir alle blau gestrichen.«

Vita kannte die alten Geschichten natürlich. Damit er weitererzählte, damit seine Augen weiter funkelten, fragte sie trotzdem: »In welchem Blau?«

»In den Blautönen von Edelsteinen. Deine Grandma wählte sie aus. Leuchtendes Kobaltblau, Saphirblau, Türkis. Damals haben sie geleuchtet.«

Er zeigte auf das große Blatt.

»Da ist die Eingangshalle. Der alte Kronleuchter müsste noch dort sein, außer, dieser Sorrotore hat ihn entfernen lassen. Dies ist die Prunktreppe. Inzwischen baufällig und kurz vor dem Einkrachen. Wir haben immer die Hintertreppe benutzt. Der Keller. Dort lagert noch der Wein meines Vaters, außer, Sorrotore hätte ihn ausgesüffelt. An dieser Stelle in der hinteren Wand – schwarz markiert, siehst du? – haben sich früher die Rohrleitungen befunden, aber jetzt sitzt dort ein Gitter. Es belüftet den Keller und stellt sicher, dass man dort unten das ganze Jahr mit den Zähnen klappern kann.«

»Und das hier?«

»Das ist das große Wohnzimmer. Dort lag ein Eisbärenfell – dein Ururgroßvater hat das arme Tier erlegt, ein Mann mit wenig Verstand, aber sehr vielen Flinten. Ich habe als Junge oft daraufgelegen. Der Schädel war noch daran, mit allen Zähnen im Maul. Er bewacht den Safe – der sich hier im Schornstein befindet.

Und da ist die Eingangstür. Dort die Hintertür. Einbruchsichere Schlösser. Stabile Gitter. Dein Urgroßvater hatte die fixe Idee, man wollte ihm sein Vermögen rauben. Reiche Menschen sind oft paranoid und verängstigt. Heute gibt es dort natürlich nichts mehr zu holen.«

Vita betrachtete den Plan. Die Mauer, die das Anwesen umgab, war in gestochen scharfer Architektenhandschrift beschriftet. Sechs Meter hoch und einen halben Meter breit.

»Komisch, all das auf dem Plan zu sehen. Ich hatte mir geschworen, es zu vergessen. Ich werde es bestimmt nie wiedersehen.« Er lächelte und verscheuchte den wehmütigen Blick aus seinen Augen. »Gut. Nach dieser Stippvisite können wir unseren Ausflug wohl fortsetzen, oder? Wie wäre es, wenn wir uns auf die Suche nach Eiscreme begeben?«

Vita schüttelte den Kopf. »Ich würde lieber bleiben, um ehrlich zu sein. Ich möchte den Plan kopieren.«

Grandpas Augenbrauen schossen nach oben. »Kopieren?«

»Für das Spiel.«

»Magst du mir erzählen, was für ein Spiel es ist?«

Das mochte Vita nicht. Sie schüttelte energisch den Kopf.

Grandpa betrachtete sie forschend; sein löwenäugiges Mädchen mit den roten Stiefeln.

Er seufzte. »Bilde dir ja nicht ein, ich wüsste nicht, dass du flunkerst«, sagte er. »Andererseits finde ich, dass auch Kinder ihre Geheimnisse haben dürfen. Kannst du mir wenigstens versprechen, dass dein Geheimnis nichts mit Sorrotore zu tun hat?« Vita wurde das Herz schwer und sie überlegte gerade, ob sie ihn anlügen durfte, als er ergänzte: »Kannst du mir noch einmal versprechen, dass du dich von ihm fernhältst?«

Vita lächelte, es war das sechste ihrer sechs Lächeln. »Ich verspreche dir, mich von Sorrotore fernzuhalten.« Sie hatte schließlich nicht vor, ihm zu nahe zu kommen.

»Gut. Dann bitte ich dich nur noch, mein Vertrauen nicht zu enttäuschen, indem du dich nicht ermorden, verstümmeln oder verhaften lässt. Wir sehen uns zu Hause. Sei zurück, bevor deine Mutter heimkehrt, denn sonst hätte sie jedes Recht, uns beide abzumurksen.«

Vita arbeitete flink. Es dauerte nur eine halbe Stunde, bis sie die Bücherei verließ und unter den wachsamen Blicken der Wolkenkratzer den Heimweg antrat. Kinder, die allein herumliefen, waren in New York keine Seltenheit, aber sie zog trotzdem Blicke auf sich, weil in ihren Augen eine so feste Entschlossenheit funkelte. Sie nahm weder die riesigen Gebäude aus gelben und grauen Steinen noch die hellen Lichter wahr, weil sie ihren Blick auf ein fernes, unsichtbares Ziel richtete.

Und der Mann mit der Katzen-Tätowierung verließ seinen Posten bei dem Löwen namens Geduld und heftete sich auf der Straße an ihre Fersen.

10

Zurück in der Wohnung, futterte Vita erst einmal Toast mit Ketchup. Grandpa wollte in seinem Schlafzimmer gerade ein Nickerchen im Sessel halten. »Die Nacht«, antwortete er auf Vitas Frage, »kommt mir inzwischen vor wie ein Riese. Ich kann sie nicht mehr besiegen. Also schlummere ich häppchenweise am Tag, und mehr Schlaf brauche ich nicht.«

Anschließend durchmaß Vita mit quälend langsamen Schritten halb Manhattan; sie überquerte die 57th Street und folgte der Fifth Avenue in Richtung Madison Square Park. Sie wollte sich den Stadtplan New Yorks genau einprägen, nur für den Notfall. Vielleicht, dachte sie, konnte sich das irgendwann als nützlich erweisen.

Sie kehrte zur nachmittäglichen Teestunde in die Wohnung zurück und trat so leise wie möglich ein. Sie rief nicht, denn vielleicht schlief ihr Großvater noch. Alles wirkte wie immer, bis sie ihr Schlafzimmer betrat; da sträubten sich ihre Nackenhaare wie die einer in die Ecke gedrängten Katze.

Irgendjemand war in ihrem Zimmer gewesen.

Man hatte nichts durcheinandergebracht – alles war so ordentlich wie zuvor –, aber ihr Buch lag in einer etwas anderen Position auf der Fensterbank und man hatte ihr Deckbett abgezogen und wieder hingelegt, allerdings verkehrt herum. Panik schnürte ihr die Kehle zu und sie riss den Kleiderschrank auf; niemand verbarg sich zwischen den sorgsam gefalteten Pullovern und Strümpfen. Sie sah unter dem Bett nach. Nichts, aber … der Staub wies Spuren auf, als hätte jemand mit einer Hand den Boden abgetastet.

Sie rannte in die Küche und ins Wohnzimmer. Schwer zu sagen, ob etwas verändert war, denn es gab nur wenige Möbel, und doch musste jemand da gewesen sein, heimlich, still und leise. Bei dem Gedanken an den Ring, den sie im Rocksaum eingenäht hatte, schlug Vitas Herz bis zum Hals.

Sie musste zur Polizei; sie musste es jemandem erzählen. Aber Westerwicke *war* die Polizei: obwohl er sich im Ruhestand befand, wäre das Risiko zu hoch gewesen. Und wenn sie ihrer Mutter davon erzählte, würde diese sofort umbuchen und den ersten Dampfer nach Hause nehmen. Blieb noch Grandpa. Sie versuchte, sich vorzustellen, wie er reagieren würde, und der Schmerz, der ihre Brust durchzuckte, sagte ihr sofort, dass auch Grandpa nichts davon erfahren durfte. Er würde sich Vorwürfe machen, und das durfte nicht sein.

Vita ging in die Küche und griff nach der Ketchup-Flasche. Sie aß einen Löffel voll, um Zucker zu tanken und

Mut zu fassen. Sie würde ihre Mutter bitten, die Wohnungstür über Nacht zwei Mal abzuschließen, und sie würde diesen Vorfall für sich behalten. Außerdem hatte sie noch eine Verabredung mit dem Zirkus.

Die Sache hatte recht still begonnen, sogar mehr oder weniger legal. Am Abend zuvor hatte Vita, im Mondschein unter dem Trapez stehend, erwähnt, noch nie im Zirkus gewesen zu sein.

Die zwei Jungen schauten sie an, dann tauschten sie einen Blick. Sie sahen aus, als hätte Vita gerade gestanden, noch nie den Himmel gesehen zu haben.

»Wie soll ich das verstehen?«, fragte Samuel. »Du meinst das nicht *wörtlich*, oder?«

»Kann man auch metaphorisch noch nie im Zirkus gewesen sein?«

»Also dann«, sagte Arkadi. In seiner Stimme schwang eine gewisse Panik mit. »Das muss sich ändern! Morgen Abend – um sieben Uhr gibt es eine Vorstellung!«

»Wunderbar!«, sagte Vita, zögerte dann aber. Die prächtige und vornehme Carnegie Hall ließ erahnen, dass es nicht billig wäre. »Wie viel … kostet es?«

»Sei nicht albern«, sagte Samuel. »Wir schmuggeln dich rein.«

Vitas Mutter war noch nicht zurück, als Vita abends klammheimlich aus der Wohnung huschte. Sie hinterließ einen Zettel mit der Notiz, sie gehe in den Zirkus – mit wem, sagte sie nicht – und sei zum Schlafengehen wieder da. Sie wusste, dass ihre Mutter stinksauer wäre, aber nun war erst mal der Zirkus an der Reihe und der Ärger käme später.

Die beiden Jungen warteten unter der Flagge. Ein junger Mann verteilte Handzettel mit einem Zeitungsartikel. »Begeisterte Besprechungen!«, rief er. »Lesen Sie die begeisterte Besprechung unserer Vorstellung in der *New York Times*!«

Samuel winkte den jungen Mann zu sich, nahm einen Zettel und gab ihn Vita. »Hier«, sagte er als Begrüßung, »ein Souvenir.«

Sie las laut vor. *»Zirkus in der Carnegie Hall! Elefanten, Pferde, Hunde und andere bekannte Attraktionen der Manege …«* Sie hielt inne. »Der *Manege*?«

»Der Zirkusarena«, antwortete Samuel.

Vita las weiter. »*… der Manege sind in dieser Saison in der Carnegie Hall zu sehen, dargeboten von einer einzigartigen Zirkustruppe.*«

»Nicht übel, oder?«, meinte Arkadi. »Die *New York Times*! Papa war so glücklich, dass er den gerahmten Artikel in jedem Raum aufgehängt hat – sogar in der Toilette.«

»Lass uns reingehen«, sagte Samuel.

Vita steckte den Zettel ein und wollte zum Haupteingang gehen, doch Arkadi lachte schallend.

»Da doch nicht!«, sagte er. »Wir müssen den Künstlereingang nehmen.«

»Was?«

»Na, wir haben ja keine Karten! Wir bekommen sie nicht gratis – glaubst du, wir wären die Rockefellers?«

Samuel führte sie um die Ecke zum Seiteneingang des Gebäudes.

»Hast du den Plan!«, fragte er, als er dem Portier zunickte.

»Ja«, sagte Vita. »Ich habe ihn in mein Buch kopiert.«

»Prima«, sagte er, »du kannst ihn uns nach der Vorstellung zeigen.« Die Jungen gingen auf der steilen Treppe voran. Sie machten keine Bemerkung zu ihrem Fuß, aber auf den letzten Stufen hielt Samuel ihr eine Hand hin. Sie grinste, ergriff die Hand aber nicht.

Ganz oben befand sich eine Tür, bespannt mit grünem Stoff. Samuel trat zurück. »Nach dir.«

Vita drückte die Tür auf und betrat eine andere Welt.

Helle Lichter und ein Duft nach Parfüm und Talkum und erhitzten menschlichen Körpern. Eine junge Japanerin machte im Flur einen Handstand und kratzte sich mit einem Zeh am Kopf. Überall flitzten Leute hin und her und drängten sich aneinander vorbei; jedes Gesicht war geschminkt und jeder Körper war in edle, mit Strass besetzte Seide gehüllt. Drei Frauen in Gymnastikanzügen rempelten Arkadi aus dem Weg und sagten lachend etwas in einer Sprache, die in Vitas Ohren spanisch klang.

»Hier lang«, sagte Samuel.

Vita wäre am liebsten stehen geblieben, um sich weiter alles anzuschauen, aber Arkadi packte ihre Hand und zog sie in einen dunklen Raum mit himmelhoher Decke.

»Hier!«, sagte Arkadi triumphierend. Vita sah, dass die Carnegie Hall im Gegensatz zu einem traditionellen Zirkus keine Seitenflügel hatte; stattdessen gab es rechts und links der Bühne eine breite Tür. Arkadi zeigte darauf. »Wir bleiben neben der Tür stehen! Von dort können wir alles sehen!«

Da ertönte hinter ihnen eine Stimme mit russischem Akzent. »Arkadi! Was hast du hier zu suchen?« Ein großer Mann mit Kartoffelnase sah grimmig auf sie hinab. »Habe ich euch nicht schon beim letzten Mal gesagt, dass ihr im Weg seid, Jungs?«

»Wir wollen doch nur zuschauen«, sagte Samuel bittend.

»Und wer ist das?« Der Mann starrte Vita an und zog eine Augenbraue hoch.

»Meine Freundin.« Arkadi wurde knallrot. »Vita, das ist mein Onkel. Er ist für die Bühne zuständig. Sie war noch nie im Zirkus, Onkel Jewgeni!«

»Ich kann euch hier nicht …«, begann er, sah dann aber Vitas Gesicht. Sie schaute sich verzaubert um. Dann fiel sein Blick auf ihren Fuß.

»Ah, ja«, sagte er milder. Er schleppte drei Stühle herbei und stellte sie direkt neben die Tür. Vita lächelte das dritte ihrer sechs Lächeln. »Bitte sehr. Setzt euch und haltet die Klappe, dann wird es schon irgendwie gehen.«

Die Lichter wurden jetzt schwächer und die junge Frau aus dem Flur stellte sich gleich neben die Tür. Sie rieb ihren Nacken und zwinkerte Vita zu.

»Das ist Maiko«, sagte Samuel. »Sie ist unsere Bodenakrobatin Nummer eins.« Er klang ehrfürchtig. »Sie hat mit Nikitin persönlich trainiert.«

Ein dunkelhaariger Mann mit langen Beinen, Zylinder und einer schwarzen Smokingjacke schritt auf die Bühne und richtete ein paar Worte an das Publikum.

»Das ist mein Vater«, sagte Arkadi stolz, aber in seiner Stimme schwang zugleich eine leise Missbilligung mit.

»Herzlich willkommen, meine Damen und Herren!«, sagte Arkadis Vater. »Wir begrüßen Sie im Zirkus Lazarenko! Wir hoffen, Ihnen heute Abend vorführen zu können, dass die Welt wundersamer und aufregender ist, als Sie ahnen, und dass der menschliche Körper das größte Wunder auf Erden ist! Wir bitten Sie nur, zuzuschauen – und zu staunen.«

Arkadi schnaubte. »Er sagt jeden Abend das Gleiche. Er mag keine Veränderungen.«

Die Kapelle begann zu spielen und Maiko lief im tosenden Applaus auf die Bühne. Sie schlug mühelos und grazil mehrere Rückwärts-Saltos. Samuel seufzte und sein Seufzen galt nicht dem Mädchen, sondern der Mühelosigkeit, mit der sie die Erdanziehung außer Kraft setzte.

Zwei Männer flitzten los: Einer ergriff ihre Arme, der andere ihre Beine und sie schwangen das Mädchen in weiten Bögen im Kreis. Dann sauste eine größere Frau auf die Bühne, tauchte abwechselnd unter Maiko durch und sprang über sie hinweg.

Das, dachte Vita, war eine viel wildere und eigenwilligere Schönheit als die eines Balletts.

Samuel machte genauso große Augen wie Vita. Lange Seidenbahnen fielen von der Decke und Maiko schwang sich an ihnen so problemlos auf und nieder, wie sie eine Straße überquert hätte, drehte und wand sich und Samuel beugte sich auf dem Stuhl so weit vor, dass er fast hinunterfiel.

»Wir sehen diese Vorstellung mindestens drei Mal pro Woche und das seit *Jahren*«, flüsterte Arkadi und ruckte den Kopf in Richtung Samuel, »aber wenn sie fliegt, fallen ihm die Augen *immer* noch aus dem Kopf.«

Maiko lief von der Bühne und Samuel richtete sich auf und rieb seine Augen. Mehrere Pudel wackelten im Gänsemarsch auf die Bühne, gefolgt von Arkadis Mutter, einer großen Frau mit strenger Miene und üppigem Busen. Die Hunde sprangen zuerst durch goldene Reifen und danach übereinander hinweg.

»Sind die Reifen aus echtem Gold?«, fragte Vita.

»Nein, wo denkst du hin! Das ist bloß bemalte Pappe«, sagte Arkadi. »Wenn ich meine eigene Truppe habe, wird es keine Reifen geben – die sind albern. Für die Begleitmusik werden zwitschernde Vögel sorgen und die Zuschauer werden aus aller Welt herbeiströmen.«

Auf die Hunde folgte ein Entfesselungskünstler, ein kleiner Pole, der schief lächelte, als man ihn mit zusammengeketteten Armen ins Wasser tauchte. Danach kam ein Seiltänzer in einem silbernen Kostüm. Dann richtete sich Arkadi kerzengerade auf.

»Jetzt kommt's!«, sagte er. »Pass gut auf!«

Ein schmal gebauter Mann trat auf die Bühne. Hinter ihm trabten mehrere Pferde, angeführt von Moskau, deren Flanken mit Goldstaub gepudert worden waren, damit sie glitzerte. Der Anblick verschlug Vita den Atem.

»Das ist der beste Teil«, sagte Arkadi. »Der Dressurakt. Das ist Morgan Kawadza!«

»Kawadza?« Vita drehte sich zu Samuel um. »Das ist also dein ...«

»Mein Onkel, ja«, sagte Samuel; und dann war er auf den Beinen und verschwand rückwärts im Dunkeln, außer Sichtweite des Mannes auf der Bühne.

»Er ist Weltspitze«, sagte Arkadi. »Mein Vater hätte vor Glück fast geheult, als er sich bereit erklärte, zu unserer Truppe zu stoßen. Er hat mit den Lipizzanern in Wien trainiert.«

»Mit wem?«

»Mit den Lipizzanern! Es sind die klügsten Pferde auf Erden – sie wurden als Reittiere für Kaiser gezüchtet. Gut aufpassen! Und ja nicht blinzeln!«

Ein Walzer erklang. Kawadza schnalzte mit der Zunge und rief etwas. Aber nicht auf Englisch. »Er hat die Pferde so dressiert, dass sie Englisch und Schona verstehen – die Sprache von Maschonaland«, flüsterte Arkadi. »Moskau hört natürlich auch auf russische Kommandos – das habe ich ihr beigebracht.«

Die Pferde begannen zu tanzen, sie bewegten sich rückwärts und seitwärts zur Musik.

»Sieh dir Moskau an. Sie macht das tadellos«, sagte Arkadi. »Sie ist ein einzigartiges Pferd. Sie ist ein Lipizzaner.«

Moskau bäumte sich auf und tänzelte mehrere Schritte auf den Hinterbeinen, wobei sie triumphierend wieherte, und drehte dann eine langsame Pirouette. Kawadza rief ihr zu, sie sei die Königin der Pferde und er sei stolz auf sie.

»Nicht mehr lange, dann gehört Moskau Samuel«, sagte Arkadi und es hörte sich an, als hätte er gesagt: »Nicht mehr lange, dann ist er König.«

Der Auftritt ging zu Ende und Kawadza schwang sich auf Moskaus Rücken und ritt zu hysterischem Applaus von der Bühne.

Kawadza erblickte Arkadi und zügelte das Pferd. »Hallo, Ark. Wo ist Sam?« Er schwang sich von Moskaus Rücken. »Vorhin war er doch noch hier, oder?«

Arkadi wurde rot; von seinem Helden angesprochen zu werden ließ seine Ohren glühen. Er schluckte. »Ja, Sir. Er ist wohl auf Toilette gegangen, Sir.«

»Er träumt doch nicht immer noch vom Fliegen, hm?« Der Mann hatte einen stärkeren Akzent als Samuel. Er rollte das »r« und dehnte die Vokale.

Arkadi schluckte heftiger. Er schien eine Kröte hinunterwürgen zu müssen. »Nein, Sir.«

»Gut. Denn ich habe ihm klipp und klar gesagt – und ich sage es auch dir, damit du ihn daran erinnern kannst –, dass er keine Wahl hat. Verstanden?«

»Ja, ich habe Sie verstanden, Sir«, hauchte Arkadi.

Kawadza warf einen Blick ins Publikum, das in Samt und Seide gekleidet war. Seine Stimme war rau. »Während der Überfahrt nach Amerika habe ich auf dem Dampfer einen Mann kennengelernt – er wollte Tänzer werden und konnte aus dem Stand zwei Meter hoch springen. Man hat ihn angeschaut und gelacht, denn beim Ballett kann es keinen *schwarzen* Prinz geben. Nein. Im Hinblick auf Menschen mit meiner Hautfarbe ist die Welt nicht gerade fantasievoll. Was wir sind, das wurde längst beschlossen. Und Samuel ist noch ein *Kind.* Ich habe die Aufgabe, ihn vor Enttäuschungen zu bewahren.«

Er schüttelte kurz und scharf und traurig den Kopf. »Da gibt es kein Aber.« Moskau wieherte, doch er legte ihr eine Hand auf die Flanke. »Außerdem hätte er in der Bodenakrobatik keine Zukunft! Er kann also ein Rad schlagen. Tja, das genügt nicht. Er wird seine Zeit mit billigen Tricks vergeuden, die Welt wird sich von ihm abwenden und ihm das Herz brechen. Und wer, wenn nicht er, wird diese Nummer fortführen, wenn ich das nicht mehr kann? Sobald er vierzehn ist, kommt er zu den Pferden.« Morgan Kawadza seufzte, sah sich noch einmal nach Samuel um und ging, gefolgt von Moskau.

Es folgte eine lange Pause, in der Vita die ganze Zeit vor Augen hatte, wie sich Samuel strahlend am Trapez hin und her schwang. Sie ballte die Hände in ihren Taschen.

Dann begann die Kapelle zu spielen und im Schutz der Musik stahl sich Samuel wieder auf seinen Stuhl.

»Dein Onkel war gerade hier …«, begann Vita flüsternd.

»Ich weiß. Ich habe mich hinter den Eimern des Feuerschluckers versteckt.« Sein Körper war wie erstarrt; er hatte die Schultern bis zu den Ohren hochgezogen.

»Wie geht's dir?«

»Prima.« Er zwang sich ein Lächeln ab. »Die nächste Nummer darfst du nicht verpassen – das ist Lady Lavinia.«

Eine Schönheit mit dunklen Haaren, die bis zur Taille fielen, einem eleganten schwarzen Seidenkleid und Fingern voller Narben trat auf der gegenüberliegenden Seite auf die Bühne. Sie hatte Messer in der Hand.

»Der möchte man nicht im Dunkeln begegnen«, sagte Samuel. »Schau mal!«

Lady Lavinia jonglierte zunächst mit vier Messern. Das Publikum hielt den Atem an und jubelte und sie grinste ins Rampenlicht und lachte: das Lachen einer begnadeten Pianistin, der man applaudierte, weil sie eine Tonleiter spielte. Sie fügte drei weitere Messer hinzu, dann noch einmal vier, dann weitere fünf, bis schließlich sechzehn Messer durch die Luft wirbelten. Sie fing sie hinter dem Rücken, ließ ein Messer mit einer Klinge, lang wie ihr Unterarm, auf einer Fingerspitze rotieren. Sie warf Äpfel und Messer in die Luft und fing sie wieder auf, jeder Apfel war glatt halbiert. Das Publikum applaudierte ohrenbetäubend laut.

Vita klammerte sich am Stuhl fest, bis sich der Plüschbezug unter ihren Fingern ablöste. Sie wurde von einer unbändigen Sehnsucht erfüllt. Es muss ein herrliches Gefühl sein, wenn man das kann, wenn man einen Gegenstand genau wie geplant durch die Luft fliegen lassen kann, dachte sie. Und ihr kam ein zweiter Gedanke, so neu und so verstohlen, dass er es gerade eben in ihr Bewusstsein schaffte: Ich könnte das auch.

Lady Lavinia ging von der Bühne. »Jetzt kommt nur noch der Elefant«, sagte Arkadi.

»Ein Elefant! Das ist bestimmt umwerfend!«

Arkadi schüttelte den Kopf. »Er ist schön, ja – so schön, dass es schmerzt –, aber Elefanten sind nicht wie Hunde. Ich wünschte, mein Vater hätte keinen, doch er meint, man brauche ihn für das Publikum.«

»Wieso?«

»Die Hunde sind Artisten. Sie wollen arbeiten – sie möchten spielen. Elefanten wollen einfach nur nach Hause. Das habe ich ihm immer wieder gesagt, aber er hört nicht auf mich.«

»Woher weißt du denn, dass Elefanten nicht arbeiten wollen?«

»Das spüre ich – hier.« Er schlug sich gegen die Brust. Und dann grinste er verschämt und drehte sich wieder zur Bühne um.

Die Bühne der Carnegie Hall war riesig – breit genug für vierzig Schulter an Schulter stehende Männer. Vita wusste, dass die größten Musiker der Welt über diese Holzdielen geschritten waren. Doch beim Anblick des Tieres, das gegenüber auf die Bühne trottete, kam ihr all das plötzlich unbedeutend, klein und banal vor.

Der Elefant war mit Bändern geschmückt; auf seinem Rücken lag ein rotes Seidentuch und zwischen den Augen hing ein goldenes Dreieck aus Seide. Man hatte eines seiner Ohren mit goldenen Ringen versehen, in die man eine filigrane Goldkette gefädelt hatte. Zwischen den Stoßzähnen hing eine Silberkette. Ein großer, hagerer Mann mit einer Glatze, auf der Schweiß glänzte, folgte ihm mit einem langen, schmalen Stab.

Der Elefant blieb stehen, sah in das Publikum und reckte den Rüssel, als wollte er nach etwas greifen. Die Menge verstummte.

Der Mann rief einen Befehl. Der Elefant kam auf die Hinterbeine, trompetete und ließ die Vorderbeine wieder auf die Bühne krachen. Der Boden bebte. Splitter flogen durch die Luft; Samuel hob einen Unterarm vor sein Gesicht und Vita riss den Kopf nach links, als ein Holzstückchen haarscharf an ihrem Gesicht vorbeisauste.

Arkadi machte eine halblaute Bemerkung, die, davon war Vita überzeugt, nicht eben höflich war.

Der Mann rief einen anderen Befehl, doch der Elefant regte sich nicht. Der Mann rief noch einmal. Der Elefant rührte sich nicht vom Fleck und betrachtete den Saal; die bemalte Decke, die Reihen glotzender, neugieriger Gesichter. Seine Augen, eher golden als braun, schlossen sich.

Da spürte Vita ein Prickeln in ihren Augen und sie merkte, dass ihr Nasenrücken anschwoll, als müsste sie weinen. Sie schaute grimmig auf ihren linken Fuß hinab, um die Tränen zurückzuhalten. Sie hatte nicht länger die Carnegie Hall vor Augen, sondern ihren gekrümmten

Großvater, mit Ketten an etwas gefesselt, das sie nicht erkennen konnte.

Der Mann reckte den Stab; die Spitze funkelte im Licht und Vita erschrak, als sie sah, dass sie aus messerscharfem Eisen war. Sie wusste nicht, was passiert war, aber der Elefant trompetete und wuchtete sich dann auf ein Hinterbein.

Das Publikum johlte und jubelte. Der Mann verbeugte sich. Der Elefant wurde aus dem grellen Licht in das Dunkel hinter die Bühne geführt.

Die Lichter flammten wieder auf und das Publikum brach in lautes Gemurmel aus. Vita kam auf die Beine und warf einen Blick in den Saal, sah Seidenröcke flattern, als sich die Sitze leerten. Sie wollte gerade fragen, ob sie den Elefanten von Nahem betrachten dürfe, als ihr Atem stockte.

In einer Loge erhob sich ein Mann und bot einer blonden Frau in einem lachsroten Kleid den Arm an. Er drehte sich um und sein Blick begegnete dem von Vita, die immer noch halb auf der Bühne stand.

Der Mann war Victor Sorrotore.

11

Sie sprang voller Angst zurück, konnte aber noch sehen, wie Sorrotores Gesicht von Wut und Ekel überzogen wurde. Er stürmte förmlich aus der Loge.

Sie sauste in die Schatten zu Arkadi und Samuel. Sie kämpfte gegen ihre Furcht an, versuchte, sie einzudämmen; sie würde nicht zulassen, dass sie von ihr übermannt wurde.

»Wir müssen abhauen«, sagte sie.

»Wieso? Wir wohnen hier!«, sagte Arkadi.

»Sorrotore ist im Saal. Er hat mich gesehen. Und wenn er mich in die Finger bekommt … ich habe seinen Ring dabei.«

Arkadi zog eine fragende Miene. »Welcher Ring?«

»Ich habe einen Ring von seinem Kaminsims entwendet – ich glaube, er ist der Beweis für ein schreckliches Verbrechen. Man hat danach gesucht, unter meinem Bett …«

»Aber …«, setzte Arkadi an, doch Samuel unterbrach ihn. Er hatte die Panik in Vitas Augen gesehen.

»Dann können wir nicht hierbleiben«, sagte er. »Die

Leute dürfen hinter die Bühne, wenn sie extra bezahlen. Wir zischen durch den Hintereingang ab.«

Sie rannten aus dem hinteren Bühnenbereich in den Flur. Vita rutschte auf dem glatten Holzboden aus und stürzte, wobei sie ihre Handflächen aufschrammte. Sie war sofort wieder auf den Beinen und ihr Blick verbat sich jeden Kommentar. Sie eilten zur Tür, die halb offen stand und die Abendluft hereinließ. Samuel lief voran und war als Erster zur Tür hinaus.

Er sprang ohne Vorwarnung wieder hinein, riss im Flur eine andere Tür auf und stieß Vita in den Raum. Sie standen zu dritt in einer chaotischen Requisitenkammer: Masken, Mützen und ein Eselskopf waren waghalsig auf Regalen gestapelt. Ein Berg Haar entpuppte sich als Vorrat an künstlichen Schnurrbärten.

»Was ist denn los?«, zischte Arkadi. »Dies ist wohl kaum der Moment, um sich mit Requisiten auszustaffieren.«

»Draußen lauert jemand«, sagte Samuel.

»Wie sieht er aus?«, fragte Vita.

Samuel schüttelte den Kopf. »Ich habe ihn nur kurz gesehen – groß und dunkelhaarig. Er hat Gesicht eines reichen Schnösels und literweise Öl in den Haaren.«

»Das könnte er sein.« Vita sah sich hektisch um. Die Kammer war fensterlos. »Sitzen wir in der Falle?«

»Wir verschwinden in die andere Richtung«, sagte Samuel. »Durch die Lobby und den Haupteingang wie alle anderen. Wir tauchen zwischen den Leuten unter.«

Arkadi nahm den Zylinder seines Vaters vom Regal.

»Setz den auf.« Er rutschte weit über ihre Ohren. Arkadi schnappte sich einen Schnurrbart und versuchte, ihn auf Vitas Oberlippe zu befestigen.

»Klar«, sagte Samuel, »so taucht man zwischen den Leuten unter – als Mädchen mit Schnurrbart und Zylinder.«

»Hast du eine bessere Idee?«, fragte Arkadi.

Vita tat Zylinder und Schnurrbart wieder auf das Regal und Samuel bot ihr einen dunkelbraunen Filzhut an, der an einem Haken hing. Er passte wie angegossen. Vita zog ihn tief in die Stirn.

»Schon besser«, sagte sie. »Dann los.«

Sie rannten durch die Flure zurück, danach durch zwei Seitentüren und standen plötzlich in der hell erleuchteten Lobby. Eine sechsköpfige Familie – zwei Erwachsene mit vier Kindern, alle piekfein gekleidet, darunter ein plappernder Dreijähriger – ging langsam die breite, geschwungene Treppe hinunter. Samuel gab Vita einen Schubs und sie reihte sich in die Familie ein, als würde sie dazugehören.

Am Fuß der Treppe stand die Frau im lachsrosa Kleid und sah auf ihre Uhr. Nicht weit von ihr entfernt schlang ein Mädchen mit weißblondem Zopf einen dünnen Mantel fest um ihre Schultern.

Ganz normal tun, schärfte Vita sich ein, während sie die Menge mit Blicken absuchte. Und tatsächlich wirkte sie in den Augen der Leute wie ein gewöhnlicher Theatergast, wenn auch einer mit einer Vorliebe für ungewöhnliche Hüte.

Das Mädchen mit dem blonden Zopf wandte sich um und Vita wurde schlecht. Es war Silk und sie hatte die Mundwinkel tief heruntergezogen, während sie den Blick auf irgendetwas hinter Vita richtete.

Vita drehte sich um und folgte Silks Blick – ein Schuh kam hinter einer Ecke des Gebäudes hervor und im nächsten Moment erschien der schwarze Kaschmirmantel von Sorrotore.

Vita duckte sich hinter das größte Kind, als Sorrotore an ihr vorbeiging.

Dann geschah alles sehr schnell. Silk kreuzte mit gesenktem Kopf Sorrotores Weg und ließ ihre Hand flattern.

Sorrotore gehörte zu einer Schicht, die Übung darin hatte, die Armen zu übersehen. Er ignorierte sie und rief der Frau in Lachsrosa zu: »Ich bin untröstlich, meine Liebe – ich sagte doch, warte nicht auf mich! Ich dachte, ich hätte einen alten Geschäftspartner gesehen.« Er bot ihr den Arm an, drehte sich noch einmal um und warf einen Blick auf die Treppe. Vita duckte sich noch tiefer zwischen die Schar der Familie und schlüpfte hinter den Rücken der Mutter. Sorrotore zischte verärgert, bog nach links ab und schlenderte mit der Frau in Richtung Central Park. Silk verschwand fast im Laufschritt in die entgegengesetzte Richtung und Vita atmete auf.

Alle sechs Familienmitglieder zogen eine Augenbraue hoch, als sie zu ihrer Überraschung ein Mädchen mit Filzhut und roten Stiefeln in ihrer Mitte bemerkten, doch das Adrenalin, das in Vitas Blut brodelte, verhinderte, dass es ihr peinlich war. Arkadi und Samuel liefen die Stufen hinunter.

»Hat er dich gesehen?«, fragte Arkadi.

»Alles in Ordnung?«, fragte Samuel.

Vita nickte. »Wir müssen hinterher.«

Rimski flatterte vom Dach der Carnegie Hall und landete auf Arkadis Schulter.

»Sorrotore verfolgen?«, sagte er. »Bist du irre?«

»Nein. Wir müssen ein Mädchen verfolgen.«

Samuel setzte sein schiefes Lächeln auf. »Irgendein Mädchen oder ein bestimmtes Mädchen?«

»Das erkläre ich unterwegs. Ich weiß, wo wir sie finden.«

12

Der Fußmarsch von der Carnegie Hall zur Bowery Street war lang und kalt, aber oben leuchteten die Sterne und unten leuchtete New York. Sie gingen so schnell, wie es Vita möglich war, die Köpfe wegen des eisigen Windes gesenkt, und Rimski ritt auf Arkadis Schulter. Immerhin, dachte Vita, konnte man sich in New York nicht so leicht verlaufen; die Straßen verliefen parallel oder im rechten Winkel zueinander und die East 22nd führte schnurgerade zur East 23rd.

Unterwegs erzählte Vita von Silk und den Taschendiebstählen und dem Dakota Building und dem Knacken von Schlössern.

»Und sie will wirklich nicht helfen?«, fragte Samuel.

»Nein. Sie meint, sie arbeite immer allein.«

»Hm …« Samuel schwieg höflich, aber vielsagend, bevor er sagte: »Warum suchen wir sie dann?«

Vita zog das Taschenmesser aus ihrer Tasche, warf es in die Luft und fing es hinter ihrem Rücken wieder auf. Sie war plötzlich aufgeregt. »Darum! Weil sie gerade in der Carnegie Hall war. Sie hat dort jemandem aufgelauert.

Ich glaube, sie ist Sorrotore gefolgt. Und ich will wissen, warum.«

»Könnte auch Zufall gewesen sein.«

»Ich glaube kaum, dass Silk auf Zufälle setzt.« Das Gesicht des irischen Mädchens hatte keinen Zweifel daran gelassen, dass sie die Vorstellung, es gäbe etwas wie den Zufall, beleidigend fand.

Je weiter sie nach Süden gelangten, desto leerer und schäbiger waren die Straßen; Farbe blätterte ab und die Restaurants, an denen sie vorbeikamen, warben für immer ungewöhnlicheres Essen: Schweineherzen und Schafsfüße. Sie passierten einen Imbiss, dessen Speisekarte mit einem weißen Stift auf einem Fenster notiert worden war. Darüber stand der Name »Bowery Bar«.

»Wir sind in der Bowery Street.«

»Und wir sind hier, weil …?« Arkadi ließ den Satz mit einem Fragezeichen ausklingen.

»Weil sie gesagt hat: ›In der Bowery würdest du keine drei Minuten überleben!‹ Am besten, wir teilen uns auf«, schlug Vita vor. »Sie muss hier irgendwo sein.« Sie legte viel mehr Selbstvertrauen in ihre Worte, als sie empfand.

Arkadi übernahm die Bowery Street, Samuel die Prince Street und Vita ging in Richtung Chrystie Street.

Sie schaute im Vorbeigehen in die Seitenstraßen, sah aber nur Mülltonnen. Sie kam an einem Musiktheater vorbei, das für *Daisy Johnson und ihre bravourösen Babys* warb, wich einer großen Katze ohne Schwanz aus und ging einer mittelgroßen Ratte aus dem Weg. Und dann, die Kälte begann gerade, ihre Knie und Ellbogen zu erfassen, schaute sie in der Hester Street in eine Gasse und erblickte Silk.

Aber Silk war nicht allein. Sie stand mit dem Rücken an der Wand und vor ihr hatten sich die Jungen aufgebaut, die Vita in der Nähe vom Dakota Building gesehen hatte. Sie sahen aus wie jüngere Teenager, hatten aber die Körper von Erwachsenen. Einer war groß und schlaksig, der andere eher klein, hatte aber muskulöse Arme und Beine.

Beide klangen anklagend.

»Lügnerin«, sagte der größere Junge. »Wir wissen genau, dass du in der Carnegie Hall warst. Rück raus, was du hast.«

»Ich habe nichts, seid ihr taub?«, sagte Silk. »Ich habe den Laden nur ausgekundschaftet.«

Der kleinere Junge hatte ein Gesicht wie ein Anwalt. »Das ist gelogen, stimmt's?«

»Wir wollen dir keinen Ärger machen«, sagte der größere Junge, »aber wenn es sein muss, schrecken wir davor nicht zurück. Rück's raus!«

»Ach, verzieht euch und lasst mich in Frieden«, erwiderte Silk. Sie klang gelassen, aber Vita konnte im Lichtschein der Straße sehen, dass sie kreidebleich war.

Der kleinere Junge legte ihr eine Hand auf den Oberarm. Sie schüttelte ihn ab. »Fass mich nicht an!«

»Glaub ja nicht, wir würden dir keine verpassen, nur weil du ein Mädchen bist«, sagte der Große. »Das ist eine Regel, die für uns nicht gilt.«

Vita blickte zum Himmel auf, dann schritt sie um die Ecke. »Lasst sie in Ruhe«, sagte sie.

Die beiden Jungen fuhren mit großen Augen herum, zuerst überrascht, dann amüsiert, aber wütend.

»Wer ist die Kleine?«

»Was ist mit ihrem Fuß los?«

»Und warum ist sie angezogen wie ein privater Schnüffler?«

Vita griff an ihren geborgten Hut und errötete. »Lasst sie in Ruhe, habe ich gesagt!«

Das war Silk so peinlich, dass sie ihr Gesicht verzog. »Hau ab«, zischte sie Vita zu. »Ich komme klar.«

Vita wühlte in der Hoffnung, ein Wurfgeschoss zu finden, tief in ihren Taschen. Sie schob das rote Buch und ihr Taschenmesser zur Seite – zwei Kostbarkeiten, die zweifellos nicht für einen solchen Zweck gedacht waren – und suchte nach etwas anderem. Sie fand nur den straff aufgerollten Zettel aus der Carnegie Hall und ein paar Flusen.

Der kleinere Junge drehte sich wieder zu Silk um. Er ergriff ihre Fäuste und quetschte sie zusammen. »Rück die Brieftaschen raus und wir lassen dich laufen.« Dann drehte er einen ihrer Arme mit einer ruckartigen Bewegung auf den Rücken.

In Vita flammte Wut auf und sie ging auf den Jungen los, ohne groß darüber nachzudenken.

Er schwang eine ziegelsteingroße Faust, die Vita an der Schläfe traf und zurückschleuderte. Vor ihren Augen tanzten rote Wirbel, aber er hatte Silk kurz loslassen müssen.

Sie rannte weg – doch es war eine Sackgasse. Ihr entwich ein Keuchen, das sie aber sofort verschluckte.

Vita hörte es; und daraufhin kochte ihre Wut über. Die Leute rechnen nicht damit, dass ein kleines Mädchen Schmerzen zu ertragen oder anderen zuzufügen wagt. Sie wusste also, dass ihre einzige Waffe im Überraschungseffekt bestand. Sie rappelte sich auf und trat mit dem rechten Fuß nach dem Spann des kleineren Jungen, wobei sie sich an der Mauer abstützte, um einen Halt zu haben. Ihr blieben, so ihre Schätzung, fünf Sekunden, bevor der Junge den Schock des Angriffs durch ein Anderthalb-Meter-Nichts mit fuchsroten Haaren verdaut hatte. Als er sich vor Schmerz krümmte, rammte sie ihm ein Knie in den Schritt.

»Lauf!«, schrie sie Silk zu.

Aber Silk lief nicht weg. Stattdessen wirbelte sie zu dem großen Jungen herum, schaute ihm frech ins Gesicht, sprang ihn an und schlug ihre Zähne in seine Schulter. Er schrie überrascht auf und dann gingen beide zum Nahkampf über, traten und spuckten.

Der kleinere Junge kam mit schmutzigen Knien wieder auf die Beine und ballte angriffslustig eine Faust. Vita duckte sich weg und die Faust knallte schmerzhaft gegen ihre Schulter. Er packte ihren Arm. Sie trat nach ihm, zog mit der freien Hand den aufgerollten Zettel aus der Tasche und rammte ihn, so tief es ging, in eines seiner Nasenlöcher.

Er schrie auf, während ihm Tränen in die Augen traten,

und Vita biss in die Hand, mit der er sie gepackt hielt. Er riss sich los und glotzte sie fuchsteufelswild an. »Bist du *irre* oder was?«

Da waren Schritte zu hören. Vita wischte sich Haare und Schweiß aus den Augen und schloss die Finger kampfbereit um die Daumen. Dann bog Samuel um die Ecke, gefolgt von Arkadi, über dessen Kopf Rimski flatterte. Arkadi hatte die Arme gereckt, um sofort losschlagen zu können, und in Samuels Augen leuchtete blanke Wut.

Sie hielten kurz inne und nahmen die Szene in sich auf, dann sprinteten sie in die Gasse. Arkadi ging direkt auf die zwei Jungen los und stieß dabei einen schrillen Kriegsschrei aus.

Für den Kleinen war das zu viel des Guten. Er wirbelte herum und sauste an Arkadi vorbei, gefolgt von dem Großen, der den Mund vor Angst weit aufgerissen hatte. Rimski folgte ihnen und attackierte sie mit Sturzflügen.

»Alles in Ordnung?«, fragte Arkadi.

Vita nickte; sie war so außer Atem, dass sie kein Wort hervorbringen konnte. Es folgte ein langes Schweigen, in dessen Verlauf Silk blutigen Speichel gegen die Wand spuckte und Vita ihren Stiefel wieder richtig anzog.

Silk sprach zuerst. »Das hättest du nicht tun müssen.«

»Keine Sorge, ich …«

»Nein, ich meine – ich hätte das auch allein geschafft. Ich habe keine Hilfe gebraucht.«

Vita hatte sofort zig Entgegnungen im Kopf und die wenigsten waren höflich. Sie verkniff sich alle, wenn auch nur mit mächtiger Anstrengung. Stattdessen sagte sie: »Werden sie dir wieder auflauern?«

»Weiß ich nicht«, antwortete Silk. »Wahrscheinlich. Wenn ich weiter in ihrem Revier wildere.« Als sie sah, dass Vita besorgt das Gesicht verzog, ergänzte sie mürrisch: »Vielleicht auch nicht. Die Mühe lohnt sich für sie nicht, denke ich.«

»Ich kann dir Rimski leihen«, sagte Arkadi, »falls du sie brauchst. Sie würde auf dich aufpassen wie ein Schießhund.«

»Du blutest«, sagte Samuel.

»Wer? Ich?«, fragte Vita.

»Ihr beide.«

Als Vita den Ellbogen hob, sah sie, was er meinte. Bei ihrem Sturz hatte sie sich ein Loch in den Mantel gerissen. »Halb so wild«, sagte sie und wandte sich an Silk. »Du hast eine Wunde am Kopf.«

Silk tastete danach und zog ein Gesicht, als sie Blut an den Fingern hatte. »Bäh.«

Arkadi fischte ein Taschentuch heraus und gab es Silk. Es sah zwar aus, als wäre es seit einer Ewigkeit nicht mehr gewaschen worden, aber Silk tupfte ihren Kopf trotzdem damit ab. Sie sah vom japsenden, grimmigen Arkadi zu Samuel, der seine Hände an der Hose abwischte, und dann zu Vita, die sie anschaute, ohne mit einer Wimper zu zucken.

Silks Mund begann sehr langsam zu zucken.

»Okay«, sagte sie.

»Okay was?«, fragte Vita.

»Ja, okay. Okay, ich bin dabei. Ich gehöre zu eurer Mannschaft. Einfach … okay.«

Vita wurde wieder wärmer ums Herz, es reichte gerade, um die Kälte des Abends zu vertreiben. Aber sie sagte: »Ich dachte, du arbeitest nie mit anderen zusammen.«

Silk zuckte die Schultern. »Ich mache halt eine Ausnahme.« Und dann mussten beide überrascht lächeln.

»Ich bezahle dich auch«, sagte Vita. »Sobald wir den Smaragd verkauft haben – es wird sich für dich lohnen, Ehrenwort.«

Silk zuckte mit einer Schulter. »Ich will kein Geld. Dieses Mal nicht.«

Ein Tropfen landete in Vitas Gesicht; es begann zu regnen. »Kommt, wir gehen irgendwo hin, wo wir reden können«, sagte sie.

»Vielleicht in einen Laden, wo es Hamburger gibt?«, fragte Arkadi. »Ich könnte eine ganze Speisekammer leer futtern.«

Der Imbiss an der Ecke war rappelvoll, doch als Arkadi darauf zuging, schüttelte Silk den Kopf. »Die lassen mich nicht rein. Und das gilt für die meisten Läden hier in der Gegend.«

»Warum nicht?«, fragte Arkadi.

Silk verzog grimmig das Gesicht. »Warum wohl? Hier entlang.«

Vita riskierte eine Frage. »Warum warst du in der Carnegie Hall?«

Silk schüttelte wieder den Kopf. »Hier sollten wir besser nicht reden. Kommt mit.« Und sie führte die drei im Laufschritt durch zwei weitere Straßen zu einer Ladentür. »Rein hier, schnell, bevor wir klitschnass sind.«

Arkadi wurde knallrot und blieb stehen. »Wir können nicht hinein!«, sagte er.

»Und wieso nicht?«

»Sie verkaufen … *Büstenhalter.*«

Vita betrachtete das Schaufenster. Er hatte recht: Überall Seide und Spitzen und eine Schaufensterpuppe mit dem Blick eines Generalmajors, die ein Korsett präsentierte.

»Hier gibt es doch nichts zu beißen«, sagte Samuel. »Und ich esse keine Unterhosen, nicht mal aus Freundschaft.«

»Mann, wie behämmert seid ihr denn! Im Keller befindet sich eine Flüsterkneipe«, sagte Silk.

»Eine Flüsterkneipe?«, fragte Vita. »Du meinst … eine Bar? Aber … ist das nicht verboten?«

»Ja, was denn sonst? Nur zur Erinnerung: Wir suchen ein Plätzchen, wo wir ein Verbrechen planen können.«

»Kommen wir überhaupt rein?«, fragte Arkadi. »Man muss doch mindestens einundzwanzig sein, oder?«

»Ich komme rein«, sagte Silk, »und ihr gehört zu mir.«

Vita sah Silk zweifelnd an und senkte den Blick auf ihren blutigen Ellbogen und das Loch im Mantel. Doch Silk sollte recht behalten. Sie marschierte durch den Laden, wobei sie eine Stange mit Schlüpfern beiseiteschob, und nickte einer extrem ehrbar aussehenden Frau zu, die an der Kasse saß.

»Guten Abend, Bette«, sagte sie. »Wie läuft's?«

»Guten Abend, Susan.« Die Frau erwiderte das Nicken, ohne zu lächeln. »Nicht so gut, wie man hofft, nicht so schlecht, wie man befürchtet.« Sie hatte wie Silk einen leichten irischen Akzent. Sie drückte auf einen Knopf unter dem Tisch. Die Wand hinter dem Tisch mit der Kasse klickte und schwang an Scharnieren auf. Dahinter führte eine grobe Holztreppe in die Tiefe. »Husch, husch, bevor die Bullen Verdacht schöpfen und zwischen meinen Korsetten rumschnüffeln.«

Silk ging die Treppe hinab zu einem dicken, schwarzen Vorhang, hinter dem gedämpfte Musik zu hören war.

»Wer ist Susan?«, fragte Arkadi.

»Das bin ich, jedenfalls offiziell«, sagte Silk. »Aber so nenne ich mich seit Jahren nicht mehr. Ich heiße jetzt Silk.« Sie zog den Vorhang auf und Vita trat auf eine Tanzfläche, die in einem goldenen Lichtschein lag.

Eine vierköpfige Band spielte auf einer winzigen Bühne und auf dem Marmorfußboden tanzte etwa ein Dutzend Paare. Vita kannte den Tanz nicht – er war schnell und fast artistisch, die Leute ließen Arme und Beine fliegen. Andere Paare saßen an runden Tischen, aßen und tranken und eines küsste sich so innig, dass es aussah, als wären beide zusammengeschweißt. In einem Kamin mit einem mächtigen Marmorsims brannte ein Feuer und im Raum war es wohltuend warm.

Ein Mann hinter der Bar sah überrascht auf, als sie sich näherten. »Silk! Mädchen, was tust du denn hier? Ich hoffe, du willst nicht deiner Arbeit nachgehen.«

»Das würde ich hier nie tun«, sagte Silk. »Wie du weißt. Außerdem habe ich's aufgegeben – fast.« Sie klang jetzt etwas anders – die Vokale waren rauer und härter. »Wir sind hungrig. Was hast du zu bieten?«

»Ah, Silk, bitte nicht jetzt. Ich bin mitten in meiner Schicht – und wenn die Bullen aufkreuzen und eine Kinderhorde hier entdecken, dann bin ich ...«

Silk stieg eine Röte in Nacken und Wangen. »Du bist mir was schuldig, Tony, schließlich habe ich dir die Urne deiner Großmutter zurückgeholt. Das hast du selbst gesagt.«

Tony seufzte. »Wie groß ist euer Hunger?«

»Riesig!«, sagte Samuel.

»Ich könnte glatt ein Pferd futtern«, sagte Arkadi.

»Wirklich? Im Ernst?« In Tonys Augen blitzte ein plötzlicher Erfindergeist auf. »Ein Pferd kann ich nicht bieten, aber ich habe ein bisschen experimentiert und könnte euch die Herzen Grüner Meeresschildkröten in Pilzsoße servieren – wollt ihr mal kosten?«

»Ähm ...«, sagte Arkadi.

»Ich könnte auch ein Fischschwanz-Frikassee machen.«

Das Schweigen, das eintrat, war so lang und so höflich, dass es den ganzen Kamin ausfüllte und den Schornstein hinaufkroch.

»Heißt das nein?«, fragte Tony.

»Haben Sie nicht etwas ...« Samuel zögerte.

»Normales?«, ergänzte Arkadi.

Der Mann seufzte. »Geht da rein«, sagte er, indem er auf eine Tür links von ihnen zeigte, »und macht keinen Radau. Ich bin gleich bei euch.«

Der Raum war menschenleer und ganz still. Der Fußboden war nicht aus Marmor, sondern mit Sägespänen bedeckt. Es gab nur ein paar umgedrehte Holzkisten und ein Bierfass, das als Tisch diente, und es roch nach Paraffinlampen. Es war warm. Vita spürte, wie sich ihre Schultern entspannten, und sie holte tief Luft.

»Hier machen die Kellner Pause«, sagte Silk und setzte sich auf eine Kiste. »Aber ihre Schicht hat gerade begonnen – sie haben erst in ein paar Stunden frei. Hier können wir reden. Niemand kann uns belauschen.«

»Gut«, sagte Vita. »Kannst du mir erklären, warum du heute Abend im Zirkus warst? Das war kein Zufall, richtig?«

»Nein«, sagte Silk. Sie zog eine braune Lederbrieftasche von der Größe eines Taschenbuchs aus ihrem Mantel. »Ich wollte das hier.«

»Gehört sie Sorrotore?«, fragte Vita, obwohl sie es schon wusste. Das glänzende Leder zeugte von Reichtum.

»Ja. Ich bin ihm vom Dakota Building bis zur Carnegie Hall gefolgt und habe draußen gewartet.«

»Du hast dir bestimmt den Hintern abgefroren«, sagte Samuel.

Silk zuckte die Schultern. »Ich wollte sie«, wiederholte sie und legte die Brieftasche auf das umgedrehte Bierfass.

»Du hast sie also geklaut«, sagte Arkadi. »Und wieso?«

»Ich habe auf seiner Party bedient und er hat mich nicht bezahlt. Ich habe die Uniform bekleckert, die man mir gegeben hatte, und es hieß, sie sei mehr wert als die Summe, die ich für den Abend erhalten hätte.«

»Außerdem hast du eine Büste zerdeppert«, ergänzte Arkadi. »Das hat Vita erzählt. Und du hast seine Gäste beklaut.«

»Klar«, sagte Silk und sah Arkadi scharf an, »aber davon ahnt er ja nichts. Es war also trotzdem ungerecht. Und außerdem …«

»Außerdem was?«, fragte Vita.

»Männer wie er bewahren alles Mögliche in ihrer Brieftasche auf. Und … was du erzählt hast, ließ mich nicht mehr los. Daran musste ich ständig denken. Dass Typen wie Sorrotore immer gewinnen.«

Vita nickte. Ihre Blicke begegneten sich und zwischen ihnen knisterte ein Einverständnis.

»Also dachte ich, ich schaue mal in seine Brieftasche und suche dich, falls sie wertvolle Informationen enthält. Aber du bist mir zuvorgekommen.« Sie griff nach der Brieftasche und reichte sie Vita.

Vita nahm sie behutsam entgegen. Das Leder fühlte sich weich an; teuer und aalglatt – wie sein Eigentümer. Sie verspürte den überraschenden Drang, in den Nebenraum zu rennen und das Ding ins Feuer zu werfen.

Stattdessen entnahm sie der Brieftasche gefaltete Dollarscheine und gab sie Silk. Sie fand auch einige Quittungen und einen noch nicht geöffneten Umschlag mit der Aufschrift: ›*Mr Victor Sorrotore, Dakota Building*‹.

Sie wollte eben in den Umschlag schauen, als die Tür aufflog. Vita konnte die Brieftasche gerade noch im Mantel verstecken, bevor sich Tony rückwärts in den Raum wuchtete.

»Hier.« Und er knallte ein Tablett auf das Bierfass. »Keinen Mumm, mal was Neues zu kosten, Kinder, aber das ist euer Problem. Langweiler! Das seid ihr in meinen Augen.« Er stelzte hinaus und schlug die Tür hinter sich zu.

Auf dem Tablett türmten sich dicke, heiße Fleischstücke, daneben lagen ein halber Brotlaib, Äpfel, kalifornische Orangen, ein Stück Butter und mehrere Käsescheiben, jede so groß wie Vitas Handfläche. In der Mitte stand eine Flasche Ketchup.

»Beefsteak!«, sagte Samuel. »Hervorragend.«

Und es gab vier Marmeladengläser mit einer schäumenden, weißen Flüssigkeit. Vita beschnupperte eines argwöhnisch.

»Milch«, sagte sie erleichtert. Sie trank einen großen Schluck; die Milch war so kalt, dass ihr Nasenbein schmerzte. Sie fasste wieder Mut, denn sie hatte endlich etwas im Magen.

Sie aßen mit den Fingern, strichen die Butter mit dem Brotmesser auf die Scheiben und löffelten den Ketchup mit einem Stift, den Samuel in seiner Tasche gefunden hatte, aus der Flasche. Vita futterte heißhungrig und biss große Happen ab, sie schwelgte geradezu im Essen.

Sie zerschnitten den Käse mit ihrem Taschenmesser, er schmeckte würzig und salzig.

Bis auf Arkadi, der immer weiter aß, waren irgendwann alle satt. Der ungeduldige Samuel machte einen Handstand, einen Fuß gegen die Wand gedrückt, während Arkadi nach der achten Scheibe Brot griff.

»Bist du wirklich noch hungrig, Ark?«, fragte der kopfstehende Samuel.

»Ich finde, man muss essen, bis es einem zu den Ohren rauskommt. Alles andere wäre eine Beleidigung des Kochs.« Er hatte schon eine Butterflocke auf dem Kinn. Schließlich hörte auch er auf zu mampfen und drehte sich zu Vita um. Zwei noch erwartungsvollere Augenpaare folgten seinem Beispiel.

Vita holte das rote Buch aus der Manteltasche. Sie zögerte eine Sekunde, ließ den Blick von einem vertrauensvollen Paar Augen zum nächsten gleiten und spürte das Herz in ihrer Brust hämmern. Dann schlug sie das Buch auf.

»Hier steht alles. Wie wir vorgehen«, sagte sie.

»Du hast alles aufgeschrieben?«, fragte Silk verblüfft. Sie griff nach dem Buch und blätterte darin: Diagramme, Zugfahrpläne, Listen mit Aufgaben. »Ist das eine gute Idee? Was, wenn das Buch jemandem in die Hände fällt?«

»Ich habe Initialen benutzt – keine ganzen Namen. Und ich habe es immer dabei«, sagte Vita. »Niemand kommt da ran.«

Sie umriss noch einmal den Plan. Den kannten alle drei

schon, aber sie lauschten trotzdem mit hochkonzentrierter Miene.

»Könnten wir Codenamen statt Initialen bekommen?«, fragte Arkadi. »Ich wäre gern Mr Flagranti.«

»Nein«, sagte Silk entschieden.

»Wo genau ist noch mal sich der Springbrunnen, bei dem wir graben müssen?«, fragte Samuel.

»Im Garten hinter der Mauer.«

»Und wo hinter der Mauer ist der Garten?«

Vita blätterte zur Seite mit dem kopierten Plan um.

»Hier.« Sie zeigte darauf. Sie nahm Samuels Stift und malte einen Kreis darum.

»Mal ein Kreuz«, sagte Arkadi. »Auf jeder Schatzkarte gibt es ein Kreuz.«

Vita malte ein dickes Kreuz auf den Plan. *Smaragdanhänger*, notierte sie daneben.

Währenddessen kam Tony, der Barkeeper, wieder in den Raum und sie zog das Buch auf ihren Schoß. Er betrachtete das fast leere Tablett, danach Arkadis gut gebuttertes Gesicht und nickte.

»Prima. Ich werfe Essen ungern weg.«

Als er sich bückte, um die vier leeren Gläser aufzusammeln, bemerkte Vita, dass er sie alle von Kopf bis Fuß musterte – mit einem Blick, der auf und ab glitt wie ein Fahrstuhl –, und sie sah, dass er die Stirn runzelte. Er wollte etwas sagen, brummte aber nur und ging hinaus.

Samuel hatte es auch bemerkt. Er drehte sich zu Silk um. »Er verpfeift uns doch nicht, oder?«

Silk war es ebenfalls aufgefallen. »Das bezweifele ich. Vermutlich denkt er nur, dass wir komisch aussehen. Trotzdem war seine Miene sonderbar.«

Vita betrachtete die Jungen und Silk und versuchte sich vorzustellen, wie sie auf einen Fremden wirkten.

Arkadi trug einen knallroten Wollpullover, in dem er schon in weiter Ferne zu erkennen war. Er hatte ihr den dunkelblauen Schal nie zurückgegeben und mit den zwei Farben sah er aus wie eine Kriegsflagge. Samuel trug unter seinem Mantel Schwarz – eine hautenge Akrobatenmontur, die möglichst geschmeidige Bewegungen erlauben sollte. Silk trug einen etwas zu kleinen Rock aus Wolle und einen dicken Strickpullover, sah also ordentlicher aus, wirkte aber trotzdem etwas abgerissen und verwahrlost – und Vita wusste, dass viele Leute vor ärmlich gekleideten Personen zurückschreckten, als wäre Armut ansteckend. Und sie selbst war mit dem verkrümmten Fuß und den knallroten Stiefeln am auffälligsten.

Samuel hatte ähnliche Gedanken.

»Was wir brauchen«, sagte er, »sind Verkleidungen.«

»Ja!«, sagte Vita. Sie musste einen längeren Rock tragen, der ihr linkes Bein verbarg.

»Verkleiden?«, fragte Arkadi. »Wieso das?«

»Kleider machen Leute«, antwortete Samuel. »Manche Kleider sagen: *Du sollst mich mögen.* Andere sagen: *Du kannst mir vertrauen.* Und wieder andere sagen: *Ach, überseht mich einfach.*«

»Wir brauchen Kleider, die sagen: *Wir hatten noch nie*

im Leben einen gefährlichen oder unerlaubten Gedanken«, sagte Vita. »Wenn man uns auf der Fahrt zum Hudson Castle sieht, dann muss man uns für anständig halten und sofort wieder vergessen.«

»Und was sollen das für Kleider sein?«, fragte Silk, die trotzig auf ihre nackten Knie hinabsah.

Vita hatte plötzlich jene Kleider vor Augen, die die Kinder des englischen Königshauses getragen hatten.

»Teure, schätze ich«, sagte sie. »Niemand verdächtigt reiche Leute. Wir brauchen Kleider, die sagen: *Mein Nachname ist der Name einer Bank und das ist kein Zufall.* So müssen wir aussehen.«

»Grau«, sagte Silk entschieden. »Grau oder Braun – das sind Farben, die respektabel wirken. Schlammfarben. Graue Hose und Jacke für die Jungs, Kleider für uns.«

»Na, schön«, sagte Samuel. »Aber woher sollen wir die nehmen?«

»Wir könnten sie klauen«, schlug Arkadi vor.

Vita sah ihn grimmig an. Alle Blicke richteten sich auf Silk.

Sie errötete. »Ich klaue Dinge aus Taschen, aber ich klaue keine Taschen mitsamt dem Kleidungsstück, an dem sie sitzen.«

»Könntest du nicht genug Kohle für neue Klamotten klauen?«, fragte Arkadi.

»Nein.« Silks Miene war ausdruckslos und wie versteinert. »Oder … ja, das könnte ich. Aber ich will es nicht.«

»Aber …«, setzte Arkadi an.

»Ich habe die Nase voll davon, kapiert?« Silk zog die Schultern hoch, sie fauchte regelrecht. »Ich will nicht mehr tricksen und lügen und weglaufen! Ihr wisst nicht, wie es ist, wenn einem das Herz die ganze Zeit in der Kehle sitzt wie ein verkanteter Hühnerknochen. Ich möchte wie ihr sein. Einfach stinknormal.«

»Ganz normal ist wohl keiner von uns«, erwiderte Arkadi. Er klang beleidigt.

»Ich meine damit, dass ihr versorgt werdet. Dass sich jemand um euch kümmert. Ein Jemand, der euch Brote schmiert und eure Wäsche macht und eure Knöpfe schließt, wenn ihr nicht rankommt. Niemand tut das für mich.«

Trotz ihrer Abgebrühtheit, ihrer spitzen Ellbogen und ihres kräftigen Kinns wirkte sie plötzlich so zerbrechlich wie feines Porzellan. Sie starrte den Dreck unter ihren Fingernägeln an. »Also: nein. Ich mache das nicht.«

Alle schwiegen. Vita, der unbehaglich zumute war, versuchte, auf etwas Tröstendes zu kommen. Sie beugte sich zu Silk und berührte sie kurz mit den Fingerspitzen am Arm. Die Welt kam ihr ungerecht und grundfalsch vor.

Da hellte sich Samuels Miene auf – er war auf einmal lebhaft und wie elektrisiert. »Ich hab's!«, sagte er.

»Was?«, fragte Arkadi.

»Heraus mit der Sprache«, sagte Vita. Seine Zuversicht war ansteckend.

»Fundstücke! In fast jedem Laden dieser Stadt werden Fundstücke aufbewahrt – in jedem Kino, jedem Bahnhof, jedem Restaurant. Sogar in der Bude, in der man die Eintrittskarten für die Freiheitsstatue verkauft!«

Silk zog ihre schmalen, blonden Augenbrauen hoch. »Niemand vergisst eine *Hose.*«

»Doch, in Hotels!«, entgegnete er. »Denkt an die vielen Schubladen dort! Wir müssen uns bloß ordentlich schrubben, damit wir sauber aussehen, und danach klappern wir die Hotels ab und behaupten, ein Freund hätte seine Hose – oder eine Jacke oder ein Kleid oder was auch immer – im Zimmer vergessen und wir würden gern wissen, ob sie gefunden wurde.«

»Eine glänzende Idee!«, sagte Vita.

»Und wann machen wir das?«, fragte Silk.

»Gleich morgen!«, sagte Vita. »So früh wie möglich.«

»Und danach?«, fragte Arkadi.

»Danach sind wir startbereit!«

»Gut«, sagte Silk. Sie drehte sich zu Vita um und betrachtete ihre schmalen Hände und den blutigen Ellbogen. »Er klettert also über die Mauer und *er* zähmt die Hunde und ich knacke das Schloss der Tür zum Garten hinter der Mauer – und was machst du?«

Samuel und Arkadi sahen Vita an, als wäre ihnen diese Frage noch nie in den Sinn gekommen.

»Tja … der Smaragd gehört meiner Familie«, antwortete sie ganz richtig.

»Aber was trägst *du* dazu bei?«, fragte Silk.

In Vitas Kopf herrschte plötzlich gähnende Leere. Sie stopfte die Hände in ihre Taschen und ihre Finger stießen auf das Taschenmesser. Sie dachte an Lady Lavinia und deren luchsäugige Geschicklichkeit.

»Mein Grandpa hat mir das beigebracht«, sagte sie.

Sie ging zum anderen Ende des Raumes, nahm Brotmesser, Steakmesser und ihr Taschenmesser in eine Hand. Damit die Aufmerksamkeit der anderen nicht nachließ, warf sie alle, ohne eine Sekunde zu zögern, auf den Kaminsims. Die drei schrien und zogen die Köpfe ein und reckten dann den Hals.

Das Brotmesser hatte ein Stück des Apfels abgesäbelt. Das Steakmesser steckte im Brot. Und ihr Schweizer Taschenmesser hatte die Orange glatt halbiert, so dass der Raum von einem sonnigen Duft erfüllt war. Sie hatte eigentlich auch den Apfel halbieren wollen wie Lady Lavinia in der Carnegie Hall, aber das behielt sie für sich.

»Das ist meine Fertigkeit«, sagte sie. »Ich bin der *Notnagel.*«

Sie verließen die Bar so unauffällig, wie das im Gänsemarsch möglich war. Seit ihrer Ankunft hatte sich der Raum gefüllt und auf den Hockern an der Bar saßen mehrere Männer in unterschiedlichen Stadien der Trunkenheit.

»Hey! Kleine … Wie heißt du gleich? Du bist doch die Enkeltochter von Jack Welles!«

Vita fuhr herum. Auf einem der Hocker saß Dillinger. Er sah noch verlotterter aus als im Park, sein Hemd quoll aus der Hose und zwischen seinen Lippen hing eine speichelfeuchte Zigarre.

Samuel tat einen Schritt auf ihn zu und Silk ballte eine Faust, aber Vita schüttelte den Kopf.

»Ich mache das«, sagte sie. Von Nahem gesehen, war seine Haut grau. Er krallte sich an den Rand der Bar, als würde der Raum schwanken.

»Die Kleine, die mit dem Feuer spielt«, lallte Dillinger. Spucke flog, als er »spielt« sagte, und Vita wich angeekelt zurück. »Bist du nicht ein bisschen zu lange auf? So als Kind und Krüppel?«

Vita zuckte zurück, sammelte sich dann wieder und trat vor. »Was wollen Sie von mir?«

»Was ich von dir will?« Er lachte. »Gar nichts. Aber du willst was. Du willst die Bude deines Großvaters wiederhaben. Stimmt's oder habe ich recht?«

Vita regte sich nicht.

»Tja, du kriegst sie aber nicht zurück, Kindchen. Nicht mehr lange, dann ist er damit fertig, und danach willst du sie ganz sicher nicht wiederhaben.«

»Was wollen Sie damit sagen?«

Doch er lachte wieder, offenbar bei einem Gedanken, der aus einem widerlichen Winkel seines Inneren gekrochen war. »Das wirst du schon noch merken. Er hat den Anhänger gesucht, von dem du erzählt hast. War außerordentlich hilfreich, dass du ihn informiert hast, ist dir das klar?«

Vita stand da und wartete ab.

»Aber jetzt hat er die Schnauze voll von der Schatzsuche. Und er befürchtet unangenehme Fragen. Und wenn er sich fürchtet, wird er fies. Die Geschäfte laufen nicht mehr so gut. Also hat er eine Frist gesetzt.« Dillinger rülpste und verzog schmerzhaft das Gesicht. »Bis nächste Woche.«

»Eine Frist wofür?«

Dillinger musterte sie. »Er hat was gegen dich. Und nicht nur, weil du den Ring geklaut hast, obwohl er dich schon deshalb drankriegen würde, klar. Nee, so habe ich ihn noch nie erlebt. Ich habe noch nie erlebt, dass er ein Kind so hasst. Du wurmst ihn wirklich, weißt du das?«

»*Was* passiert nächste Woche?«, fragte Vita.

Dillinger drehte sich zum Barkeeper um. »Einen Scotch mit Eis«, sagte er, »und nicht zu knapp.« Er ließ eine Faust auf die Bar knallen und seine trunkenen Augen rollten zurück, bis nur noch das Weiße sichtbar war.

Vita wandte sich ab, doch er rief ihr etwas nach.

»Hast du gehört, was ich gesagt habe, Kleine? Du spielst mit dem Feuer. Verbrenn dir nicht die Finger!«

13

In der Wohnung wurde Vita von ihrer Mutter erwartet, kreidebleich vor Sorge und Zorn. Das hatte Vita geahnt. Das Gespräch war dann auch schlimm – später, als ihre Tränen getrocknet waren, dachte Vita, dass es sich irgendwo zwischen einem Gewitter und einem Weltuntergang im Kleinformat bewegt hatte.

»Ich kann dich hier nicht ständig im Blick behalten!«, sagte ihre Mutter und auch sie hatte Tränen in den Augen. »Und du weißt doch, wie hilflos du bist!«

»Bin ich nicht!«

Ihre Mutter kniff die Lippen zusammen; sie war aufgewühlt, weil immer noch Angst in ihr schwelte. »Du bist ein Kind! Ich vertraue darauf, dass du und dein Grandpa keinen Unsinn machen, das weißt du doch – sieh bitte zu, dass ich mein Vertrauen nicht bereuen muss! Das wäre unerträglich!«

Schließlich flaute das Gewitter ab.

»Versprichst du mir, dass du das nicht noch einmal tust?«, fragte ihre Mutter, nachdem sie den aufgeschrammten Ellbogen gebadet hatte, und Vita sagte: »Versprochen«, gab ihrer Mutter einen Kuss und eilte ins Bett, bevor das, was sie versprach, genauer definiert werden konnte.

Vita schlief schon halb, das rote Buch unter dem Kopfkissen, als ihr schlagartig Sorrotores Brieftasche einfiel. Sie setzte sich im Bett kerzengerade hin und spitzte die Ohren. In der Wohnung war alles still; sie konnte nur das Dröhnen der Stadt hören.

Sie schlich durch den Flur und nahm ihren Mantel vom Haken. Als sie die Brieftasche herausholte, duftete diese immer noch – nach Leder, Parfüm und Puder.

Sie zog den einmal gefalteten Umschlag und Quittungen heraus.

Die Quittungen verrieten nur, dass Sorrotore teure Vorlieben hatte – so hatte er zwölf Flaschen Champagner gekauft, Marke Perrier-Jouët, Jahrgang 1904 –, also riss sie den Umschlag auf. Er enthielt einen Bogen Briefpapier und Zeitungsausschnitte.

In den Artikeln ging es immer um Brände: überall in der Stadt waren Gebäude niedergebrannt.

In dem Brief hieß es:

Victor,

Fortschritte bei diversen Projekten; siehe Artikel. Halte mich im Hinblick auf dein neuestes Vorhaben auf dem Laufenden. Vergeude keine Zeit. Fair Homes steht in den Startlöchern, um das Hudson Castle Hotel Wirklichkeit werden zu lassen.

Herzlich, aber in Eile,

Westerwicke

Sie breitete die Zeitungsausschnitte aus. Sie schienen weder etwas miteinander zu tun zu haben noch mit Sorrotore. Es handelte sich stets um alte Gebäude und alte Gebäude können leicht in Flammen aufgehen. Als Vita weiterlas, stellte sie aber fest, dass alle Grundstücke von derselben Firma neu bebaut wurden: Fair Homes Enterprises.

Laut der Zeitung nahm diese Firma für sich in Anspruch, »bezahlbaren Wohnraum für hart arbeitende New Yorker« zu schaffen. Nachdem Vita weitergelesen hatte, runzelte sie jedoch die Stirn, denn wie es schien, wurden nur Gebäude mit Luxuswohnungen, Portier und golden gekachelten Swimmingpools errichtet; Gebäude, die sagten, man habe die Pflicht, ja nicht zu verarmen.

Sie las noch genauer. In den Artikeln wurde der Verlust von denkmalgeschützten Gebäuden beklagt: Kirchen und Theater, Orte, die die Geschichte der Stadt geprägt hatten. Gebäude, die im Herzen der begehrtesten Wohnlagen kostbaren Raum einnahmen.

Sie studierte die Liste. Ein Apartment-Block in der East 23rd Street war nachts in Brand geraten; es hatte einen Verletzten gegeben und ein älterer Mann war später an einer Rauchvergiftung gestorben. Der Name der Straße kam ihr bekannt vor – war sie dort schon entlanggegangen? Sie las weiter: Das Old Hotel in der Columbus Avenue war bis auf die Grundmauern niedergebrannt.

Der Name kam ihr ebenfalls bekannt vor. Sie griff nach dem Taschenmesser und spielte mit der Pinzette, überlegte, grub in ihrem Gedächtnis – und dann fiel es ihr ein.

Die Papiere auf Sorrotores Schreibtisch.

Das Old Hotel war für zweihundert Dollar verkauft worden. Und nun existierte es nicht mehr.

Sie blickte wieder auf die Zeitungsausschnitte und allmählich dämmerte ihr, was los war. Sorrotore besaß mehrere Firmen, die alte Gebäude erwarben; dann ließ er sie niederbrennen; schließlich ließ Westerwicke dort Neubauten errichten.

Wie viele Gebäude hatte er angeblich erhalten wollen, so wie er versprochen hatte, Grandpas Hudson Castle zu erhalten? Und wie viel Geld mochten er und Westerwicke wohl mit alldem schon verdient haben?

Ihre Arme und Hände waren kalt, doch ihr Herz brannte. Sie dachte an die klammheimliche Freude, mit der Dillinger gesagt hatte: »Du spielst mit dem Feuer …«

Ein Trunkenbold mit einer Pointe. Und was hatte er noch gesagt?

»Er hat eine Frist gesetzt. Bis nächste Woche.«

Das war also der Grund, dachte sie. Darum hatte Sorrotore Hudson Castle haben wollen; er wollte es niederbrennen. Und ihr blieb kaum noch Zeit. »Nächste Woche« – das konnte von Montag, sogar schon von Sonntag an alles Mögliche heißen. Heute war Mittwoch.

Sie schlief ein, das rote Buch gegen ihre Brust gedrückt. Ihre Träume wurden von Sorrotore heimgesucht, sein Gesicht rückte immer näher; ein eisiger und unguter Bettgenosse.

14

Am nächsten Tag begannen sie mit der Jagd auf Fundstücke in ganz New York.

»Wir müssen uns beeilen«, sagte Vita. Sie erzählte den anderen in aller Kürze von den Zeitungsartikeln. Ihr Plan musste so schnell wie möglich in die Tat umgesetzt werden.

»Was treibt der Typ denn in Wahrheit?«, fragte Arkadi.

»Ich glaube, er betrügt die Leute – schüchtert sie ein, erpresst sie, was auch immer, damit sie ihm alte Gebäude verkaufen – schöne Gebäude an schönen Orten –, und das zu einem Spottpreis. Gebäude, die man eigentlich nicht abreißen darf, weil sie unter Denkmalschutz stehen. Dann sorgt er dafür, dass sie in Brand gesteckt werden, damit er etwas Neues bauen kann.«

»Aber dein Grandpa hat verkauft, oder?«, fragte Silk.

»Nein, nein, nein! Aber es kann trotzdem das Gleiche passieren: Sorrotore wird es einfach niederbrennen. Uns bleibt kaum noch Zeit.« Sie spürte, wie Panik in ihr aufkam, die sie unterdrückte und von ihrem Herz fernhielt. »Am besten, wir teilen uns auf. Heute Abend treffen wir uns hier wieder.«

Sie klapperten New York auf ganzer Länge und Breite ab. Silk, die sich in der Stadt am besten auskannte, teilte sie auf Vitas Stadtplan in Abschnitte ein. Ohne ein Wort über Vitas Fuß zu verlieren, schusterte sie ihr jene Orte zu, die der Carnegie Hall am nächsten waren.

Silk trieb in Chumleys's Flüsterkneipe in Greenwich Village eine graue Jacke auf, die eigentlich für einen Erwachsenen gedacht war, Arkadi aber einigermaßen passte. Vita fand im ehrfurchterregenden Waldorf Astoria Hotel mit dem vielen Marmor und Gold ein blaues, langes Samtkleid. Das Kleid war grässlich und zu eng, wirkte aber süß und verträumt. Außerdem verdeckte es ihren linken Fuß. Samuel ergatterte im Algonquin Hotel eine passende Jacke und Hose für sich, alles aus dickem, braunem Stoff.

Er schaute sowohl siegreich als auch wütend drein. »Sie wollten es zuerst nicht rausrücken, also habe ich erklärt, ich sei der Page der Familie. Danach haben sie mir alles übergeben, ohne mit der Wimper zu zucken.«

Arkadi betrachtete seinen Freund, in dessen Augen Zorn und Schmerz loderten. *»Tschort«*, sagte er. »Ich hoffe, du hast auf sie gespuckt.«

Samuel versuchte zu lächeln. »Das wäre nicht sehr hilfreich gewesen«, sagte er.

Silk begann schon zu verzweifeln, als sie auf die Idee kam, im Lyceum Theatre zu fragen, ob jemand im letzten Monat einen Mantel in der Garderobe vergessen habe. Ihr Lohn war ein knöchellanger, weißer, mit Schwanenfedern besetzter Mantel. Kragen und Ärmelaufschläge waren schon etwas grau und die Schwanenfedern vielleicht zu viel des Guten, aber er war auf jeden Fall todschick.

»Wir sollten einen feinen Ort aufsuchen!«, schlug Vita vor. »Als Test! Wenn uns die Leute nicht anstarren, wissen wir, dass die Kleider stimmen.«

»Am besten das Plaza Hotel. Gleich am Central Park – das ist der schickste Laden in New York«, sagte Silk. Sie kappte die Schwanenfedern an den Ärmelaufschlägen mit Vitas Taschenmesser. »Die alten Damen, die dort ihren Tee trinken, können am Niesen der Leute erkennen, wie reich sie sind. Wenn uns dort niemand anstarrt, dann auch nirgendwo anders.«

Samuel zögerte. Dann sagte er: »Die Leute werden aber starren.«

»Wieso?«, fragte Vita.

»Die Leute werden mich anstarren. Sobald wir ein feines Hotel betreten. Sie werden mich selbst dann anstarren, wenn ich gut gekleidet bin.«

Vita spürte, dass ihr das Blut in die Wangen stieg. »Verzeih mir«, sagte sie leise. »Das hätte ich bedenken müssen. Wir könnten auch …«

»Nein«, sagte Samuel, der den braunen Stoff seiner Anzugjacke befingerte. Er schien Zweifel zu haben, aber da war noch etwas: die gleiche Entschlossenheit, die es einem Vierjährigen ermöglicht hatte, in einem stockdunklen Schlafzimmer heimlich rückwärts Saltos zu schlagen. Seine Gesichtsmuskeln strafften sich, als er die Zähne zusammenbiss. »Wir gehen hin. Ich komme mit. Und wenn man mich anglotzt, dann glotze ich halt zurück.«

Das Plaza Hotel war einer der Orte, wo man in Samt gekleidete, mit Schwanenfedern geschmückte Menschen erwartete, die ihre Stimme senkten und die Augenbrauen hochzogen. Es war ein Ort für Menschen, die nicht gingen, sondern *schwebten*.

Vita gab sich große Mühe zu schweben, als sie zur großen Tür hinaufging. Sie nickte dem Portier zu und trat ein, wobei sie das Kinn so hoch reckte wie möglich.

Ein Mann folgte ihr. Hätte sie sich umgedreht, dann hätte sie bemerkt, dass er unsicher dreinschaute – er musterte nicht ihr Gesicht, sondern ihre Füße, die aber unter dem Kleid versteckt waren. Seine Hand war mit dem Bild einer fauchenden Katze tätowiert.

»Kommt hierher!«, rief Arkadi. Sie standen zu dritt im Palmengarten neben der zentralen Bar, auf der eine große, goldene Statue des griechischen Gottes Hermes thronte. Unter der Decke hingen herbstliche Kränze und Gestecke, so dass der Raum halb wie ein Speisesaal und halb wie ein idyllischer Wald aussah. Vita machte große Augen. Hier stand jedem Gast der Reichtum ins Gesicht geschrieben.

Eine Familie, die sich an Hähnchenschnitzeln mit köstlicher Bratensoße labte, schaute kurz zu Samuel. Der reckte das Kinn. Der Blick, den er zurückgab, hätte Eis zum Kochen bringen können, fand Vita.

»Bäume und Blätter in einem Innenraum«, sagte Arkadi.

Beim Anblick der Topfpalmen, die überall standen, rümpfte er die Nase. »Aber keine Vögel. Das ist doch absurd.« Dann zog er seine Jacke straff und fragte: »Wie sehe ich aus?«

Vita betrachtete beide Jungen von Kopf bis Fuß. Jeder trug eine Krawatte. Alle vier hatten sich gründlich gewaschen. »Wenn wir noch harmloser aussehen würden«, meinte sie, »dann würde man uns glatt verhaften.« Sie spürte, wie sich Aufregung in ihr regte. »Wir sind bereit. Morgen fahren wir! Es geht los!« Und sie drehte sich so schnell um die eigene Achse, dass ihr Kleid flatterte und ihre roten Stiefel enthüllte.

Am anderen Ende des Raumes nickte der Mann mit der Katzen-Tätowierung zufrieden und huschte aus dem Hotel.

»Leute«, sagte Samuel. Er sprach, ohne die Lippen zu bewegen. »Wir sollten abhauen.«

»Warum?«, fragte Silk. »Glotzen uns die Leute an? Zeig mir die Idioten und ich werde …«

»Nein. Ich glaube, jemand hat uns erkannt.«

»Uns?«

»Vita erkannt. Los, verduften wir.«

Sie wollten eben zu den großen Glastüren gehen, die auf die Straße führten, als der Mann wieder hereinkam, nun gefolgt von zwei Begleitern in grauen Anzügen. Sie richteten ihren Blick auf Vita. Sie erstarrte.

Samuels Blick flog von Vitas Gesicht zu den drei Männern und wieder zurück.

»Lauf!«, flüsterte er. »Ich habe eine Idee. Ark, ich brauche deine Hilfe.«

»Aber …«, wollte Silk einwenden.

»Lauf weg!« Samuel sah Vita mit derselben wild entschlossenen Miene an, die er bei seinem mitternächtlichen Sprung aus dem Fenster gezeigt hatte. »Los!«, sagte er. Dann drängte er sich an den drei Freunden vorbei, rieb seine Armbeuge und ließ die Schultern spielen, als wollte er am Trapez durch die Luft fliegen. Arkadi rannte ihm nach.

»Komm mit«, zischte Silk, »ich kenne einen anderen Weg.« Und sie sauste nach links zum Kücheneingang. Vita versuchte, beim Laufen hauptsächlich den rechten Fuß zu belasten, aber die drei Männer, die sich möglichst unauffällig zwischen den Tischen durchzuschlängeln versuchten, blieben ihnen auf den Fersen.

Arkadi drehte sich zu Samuel um. Ihnen blieben drei Sekunden, um sich leise zu besprechen, wobei sie die Männer nicht aus den Augen ließen.

»*Listo*, Sam?«

»Bin bereit«, sagte Samuel.

»Hep!«, sagte Arkadi, verschränkte die Finger beider Hände und streckte die Arme aus. Samuel kniff seine Lippen zusammen, setzte einen Fuß auf Arkadis Räuberleiter und sprang dann wie ein Balletttänzer in die Luft.

Er landete rittlings auf der Hermes-Statue, erhob sich in die Hocke und sprang wieder. Blätter regneten durch den Raum, als er eines der Seile packte, an denen die herbstlichen Kränze hingen. Eine Frau mit perlenbesetztem Barett verschluckte sich an ihrem Tee. Ein kleines Kind jubelte. Ein weißer, flauschiger Pudel bellte.

Samuel schwang sich schneller und immer schneller an dem Seil hin und her, ließ dann los und flog durch den Raum. Er reckte die Füße und breitete die Arme aus und landete schließlich oben auf einer Palme, die krachend umkippte. Sie warf zwei Tische um, fegte den russischen Botschafter vom Stuhl und stürzte auf die Schulter eines der Männer im grauen Anzug.

Mehrere Kellner schrien und fluchten und Angestellte rannten aus der Küche, um zu schauen, was los war. Man versammelte sich um die gestürzte Palme, aber Samuel befreite sich aus den Blättern, kam auf die Beine und rannte los, immer knapp außerhalb der Reichweite von Händen, die ihn ergreifen wollten.

Der Mann mit der Tätowierung stieß einen brüllenden Kellner zur Seite und wollte Samuel beim Nacken packen. Arkadi pfiff und der kleine Pudel kläffte. Er zeigte auf den Verfolger und im nächsten Moment schnappte das flauschige Hündchen nach einem Oberschenkel des Mannes.

Die beiden Jungen flitzten zur Küche, wobei sie entgegenkommendem Personal auswichen, und stürmten dann zur Hintertür hinaus in die Gasse.

Silk und Vita hatten gerade das Ende der Gasse erreicht. Nun drehten sie sich um und warteten auf die Jungen.

»Ich schätze mal …«, Samuel rang um Atem, seine Augen leuchteten, »… die haben ganz große Augen gemacht.«

Auf der anderen Straßenseite erstreckte sich die schwarze Weite des Central Park.

»Da entlang!«, sagte Vita.

»Könnten wir vielleicht vereinbaren«, sagte Samuel im Rennen, »dass man loslaufen muss, wenn jemand von uns ›lauf!‹ sagt?«

Es regnete jetzt und der Boden war glitschig. Sie hatten die Straße halb überquert, als die Hintertür aufflog und die Männer zum Vorschein kamen.

»Hey! Immer langsam! Wir tun euch nichts!«, schrie einer.

Silk kam kurz vom Kurs ab und Vita stolperte mitten auf der Straße über ihre eigenen Füße und fluchte. Autos rasten knapp an ihr vorbei. Sie rappelte sich auf und sauste, den Fahrzeugen ausweichend, zur anderen Straßenseite. Dort warteten ihre Freunde auf sie und sie tauchten alle zusammen im Dunkel des Central Park unter.

Es war ganz anders als an dem lichten Herbsttag, an dem sie mit Grandpa hier spazieren gegangen war. Er wäre außer sich, wenn er sie jetzt sähe – er würde ihr vorwerfen, ihr Versprechen gebrochen zu haben –, aber Vita schob diesen Gedanken beiseite. Es war stockdunkel und sie lief auf der menschenleeren Allee voran, vorbei an der Stelle, wo Dillinger sie beim Arm gepackt hatte. Die Schritte hinter ihnen kamen näher – Vita duckte sich hinter einen tropfnassen Busch und die anderen folgten ihr keuchend.

Die Schritte näherten sich, zogen am Busch vorbei und eilten weiter in den Park.

»Zeig dich, Kleine! Das ist kein Spiel!«

Vita hockte reglos da, Regen lief über ihr Gesicht. Ihr war bewusst, dass es kein Spiel war.

Die Stimme ertönte noch einmal; wo genau, ließ sich nicht ausmachen. »Gib uns den Ring, dann können wir alle nach Hause gehen.«

Die zwischen den Blättern hockenden Kinder sahen sich an.

»Was nun?«, hauchte Silk. In ihrer Stimme schwang leise Panik mit. »Sie sind schneller als wir.«

»Nein, ihr seid schneller«, flüsterte Vita, denn die Männer mochten stark sein, waren aber bestimmt keine ausdauernden Läufer. »Ich natürlich nicht. Ihr müsst abhauen! Sie haben es nur auf mich abgesehen.«

Arkadi schnaubte. »Sei nicht albern.«

Vita ließ einen verzweifelten Blick durch den Park zucken. Vor ihnen gabelte sich die Allee in einen breiten und einen schmalen Fußweg. Das Herbstlaub lag so hoch, dass es den Gullydeckel mitten auf dem Weg fast verdeckte.

Das war der Gully, in dem John Dillinger verschwunden war.

»Wenn ihr euch jetzt zeigt«, ertönte eine Stimme im Dunkeln hinter den Bäumen, »dann sind wir nett. Später vielleicht nicht mehr.«

»Man sollte die kleine Göre skalpieren.«

Die Schritte kamen nun wieder auf sie zu.

Vita sah noch einmal zum Gullydeckel. Dann schlich sie los, wobei sie ihren linken Fuß durch die Pfützen schleifte, deren Wasser die rote Seide ihres Stiefels durchtränkte, und versuchte, den Deckel anzuheben. Sie spannte ihre Muskeln an. Der Deckel hob sich einen halben Zentimeter.

»Hier rein!«, zischte sie.

Arkadi starrte sie an. »Vita!«, flüsterte er. »Das ist die *Kanalisation*!«

»Nein!« Sie kämpfte weiter mit der Metallscheibe, die so viel wog wie ein erwachsener Mann. »Man kann hier rein. *Nun komm* schon!«, sagte sie zum Gullydeckel und zerrte noch einmal daran.

»Woher willst du das wissen?«

»Ich habe gesehen, wie jemand hier drin verschwunden ist. Dieser Mann, Dillinger.« Alle schauten entgeistert drein. »Kann mir vielleicht jemand helfen? Das ist zu schwer für mich.«

Alle drei huschten zu ihr und schoben gemeinsam den Deckel weg.

»Schnell!«, sagte Vita und warf einen Blick über die Schulter. Sie waren mitten auf dem Weg und angreifbar.

Silk schaute angewidert in die kalte Schwärze, die sich auftat, aber die Stimmen kamen immer näher. Sie setzte einen Fuß auf die Leiter und verschwand in der Finsternis. Arkadi kletterte eilig hinterher. Samuel gab Vita einen Stoß.

»Jetzt du.«

Vita beeilte sich, konnte aber nicht so schnell klettern, weil ihr linker Fuß immer wieder auf den in der Wand versenkten Metallsprossen abglitt. Ein stechender Schmerz schoss bis in ihr Knie.

Sie war erst halb unten, als Samuel laut keuchte und der Deckel mit einem dumpfen Scheppern an seinen Platz glitt. Sie wurden alle in Dunkelheit getaucht. Samuel folgte ihr nicht auf der Leiter, sondern sprang an ihr vorbei in die Tiefe und landete gekonnt in der Hocke. Dann huschte er die Leiter hinauf.

»Brauchst du Hilfe?«, fragte er leise.

»Geht schon«, sagte sie, doch seine Anwesenheit – das Wissen, dass er sie auffangen würde, wenn sie abrutschte – half ihr und sie biss die Zähne zusammen und stieg schneller nach unten.

Schließlich standen sie zu viert am Fuß der Leiter. Vita konnte die Wände nicht erkennen; sie konnte nicht einmal die eigene Hand vor Augen sehen.

»Hat jemand eine Taschenlampe?«, fragte Silk.

Samuel kramte in seinen Taschen. »Ich habe Streichhölzer«, sagte er.

Er riss eines an und im flackernden Licht konnten sie sehen, dass sie vor einer Tunnelöffnung standen. Links von ihnen war eine schwarze, feuchte Wand.

»Pst!«, sagte Silk. »Hört mal!«

Zuerst hörten sie nur Wasser tropfen; und dann Stimmen über ihnen.

»Das ist doch Schwachsinn. Lasst uns wieder gehen.«

Dann ein Schnauben, grausam und zugleich ängstlich. »Ich kehre nicht ohne den Ring zu ihm zurück. Ihr könnt das gern tun, wenn ihr wollt. Sie können nicht weit gekommen sein – die Kleine ist ein Krüppel!«

Vitas Augen weiteten sich und sie zeigte stumm auf den dunklen Tunnel. Falls die Männer auf die Idee kamen, den Gullydeckel anzuheben, durften sie nur Dunkelheit sehen.

»Wie kommen wir hier wieder raus?«, flüsterte Arkadi unterwegs.

»In New York gibt es Hunderte von Gullydeckeln«, sagte Vita.

Samuel nickte im Licht des Streichholzes. »Wir gehen weiter, bis wir auf eine Leiter stoßen.«

»Manche Deckel sind sicher festgeschraubt«, meinte Silk.

»Aber nicht alle. Wir gehen weiter, bis wir einen finden, der nicht festgeschraubt ist.«

Samuel ging voran. Er hielt die Streichhölzer, bis die Flamme seine Fingerspitzen erreichte.

»Ich habe nur noch fünf Hölzer«, sagte er nach einigen Minuten. »Die sollte ich wohl besser aufsparen.«

Also gingen sie im Dunkeln weiter. Samuel und Vita legten eine Hand auf die linke Wand, Silk und Arkadi eine auf die rechte. Sie tasteten nach einer Leiter, die sie wieder an die frische Luft führte.

Wenn es stockdunkel ist, kann einem das Zeitgefühl Streiche spielen. Jeder Schritt, den Vita tat, glich dem vorangegangenen; stumm durch das Dunkel zu tapsen glich irgendwann einem Traum, einem Albtraum. Wenn sie nicht Arkadis Atem, Silks Schritte und das Geräusch gehört hätte, mit dem Samuels Mantelärmel über die Wand glitt, dann hätte sie geglaubt, auf der Stelle zu treten.

Die einzigen anderen Geräusche waren der hohle Klang, mit dem Wasser auf den Boden tropfte, und ein hallendes Kratzgeräusch, das im Tunnel vor ihnen ertönte. Vita ballte die Fäuste und betete, es möge keine Ratte sein; bei näherem Nachdenken betete sie dann, es möge doch eine sein.

Je weiter sie gingen, desto schmaler wurde der Tunnel und sie konnte bald beide Seitenwände zugleich berühren. Vielleicht geschah es schon nach einigen Minuten, vielleicht auch erst viel später, dass Samuel, der um eine Biegung gegangen war, wie angewurzelt stehen blieb. Vita prallte gegen seinen Rücken.

»Warum bist du stehen geblieben?«, flüsterte sie, denn die Dunkelheit sorgte dafür, dass sie leise sprachen.

»Vor uns ist irgendwas.«

»Was denn?«, fragte Arkadi.

»Ein Licht.«

»Gott sei Dank«, hauchte Silk – doch Vitas kalte Hände wurden noch kälter.

»Das ist kein Sonnenschein«, sagte sie. »Draußen ist es dunkel, wisst ihr nicht mehr?«

Sie konnte die Gesichter der anderen nicht erkennen, aber sie hörte Arkadi stöhnen. Sie riss sich zusammen, um nicht zu zittern, und bog um die Ecke, ihre linke Seite gegen die Wand gedrückt.

Der Tunnel führte dreißig Schritte weiter, dann kam

noch eine Biegung, hinter der ein gelber Lichtschein hervordrang.

»Und nun?«, fragte Arkadi.

»Wir könnten umkehren«, meinte Vita. »Vielleicht sind die Männer weg.«

»So ein Schwachsinn, dass wir hier unten sind!«, sagte Silk. Sie klang weinerlich, schluckte die Tränen aber hinunter. »Wenn ich auf eigene Faust gearbeitet hätte, dann wäre ich jetzt nicht hier! Genau darum darf man anderen Leuten nicht vertrauen! Am Ende wird man noch vom Erdboden verschluckt.«

»Pst!«, sagte Arkadi. »Sonst hört man dich noch!«

»Mir doch egal!« Aber sie senkte die Stimme.

»Ich bin dafür, weiterzugehen«, sagte Vita. Und sie ging voran, obwohl sie sich so schwer fühlte, als könnte sie gleich im Boden versinken.

Sie pirschte so leise wie möglich, hob den linken Fuß schmerzhaft langsam und setzte ihn lautlos wieder auf. Samuel folgte ihr mit dem federleichten Schritt eines Akrobaten und hinter ihm kamen ein Tierbändiger und eine Taschendiebin, beide daran gewöhnt, behutsam zu sein. Deshalb nahmen die Männer nicht wahr, dass sie sich näherten.

Vita lugte um die Ecke und zuckte mit einem ängstlichen Japsen zurück. Hinter der Ecke war der Tunnel so breit, dass sechs Männer nebeneinander hineingepasst hätten. Sturmlaternen standen auf dem Boden und unter der Decke baumelten Taschenlampen.

Vor der einen Wand standen mehrere Tische, an denen Männer im Stehen eine klare Flüssigkeit in Glasflaschen füllten. Andere klebten Etiketten auf die Flaschen: *Moskauer Wodka.* Weitere Männer, dunkel gekleidet, taten die Flaschen in Kisten. Manche rauchten bei der Arbeit, die Zigarette locker im Mund. Die Luft war kalt und feucht.

Aber nicht das ließ Vitas Atem stocken. An einer großen, in der Ecke stehenden Holzkiste hing eine Aktentasche und daneben lagen zwei Gewehre und eine Pistole, feucht vom Dreck des Tunnelbodens. Und da war Dillinger, er zählte Geldbündel ab, die er in die Aktentasche tat.

Vita starrte die Waffen an; sie wirkten kalt und nüchtern und riesengroß. Dillinger schloss die Tasche, richtete sich auf, schlurfte ein paar Schritte rückwärts zur Wand. Sein Gesicht war verzerrt und er drückte seinen dunkelblonden Schopf gegen die feuchte Wand.

»Er ist immer noch blau«, hauchte Silk hinter ihr.

Vita zog den Kopf wieder ein.

»Wir sitzen in der Falle«, flüsterte sie.

Samuel schüttelte den Kopf. »Da ist eine Leiter ins Freie«, sagte er. »Hast du sie auch gesehen?«

Vita hatte sie gesehen; hinter dem Bereich, in dem die Männer arbeiteten, dort, wo der von Taschenlampen erhellte Tunnel wieder enger wurde, führten Sprossen in die Höhe.

»Wir könnten einfach abwarten«, meinte Samuel. »Irgendwann müssen sie ja mal gehen.« Er verstummte abrupt und sprang ein paar Schritte zurück.

»Jemand kommt auf der Leiter nach unten«, hauchte er.

Vita lugte mit einem Auge um die Ecke und hoffte inbrünstig, im Dunkel nicht gesehen zu werden. Auf der Leiter erschien ein Paar auf Hochglanz polierter Lederschuhe, gefolgt von einem knöchellangen, schwarzen Kaschmirmantel.

Sorrotore landete mit einem dumpfen Laut auf dem Boden des Tunnels. Vitas Herzschlag stockte, als er seinen Blick über die Männer gleiten ließ, die die Flaschen in Kisten taten. Sie wichen seinem Blick aus und arbeiteten plötzlich schneller.

»Dillinger!«, sagte Sorrotore. »Was hält euch hier auf? Ihr hättet schon vor vier Minuten oben sein sollen. Die Lastwagen können nicht ewig warten. Wir können uns keine weiteren Fehler leisten!« Sein Blick flackerte noch stärker als auf der Party; sein bleicher Teint verriet Stress.

Dillinger lehnte noch immer an der Tunnelwand. Nun öffnete er die Augen und zog die Mundwinkel so tief runter, dass sie fast sein Kinn erreichten.

»Ich konnte die Leute nicht dazu bringen, schneller zu arbeiten.« Er sprach träge und lallend. »Warum drohen Sie nicht, sie abzuknallen? Das funktioniert doch meist.«

Und er schloss wieder die Augen.

Sorrotore schritt auf ihn zu. Vita glaubte schon, er wollte auf ihn losgehen, aber er nahm nur die Aktentasche. Dann rief er einen Namen – »Kelly!« – und ein Schrank von Mann trat neben ihn.

»Was zur Hölle ist los mit Dillinger?«, fragte Sorrotore.

»Er ist voll wie eine Haubitze«, antwortete Kelly.

»Danke, das sehe ich auch. Warum? Seit wann?«

Kelly zuckte die Schultern. »Er hat von diesem Hudson Castle erzählt – sagte, er habe keine Lust, auf ein Kind gehetzt zu werden und auf einen Krüppel schon gar nicht.«

»Er hat den Männern was vorgejammert?« Sorrotore klang drohend.

Kelly erschrak über die Wirkung seiner Worte. »Das habe ich nicht gesagt! Ich meine nur … er säuft sich seit Monaten die Birne weg und während der letzten paar Tage hat er noch mehr in sich reingeschüttet. Nüchtern war er vielleicht vor … drei Tagen.«

»Er kann sich in seiner Freizeit gern die Kante geben, aber nicht, während er für mich arbeitet. Es hat mich fünfzehn Jahre gekostet, all dies aus dem Boden zu stampfen! Mit Nieten an meiner Seite hätte ich das nie geschafft. Die Sache mit Louie Zwerback hat er auch verbockt. Nun sitzen mir die Schnüffler im Nacken. Er muss weg.«

Kelly zögerte. Er wurde blass und wirkte verunsichert.

»Wie meinen Sie das?«

Sorrotore zuckte die Schultern. »Du weißt genau, wie ich das meine.« Er wandte sich an die übrigen Männer. »Alle mal herhören«, rief er. »Das Zeug muss raus. Ihr habt zwei Minuten.«

Im Tunnel wurde es hektisch und unerträglich laut, während die Männer die Kisten mit den Flaschen immer rascher stapelten und auf der Leiter nach oben auf die Straße schleppten.

Die vier Kinder hockten mit angehaltenem Atem im Dunkeln.

Der Tunnel war nach verblüffend kurzer Zeit wie leer gefegt; nur die Tische blieben zurück, ein paar Wodkapfützen und die große Holzkiste, über der noch ein Licht hing.

Sorrotore ging zur Holzkiste und hob den Deckel. Er griff hinein, holte eine kleine Schildkröte heraus und setzte sie auf den Boden. Dann wuchtete er eine zweite und größere ächzend und polternd aus der Kiste.

»Kelly.« Sorrotore schnippte mit den Fingern und der Mann kam herbei. »Mir geht das Bargeld aus – eine vorübergehende Durststrecke.« In Kellys Augen blitzte eine Skepsis auf, die er sofort wieder verbarg. »Ich brauche die Diamanten, die in den Panzern sitzen. Danach kannst du die Schildkröten irgendwo im Tunnel aussetzen.«

»Und Dillinger?«

Dillinger war an der Wand nach unten gerutscht und saß schlaff da. Sorrotore wandte sich zu ihm um, während Kelly voller Unbehagen dastand und die mächtigen Arme unsicher hängen ließ. Sorrotore griff nach der Pistole und spannte den Hahn.

Vita konnte nicht anders, sie musste würgen – ein leises, verzweifeltes Geräusch, das durch die Stille hallte.

Sorrotore verengte die Augen. Er ging drei Schritte auf die Tunnelbiegung zu und schnüffelte mit aufgeblähten Nasenlöchern. Neben Vita spannte Arkadi sprungbereit die Muskeln an.

Da rief jemand oben in den Einstieg: »Die Lastwagen fahren jetzt ab, Boss.«

Sorrotore brummte, seufzte und kehrte zurück zur Leiter. Kelly wollte ihm folgen, doch Sorrotore drehte sich angewidert zu ihm um.

»Was hast du vor? Du sollst dich um die Schildkröten kümmern, habe ich gesagt – und anschließend um Dillinger.«

»Wie? Jetzt gleich?«, fragte Kelly.

»Jetzt gleich«, sagte Sorrotore und stieg die Leiter hinauf. Das Krachen, mit dem der Deckel zufiel, hallte durch den Tunnel.

Kelly wirkte nicht gerade froh, ging aber zu Dillinger. Beim ersten Hieb sank Dillinger ganz auf den Boden. Beim dritten Hieb hörte er auf zu stöhnen. Kelly seufzte. Er nahm die Pistole und überprüfte, ob sie geladen war.

Vita, die immer einen Plan parat hatte, handelte jetzt, ohne nachzudenken. Sie holte ihr Taschenmesser aus der Manteltasche und warf es, ohne die Klinge ausgeklappt zu haben. Durch ihre Angst war sie aber etwas ungelenk und nicht ganz im Gleichgewicht und so traf sie Kelly nicht an der Schläfe, sondern auf einer Seite der Nase. Er taumelte, sackte auf die Knie und jaulte wie ein Kind. Dann schaute er in ihre Richtung.

Samuel machte einen Schritt nach vorn, aber Silk kam ihm zuvor. Sie brüllte wie ein wütender Löwe und schoss wie eine Kugel aus der Dunkelheit. Sie umrundete den knienden Kelly und griff nach der Pistole, zögerte kurz und schlug ihm damit auf den Hinterkopf. Der Mann sackte mit dem Gesicht voran der Länge nach auf den Boden.

Silk machte große Augen und ihre Brust hob sich zitternd, als ihr bewusst wurde, was sie getan hatte. »Gibt es das Wort Selbsterstaunen?«, fragte sie. »Wenn nicht, dann gehört es ab jetzt in alle Wörterbücher.«

Fünf Minuten später schlug Dillinger ein Auge auf und erblickte vier zusammengesteckte Köpfe, die auf ihn herabschauten.

»Was 'n los?«, murmelte er. »Wer seid ihr? Verpisst euch.« Und mit einem Blick auf Samuel zischte er ein abfälliges, ungehöriges Wort. Arkadi riss den Kopf zurück und Silk fluchte. Vita zischte und sah zu Samuel. Der stand reglos da und starrte den Mann wutentbrannt an. Dillinger stöhnte und schloss das Auge wieder.

»Wir hauen ab«, sagte Arkadi und rannte los, um die große Schildkröte aufzuheben, die sich vollständig in ihren Panzer zurückgezogen hatte.

Vita griff nach der kleineren Schildkröte; die wackelte hektisch mit dem Kopf und sah sich im dunklen Raum um.

»Was machen wir mit ihm?«, fragte sie und zeigte mit dem Kopf auf Dillinger.

»Vergiss ihn«, sagte Silk.

»Nein!«, sagte Samuel. »Dann wären wir genauso schlimm wie diese Leute.«

»Blödsinn!« Silk klang schrill, ihre Stimme bebte noch vor Adrenalin.

»Du hast doch gehört, wie er dich genannt hat, Sam«, sagte Arkadi, der eine wütende Grimasse zog. »Da müssen wir ihm nicht auch noch helfen.«

»Wenn wir ihn hierlassen, bringen sie ihn um, sobald sie zurückkehren«, sagte Samuel.

»Ja, und? Er würde uns jederzeit töten!«, entgegnete Silk.

Schweiß trat auf Vitas Oberlippe. »Ich stimme Samuel zu«, sagte sie. »Wir müssen ihn mitnehmen.«

»Leicht gesagt!«, erwiderte Silk. Ihre Hände zitterten. »Du bist ja auch nicht diejenige, die ihn die verdammte Leiter hochschleppt.«

Vita zuckte zusammen wie bei einem Stich. Hinter ihren Augen brannte es, aber sie rang das Gefühl nieder. Jetzt zu weinen wäre schrecklich.

Silk wand sich. »So habe ich das nicht gemeint …«

»Ja, ja. Ich weiß«, sagte Vita und wandte sich ab, damit Silk ihr Gesicht nicht sehen konnte.

»Ark und ich tragen ihn«, sagte Samuel. »Los, Ark.«

Arkadi seufzte und ging zu seinem Freund. Die beiden Jungen bückten sich; sie hantierten eine Weile im Dunkeln, dann hing der Mann zwischen ihnen und sie richteten sich auf.

»Ich hoffe, wir kriegen ihn die Leiter rauf«, sagte Arkadi.

Vita machte den Anfang. Sie kam leicht aus dem Gleichgewicht und musste sich voll konzentrieren, um es bis auf die Straße zu schaffen. Sie hockte sich neben die Öffnung und hielt Wache.

Die anderen drei Kinder bugsierten Dillinger nach oben. Samuel kletterte mit einer Hand und hatte den anderen Arm unter Dillingers Achselhöhle geschoben. Arkadi und Silk stemmten den Mann an den Knien und Füßen hinauf. Einmal hätten sie ihn beinahe fallen lassen und Dillingers Stirn schrammte über die Mauer.

Sie sausten wieder nach unten, um die Schildkröten zu holen. Die beiden Jungs trugen die große und Silk klemmte sich die kleinere unter einen Arm. Auf der obersten Sprosse reichte sie sie an Vita weiter und kletterte auf die Straße. Die Rubine, die das Wort »Vita« bildeten, glitzerten im Schein der Straßenlaternen.

Sie schafften Dillinger zwei Blocks weiter, wobei sie ihn halb trugen und halb hinter sich herschleiften, und legten ihn in einer Gasse ab.

»Wenn es ein Märchen wäre«, sagte Arkadi, »dann müsste er uns nach dem Erwachen einen guten Dienst erweisen.«

»Das macht er bestimmt nicht«, sagte Samuel im Brustton der Überzeugung.

Dillinger begann sich zu regen. Samuel bückte sich und zog die elegante, silberne Uhr vom Handgelenk des Gangsters. Er zertrat das Glas und wandte sich dann ab.

»Wartet kurz«, sagte Vita. Sie stellte ihren schmerzenden linken Fuß auf das Zifferblatt und drehte ihren Hacken mit aller Kraft hin und her. Silk spuckte auf das

Silberarmband. Arkadi trat als Letzter und am heftigsten darauf, den Blick auf seinen Freund gerichtet.

Samuel kickte die Uhr in einen Abfluss in der Gosse. Er wirkte nicht mehr ganz so erschöpft. »Gehen wir«, sagte er.

Auf halbem Weg zur Carnegie Hall merkten sie, dass man sie verfolgte. Arkadi und Samuel schleppten die große Schildkröte mit dem Wort IMPERIUM; Vita trug die mit VITA. Silk führte sie, wählte die stillsten Straßen aus und blieb stets im Schatten, als sich die Schritte näherten.

Es waren nicht die leichtfüßigen, gaunerhaft langsamen Schritte der Männer in Grau. Dies waren feste, amtliche Schritte, erfüllt von der Überzeugung, das Gesetz zu vertreten.

»Einfach weitergehen«, murmelte Vita.

»Hey! Kinder! Hey! Was habt ihr denn da?« Eine Gestalt in dunkelblauer Uniform, mit einem hölzernen Schlagstock in der Hand, stand hinten auf der Straße. »Wir fahnden nach einer Kinderschar, die das Plaza Hotel auseinandergenommen hat – vielleicht wisst ihr etwas darüber?«

Sie wandten sich nicht um. Als sie unter einer Straßenlaterne durchgingen, glitzerten die Diamanten des Wortes IMPERIUM. Beim Anblick der Edelsteine rannte der Polizist los.

»Halt! He, ihr da!«

Samuel fuhr mit großen Augen herum.

»Lauft! Denkt an unseren Pakt! Lauft!«, sagte Arkadi und alle sprinteten los. Arkadi und Samuel, die Schildkröte fest gepackt, verschwanden um die Ecke.

Vitas Haare flatterten, sie sah die Straße nur noch verschwommen. Silk lief ihr voran, sie hatte bereits einen großen Vorsprung und ihr Zopf tanzte auf ihrem Rücken auf und ab. Vita konnte hören, dass die Schritte des Polizisten immer näher kamen, und obwohl sie zu laufen versuchte wie ein geölter Blitz, war sie nicht schnell genug.

Der Polizist war nur noch wenige Schritte entfernt, als Silk plötzlich herumwirbelte und zurücksprintete. Sie entriss Vita die Schildkröte. »Lauf!«, rief Silk. »Bring dich in Sicherheit!«

Vita wollte nicht loslassen, aber Silk gab ihr einen Stoß, der sie ins Stolpern brachte. Sie begriff, dass sie sich fügen musste, flitzte um die Ecke und verschwand außer Sicht. Samuel und Arkadi hockten schon hinter zwei Mülltonnen und warteten mit ängstlichen Gesichtern.

Der Polizist rief etwas und Silk antwortete. Dann gab es einen kurzen Aufruhr, aber der Wind heulte wieder durch die Straße und Vitas Herz pochte so laut, dass sie sowieso nichts hören konnte. Sie riskierte einen Blick um die Ecke.

Silk, die noch nie erwischt worden war und auch nie erwischt worden wäre, stand da, die Hand des Polizisten auf der Schulter. Mit der freien Hand griff er nach den Handschellen. Silk hielt die kleine Schildkröte in den Händen, auf deren Panzer die Edelsteine das Wort VITA bildeten.

15

Arkadi rang mit sich, denn schließlich war Silk diejenige von ihnen, die nie geschnappt wurde. Er versuchte so krampfhaft, fröhlich zu klingen, dass seine Stimme drei Oktaven höher war als gewöhnlich. »Ihr passiert schon nichts! Sie kann ja jedes Schloss knacken! Sie wird also entwischen, stimmt's?«

Sobald klar gewesen war, dass sie nichts unternehmen konnten, waren alle drei losgelaufen und hatten Silk in den Fängen des Gesetzeshüters zurückgelassen. Sie rannten bis zur Carnegie Hall. Schmerz und Scham und Atemlosigkeit hatten Vita knallrot anlaufen lassen und nun blaffte sie los: »Glaubst du wirklich, sie kann entwischen? Rede kein dummes Zeug, nur um dich ein bisschen besser zu fühlen.«

»Ich soll dummes Zeug reden, wenn ich hoffe, dass sie entwischt?«

»Streitet euch nicht.« Samuel sprach leise, aber zornig. »Wir haben keine Zeit für Streitereien. Wir haben überhaupt keine Zeit. Vita will doch nur sagen, dass Silk keine Werkzeuge dabeihat.«

»Richtig! Sie trägt diesen idiotischen Mantel – sie hat nicht mal eine Haarnadel. Und sie kann ja wohl kein Schloss mit bloßen Fingern knacken.«

»Na gut.« Arkadi sah Vita wütend an. »Dann versorgen wir sie halt mit Werkzeugen. So einfach ist das.«

»Und wie soll das gehen? Wir wissen schließlich nicht mal, wo sie ist! Sie könnte in irgendeiner von zig Polizeizellen sitzen!«

»Ich weiß, wo sie ist«, sagte Samuel.

»Wie das?«

»Ich habe die Nummer auf seinen Schulterklappen gesehen. Ich weiß, für welche Polizeiwache sie steht.«

»Wieso kennst du dich damit aus?«

»Mein Onkel meint, es sei für uns von Vorteil, über die Polizei Bescheid zu wissen. Das hat er mir schon eingetrichtert, als ich noch ganz klein war. Silk ist bestimmt in Brooklyn.«

»Na, dann nichts wie hin!«, sagte Arkadi. »Worauf wartet ihr noch?«

»Wir brauchen einen Plan«, sagte Vita. Arkadi glotzte sie an, aber sie setzte sich auf die Bordsteinkante und begann, ihr Taschenmesser zwischen den Fingern kreisen zu lassen. Sie reckte energisch ihr Kinn, als sie sagte: »Dies ist kein Zirkus. Dies ist ernst.«

»Ich weiß.« Arkadi setzte sich neben sie. Er zog die Schultern hoch und rieb mit einem Ärmel über sein Gesicht. »Ich nehme das ja auch ernst.«

Vita schaute ihn an und bemerkte zu ihrem Erschrecken, dass er auf einmal uralt aussah: abgehärmt und müde. Sie rang sich mit einer großen Anstrengung ein Lächeln ab. »Entschuldige«, sagte sie. »Das weiß ich.«

Die Minuten vergingen. Und Arkadis Gesicht begann sich langsam, ganz langsam aufzuhellen, bis es wieder dasjenige eines Dreizehnjährigen war.

»Darf ich was sagen?«, fragte er.

Vita zuckte leicht zusammen. »Du musst nicht darum bitten. Es tut mir leid, ich …«

Arkadi unterbrach sie. »Dann pass auf – denn ich habe eine Frage.«

»Welche?«

»Die Pinzette deines Taschenmessers – glitzert die so richtig?«

Am nächsten Morgen flog eine Krähe so selbstverständlich in die Polizeiwache, als wollte sie den Verlust eines Gepäckstücks melden.

Arkadi, der seine Krähe mit der Straßenbahn bis zur Brooklyn Bridge gebracht hatte, wobei er sie gestreichelt und zärtlich auf sie eingeredet hatte, damit sie nicht wegflog, schwang vor der Tür den Arm und sie flatterte hinein. Er flüsterte: »Viel Glück! *Udatschi*!«, und dann huschte er davon.

Der Vogel landete auf dem Schreibtisch und für den Bruchteil einer Sekunde passierte gar nichts.

Dann begann jemand zu schreien. »Raus mit dem Vieh! Raus damit! Es bringt Unglück!«

»Blödsinn, das gilt nur für Elstern!«

»Mir doch egal, das Vieh ist dreckig! Krähen verbreiten Krankheiten!«

Der Polizist am Schreibtisch schwang einen Arm nach der Krähe und die flog beleidigt und verwirrt auf. Und wenn sich Krähen beleidigt fühlen, attackieren sie im Sturzflug das nächstbeste lebendige Wesen und deshalb brach bald ein Chaos aus.

Silk saß auf der kahlen Pritsche der vergitterten Zelle, in der sie die Nacht verbracht hatte. Sie war verzweifelt. Als die Schreie laut wurden, sah sie auf und erblickte den Vogel.

Das schwarze Gefieder weckte eine Erinnerung und Silk machte große Augen.

Sie ging zum Gitter und blieb dort ruhig und gelassen stehen, während vorn im Raum Geschrei und hektischer Krach ertönten. Und Silk, die sich an alles erinnerte, was sie jemals gesehen hatte, die sich die Gesichter auf der Straße einprägte, um niemanden zwei Mal zu bestehlen, fiel der Name der Krähe ein.

»Rimski!«, rief sie und der nun panische, gehetzte Vogel riss sich im Flug zu ihr herum, die Pinzette immer noch im Schnabel. Silk streckte einen Arm durch die Gitterstäbe. Der Vogel landete darauf, ließ die Pinzette fallen und pickte nach ihrem Daumen, bevor er wieder aufflog.

Silk zuckte zusammen. Die Zuneigung von Vögeln, dachte sie, konnte durchaus schmerzhaft sein.

Schließlich ebbte die Panik ab und man fing Rimski mit

einem Geschirrhandtuch und beförderte sie grob auf die Straße.

Niemand bemerkte, wie Silk ein silbergraues Objekt in ihren Strumpf schob und sich dann niedergeschlagen, still und zusammengesunken in die Ecke ihrer Zelle setzte. Sie löste ihren Zopf und ließ die Haare wie einen schützenden Vorhang vor ihr Gesicht fallen.

Wie gut, dass niemand Silks Gesicht sehen konnte. Denn sie konnte nicht verbergen, dass sie vor Hoffnung strahlte. Sie fasste sich an diesem Freitag bis zum Abend in Geduld, blieb stumm und wartete auf ihre Chance.

Als es drei Uhr morgens schlug, bettete der diensthabende Polizist den Kopf auf die Unterarme, um verbotenerweise eine Weile zu schlummern. Silk zog die Pinzette aus dem Wollstrumpf, drehte sie vier, fünf, sechs Mal im Schloss und schlich auf leisen Sohlen zur Tür.

Ein Mann, der in der Zelle nebenan saß, früher einmal Soldat und nun ein armer Schlucker mit Dreck unter den Fingernägeln und einem Hund an einer Leine, sah sie verschwinden, stand aber bloß auf, nahm Haltung an und legte die Fingerspitzen an die Schläfe, ein militärischer Gruß, den er seit Jahren nicht mehr ausgeführt hatte. Silk salutierte auch, bevor sie in die New Yorker Nacht entwich.

In dieser Nacht brach der Winter vorzeitig mit Eis und Schnee über die Stadt herein. Die Temperatur stürzte ab und in den Rohren gefror das Wasser. Der Schnee schmolz rasch wieder und spülte Schlamm, alte Zeitungen und fuchsteufelswilde Katzen aus den finsteren Gassen auf die großen Straßen.

Und durch Hagel und Schneematsch näherte sich eine einsame Gestalt, die dem Wetter trotzig die Stirn bot und die Schultern in der Kälte hochgezogen hatte, der Carnegie Hall.

Samuel, Arkadi und Vita saßen in Grandpas Wohnung im Schlafzimmer ihrer Freundin und warteten, den Blick auf die Uhr geheftet. Vitas Mutter hatte beim Anblick der zwei Jungen kurz geblinzelt, ihnen dann aber erlaubt, im Wohnzimmer zu übernachten, damit sie nicht im Dunkeln nach Hause gehen mussten.

»Wie schön, dass du Freunde gefunden hast«, hatte sie zu Vita gesagt. »Beim nächsten Mal könntest du mich aber etwas früher informieren.«

Vita wollte die Hoffnung schon aufgeben, als sie sich auf einmal von der Dunkelheit vor dem Fenster beobachtet fühlte.

Sie trat vor die Scheibe und schaute hinaus. Unten auf der Straße stand eine Gestalt mit blonden Haaren, die so klitschnass waren, dass sie grau wirkten.

Die Gestalt grinste sie von unten an.

»Ich bringe deine Pinzette zurück«, rief Silk.

Zehn Minuten später saßen alle vier Kinder auf Vitas Bett und Silk verschlang ein Sandwich mit jedem Süßkram, den Vita hatte finden können – Erdnussbutter, Honig,

Schokosplitter und eine in Streifen geschnittene Banane. Vita hatte Ketchup hinzufügen wollen, aber das hatte Silk dankend abgelehnt.

»Also«, sagte Silk, »morgen ist Samstag. Bleiben wir dabei? Geht es morgen los?«

»Ich bin dabei«, sagte Samuel.

»Ich auch«, sagte Arkadi. »Was glaubt ihr denn!«

Alle sahen Vita an. Ihre Augen leuchteten so intensiv, dass die Energie für eine ganze Fabrik gereicht hätte.

Vita senkte den Blick auf das rote Buch, das sie hielt. Es fühlte sich viel schwerer an, als es tatsächlich war. Sie dachte an das Geheimnis, das sie mit sich herumgetragen hatte, seit sie Silk begegnet war. Sie fasste einen Beschluss.

»Hört mal zu«, sagte sie. »Es gibt da etwas, das ich euch noch nicht erzählt habe …«

Und sie schlug das Buch vor ihnen auf und begann, sorgfältig und genau den letzten Teil ihres Plans zu erklären.

16

»Also: heute Abend um 22:45 in der Grand Central Station neben dem Kaffeeausschank?«, fragte Silk. Ihre Miene war so undurchschaubar wie immer, doch ihr Atem ging schneller als gewohnt. Die Mädchen, die in Vitas schmalem Bett geschlafen hatten, Silk mit dem Kopf am Fußende, Vita mit dem Kopf am Kopfende, waren morgens in aller Frühe erwacht.

»Wie Schwestern«, hatte Silk gesagt. Beide hatten nicht die saubersten Füße; beiden war das egal gewesen.

»Ja. Der letzte Zug geht um 23:02«, sagte Vita. »Aber ich muss noch eine letzte Sache erledigen.«

Silk nickte. »Ich weiß. Wir sehen uns im Bahnhof.« Dann ging sie ins Wohnzimmer, um Samuel und Arkadi zu wecken.

Galle stieg in Vitas Kehle auf, aber sie zwang sie wieder hinunter. *Angst haben gilt jetzt nicht*, sagte sie sich. *Später, nachdem es geschafft ist, kann ich Angst haben.*

Abends näherte sich Vita mit langsamen Schritten dem Dakota Building. Sie hatte sich straff in den Mantel gewickelt, der sie aber nicht besonders gut vor der Kälte schützte und schon gar nicht vor ihrer Angst.

Sie hatte gewusst, dass man sie verfolgen würde, und so war es auch. Sie hatte darauf gebaut.

Sie drehte sich nicht nach ihrem Verfolger um, nahm die schattenhafte Gestalt, die ihr auf dem Bürgersteig folgte, aber zur Kenntnis. Sie blieb auf den hellsten Straßen, achtete darauf, sich stets zwischen vielen Menschen zu bewegen. In der Öffentlichkeit würde man ihr nichts tun.

Es war neun Uhr abends. Sorrotores Apartment war dunkel. Sie reckte entschlossen das Kinn und strich die Haare hinter ihre Ohren. Das rote Buch steckte aufgerollt in ihrer Manteltasche; auf dem Rücken trug sie einen Stoffbeutel, in dem mehrere Handschaufeln klapperten. Sie hatte das blaue Kleid angezogen, das gewöhnungsbedürftig war, weil es an den Schultern zu eng saß. Sie war bereit.

Sie würde schnell sein, so schnell ihre Füße es erlaubten.

Der Mann an der Rezeption des Dakota Building sah ohne jedes Interesse zu dem Mädchen auf, das vor ihm stand.

»Verzeihen Sie bitte«, sagte sie, »ist Mr Victor Sorrotore zu Hause?«

»Er diniert heute Abend mit den jungen Rockefellers. Möchtest du eine Nachricht hinterlassen?«

Vita schüttelte den Kopf. Sorrotore war also definitiv in New York; und nicht in Hudson Castle.

Sie verließ langsam das Gebäude und musterte eindringlich jedes Gesicht, das sie sah. Dann trat sie auf die Straße. Sie wollte gerade hinübergehen, da packte sie jemand bei der Schulter und riss sie herum und sie sah sich einem Mann mit braunem Anzug und blauer Krawatte gegenüber.

»Hey, Kleine.«

Es war Dillinger.

Vita schrie. Ganz instinktiv, ein hoher, schriller Schrei, der sie selbst überraschte. Sie schrie noch einmal, nun absichtlich, und eine Frau mit hoch aufgetürmter Frisur und einer riesigen, grünen Handtasche blieb stehen und drehte sich um.

»Halt die Klappe!«, zischte Dillinger. »Ich tue dir nichts – der Boss will bloß den Siegelring.« Er schaute fast flehentlich drein und grub seine Finger in ihre Schulter. »Na, komm, Kleine. Ich brauche das Ding!«

Sie wand sich. »Lassen Sie mich los!«

Aber Dillinger ließ nicht locker. Seine Augen loderten. »Dann wird mir der Boss verzeihen! Wenn ich ihm den Ring bringe, hat er sicher ein Einsehen. Du kapierst das nicht …«

Sie senkte den Kopf und schlug ihre Zähne in seine Hand. Dann flitzte sie nach rechts, mitten in eine nahende Gruppe von Touristen, jeder mit einem roten Stadtführer in der Hand, und rannte so schnell weg, wie ihr linkes Bein es erlaubte. Sie hoffte, die Menge würde ihn verlangsamen.

»Haltet sie!«, rief Dillinger. »Haltet das Mädchen fest! Diebin!«

Sie warf einen Blick über die Schulter. Er stürmte ihr nach und beim Anblick seines schicken Anzugs und des eleganten Hutes wichen ihm die Leute aus.

Vita bog scharf nach links auf eine breite, geschäftige Straße ab und prallte mit der Nase voran gegen einen Mann, der im Gehen die Zeitung las.

Sie erwog, in eines der großen Kaufhäuser zu fliehen, die die Straße säumten, aber dort würde sie zu stark auffallen, zumal wenn sie rannte. Eine Fußgängerampel schaltete auf Grün und sie warf sich mitten in die Menschenmenge, die über die Straße strömte.

Auf der anderen Seite zögerte sie, sah nach links und rechts. Sie holte tief Luft und lief weiter.

Sie begann zu japsen und ihr linker Fuß stand in Flammen und schickte immer wieder einen stechenden Schmerz durch ihre ganze linke Körperhälfte. Sie benutzte Laternenpfähle, um sich Anschwung zu geben, packte sie und stieß sich dann ab. Und sie versuchte, beim Laufen nachzudenken.

Sie hinkte an einem Schild vorbei: SUBWAY. Da erinnerte sie sich plötzlich an etwas – an das Drehkreuz, wo die Leute ihre Marken in den Schlitz warfen; es reichte nicht bis ganz auf den Boden, sondern ließ etwas Raum, hoch genug für ein Kind, zu niedrig für einen Erwachsenen.

Sie stolperte die Stufen hinunter und hielt über die Schulter Ausschau nach Dillinger. Die Stufen waren nass und sie wäre fast ausgerutscht, hielt sich aber am Arm einer Frau fest, die zwei Kinder in Vitas Alter hatte. Beide sahen ihr erstaunt nach. »Da will jemand so bald wie möglich die Gutenachtgeschichte hören«, sagte die Mutter und die Kinder lachten.

Hinter ihr donnerten Schritte. Vita durfte nicht innehalten, um nachzudenken, hatte auch keine Zeit, um zu schauen, wie hoch die Lücke zwischen Fußboden und Drehkreuz tatsächlich war. Sie drängelte sich nach vorn durch und ignorierte die erschrockenen Schreie, das zornige Hüsteln und das empörte »Ja, muss das denn sein!« eines grauhaarigen Mannes. Sie warf sich der Länge nach hin, schlitterte auf dem nassen, verdreckten Boden unter dem Drehkreuz durch und riss den linken Fuß gerade noch rechtzeitig zurück, bevor ein Angestellter der U-Bahn ihren Schuh packen konnte.

Sie kam hastig auf die Beine und rannte, ohne auf den Schmerz und das Blut auf ihrer Hand zu achten, die Treppe hinab. Die Menge umschloss sie und sie wurde unsichtbar.

Am Bahnsteig fuhr gerade eine U-Bahn ein. Vita stieg ein und stand mit pochendem Herzen da. Sie blickte sich nicht mehr um. Sie musste ihre ganze Willenskraft aufbringen, um geradeaus zu schauen, die Hände in den Taschen.

Hätte sie sich noch einmal umgedreht, dann hätte sie gesehen, wie sich Dillinger bückte, um aufzuheben, was sie verloren hatte.

Sie hätte gesehen, wie er das Notizbuch hin und her

wendete, und hätte noch einen Blick auf den roten Umschlag erhascht, bevor die U-Bahn im dunklen Tunnel verschwand.

17

Die Grand Central Station war fast leer. Die Hauptverkehrszeit war vorüber und geblieben war nur der Geruch nach feuchten Regenmänteln und verkleckertem Kaffee. Die Sterne, mit denen man die Decke bemalt hatte, blickten auf nasse Fußböden und mehrere Obdachlose, die bibbernd in einer Ecke kauerten.

Vita stand unter dem Oriongürtel in einem Fleckchen Licht und wartete. Sie hatte ihr Kleid straff gezogen, den Dreck von ihrer Hüfte gewischt und ihre Haare mit den Fingern gekämmt. Jedes Mal, wenn sich Schritte näherten, schlug ihr Herz schneller. Jedes Mal, wenn ein Kopf in Sicht kam, zuckte sie zusammen. Sie hatte sich den Stoffbeutel über eine Schulter gehängt.

Die Uhr tickte unbarmherzig weiter. Vita schloss die Finger fester um die vier Fahrkarten, die sie bei dem gleichgültigen jungen Mann am Schalter gekauft hatte. Die andere Hand presste sie auf das Bündel mühsam ersparter Dollarscheine, das in ihrer Brusttasche steckte. Das Geld würde reichen, um die Rückfahrt nach New York zu bezahlen.

»Acht vor elf«, flüsterte sie. »Zehn Minuten bis zur Abfahrt des Zuges. Es bleibt noch jede Menge Zeit.«

Um sechs vor elf schaute sie noch einmal auf die Uhr; genauso um fünf vor elf und um zwei vor elf. Noch vier Minuten. Wo blieben sie denn bloß? Die Kälte, die im Bahnhof herrschte, kroch in ihren Bauch, aber Vita flüsterte: »Eine Minute haben sie noch.«

Die Worte hatten ihren Mund gerade verlassen, als sie ein Geräusch hörte, bei dem ihr Herz einen Satz tat. In der Halle hallten eilige Schritte und zwei Jungen und ein Mädchen, deren Zopf waagerecht in der Luft flatterte, sprinteten über den glatten Steinboden.

»Wir sind's!«, rief Arkadi, als hätte Vita die drei übersehen können.

»Wurde … fast geschnappt«, keuchte Silk.

»Mein Vater … hätte uns um ein Haar ertappt«, sagte Arkadi, der sich atemlos krümmte.

»Wir reden später!«, sagte Samuel, der eine Tasche über der Schulter trug. »Noch zwei Minuten!«

»Bahnsteig sieben!«, sagte Vita.

Ihr Fuß tat nach dem Gerenne am frühen Abend immer noch weh und sie konnte nicht mit den anderen mithalten. Eine unerwartete Menge später Pendler verließ das Bahnhofscafé, als sie vorbeikam, und Vita wurde von einem großen Jungen aufgehalten, der in die entgegengesetzte Richtung eilte. Sie wich zur Seite aus, er genauso – und dann noch einmal, wobei er genervt zischte –, und schließlich ging er um sie herum und war weg. Er hatte den Hut tief in die Augen gezogen, grinste aber, als er davonflitzte, und sein Grinsen kam ihr bekannt vor.

Sie stolperte auf den Bahnsteig, wo der Zug schon erschreckend laut schnaufte – ein Schnaufen, das klang wie: *Alle einsteigen! Der Zug fährt gleich ab!* –, und als sie ihm so nahe war, dass sie den schwarzen, glänzenden Lack fast berühren konnte, setzte er sich in Bewegung. Die anderen saßen schon im Zug. Arkadi saß am Fenster, sein Gesicht war eine Maske des Entsetzens.

Vita blieb keine Zeit für Verzweiflung oder dergleichen. Samuels Gesicht verschwand aus dem Zugfenster ... und plötzlich flog die hinterste Tür des letzten Wagens auf und er reckte einen langen Arm hinaus.

Ein Gepäckträger auf dem Bahnsteig rief: »Hey! Lasst das!«, aber Vita tat einen stolpernden Sprung nach vorn.

Sie ergriff Samuels Hand, er rief: *»Hep!«*, und sie wurde in den Zug gehievt. Hinter ihr knallte die Tür zu. Der Gepäckträger auf dem Bahnsteig, ein junger Kerl mit Milchbart, zeigte ihnen die Zunge und machte eine unhöfliche Geste.

»Danke!«, sagte Vita und Samuel grinste.

»Wir können doch nicht ohne dich fahren. Du bist der *Notnagel.*«

Arkadi und Silk saßen nebeneinander auf der Bank eines kleinen Abteils. Samuel und Vita sanken auf die Polster gegenüber. Sie sah, dass alle ihre Verkleidung angelegt hatten.

Der Schaffner kam und kontrollierte ihre Fahrkarten, nickte anerkennend, weil sie so adrett aussahen und weil

Silk so zuckersüß lächelte. Und der Zug rumpelte weiter durch die Nacht, aus der Stadt ins Unbekannte.

Die Nacht war stockfinster, als der Zug in die Station einfuhr. Nebel hing über dem Boden und sie traten auf den schlecht beleuchteten Bahnsteig und stampften mit den Füßen, um ihre eingeschlafenen Zehen zu wecken.

Außer ihnen stieg niemand aus und es gab auch keine Gepäckträger. Die Station bestand aus einem einzigen Bahnsteig, einem Bahnwärterhäuschen und der Dunkelheit der ländlichen Umgebung, die sich in alle Richtungen erstreckte. In der Nähe hustete und wieherte ein Pferd.

»Wohin jetzt?«, fragte Arkadi.

Vita drückte Samuel die Rückfahrkarten in die Hand. »Pass gut darauf auf, ja? Wir fahren mit dem Bahnhofs-Taxi. Grandpa hat mir oft von dem Fahrer erzählt. Er ist steinalt und schläft oben im Bahnwärterhäuschen.«

»Macht es ihm denn nichts aus, geweckt zu werden?«

»Nicht, wenn wir ihm das Doppelte zahlen. Ich habe all meine Dollar eingesteckt. Er soll uns aber nicht den ganzen Weg fahren – die letzte Strecke gehen wir.« Sie merkte, dass alle den Blick auf ihr Bein senkten. »Ich schaffe das schon.«

Sie griff in ihre Manteltasche.

Die Tasche war leer.

Sie kramte in der anderen Tasche. »Ich hatte das Geld …«, murmelte sie und begann, die Taschen umzukrempeln.

Silk war sofort hellhörig. »Wo hattest du es?«

»Na hier in meiner Tasche!«

»Bist du sicher, dass es in der Manteltasche war?«

»Ganz sicher!« Und da fiel es ihr ein. »Dieser Junge! Da war dieser Junge im Bahnhof – er hat mich gestreift! Es war einer der Jungs, die dir neulich in der Gasse aufgelauert hatten!«

»Hat er zwei Schritte getan? Zuerst nach links und dann nach rechts – und ein Gesicht gezogen, als wäre es deine Schuld?«

»Ja!«, sagte Vita. Und dann, als ihr dämmerte, was das zu bedeuten hatte: »Ist er etwa ein Taschendieb?«

»Er heißt Fergus. Und wo sein Gewissen sein sollte, hat er bloß ein schwarzes Loch. Wenn wir zurück sind, drehe ich ihm den Hals um!«

»Können wir nicht den ganzen Weg zu Fuß laufen?«, fragte Samuel.

»Wir wären erst bei Sonnenaufgang da«, sagte Vita. »Das würde Stunden dauern. Wir würden es niemals rechtzeitig schaffen.«

»Tja, und was nun?« Arkadi drehte sich zu ihr um. Er schaute so vertrauensvoll drein, dass sie es nicht wagte, ihm in die Augen zu blicken.

Vita erschauderte. Sie kam sich plötzlich sehr klein und sehr jung und sehr närrisch vor – wie ein Schulmädchen mitten im Nirgendwo, das alberne Abenteuergeschichten im Kopf hatte.

Das Pferd wieherte wieder und es klang wie ein spöttisches Lachen.

Arkadi fing unvermittelt an zu grinsen. »Pferde!«, sagte er und wandte sich zu Samuel um. »Hörst du sie auch?«

Samuel wusste sofort, woran Arkadi dachte; er fuhr herum und horchte ebenfalls. »Es sind zwei!«

Arkadi rannte in Richtung des Wieherns. »Wahrscheinlich eine Stute – schon älter, so wie das Wiehern klingt. Hoffen wir mal, dass sie nicht zu alt ist, um geritten zu werden!«

Also verließen sie den Bahnsteig und rannten vorsichtig in die Dunkelheit. Vita zog die Taschenlampe aus ihrem Mantel und richtete den Strahl auf den Weg vor ihnen. Dieser war asphaltiert, aber schadhaft, und manche Schlaglöcher waren so tief, dass man sich den Knöchel hätte verstauchen können.

Die Pferde standen auf einer Weide am Wegrand, zwei dunkle Schatten in der Nacht. Das Gatter war rostig und mit einem Stück Stacheldraht befestigt, doch Arkadi, Silk und Samuel schwangen sich darüber und Vita kletterte vorsichtig hinterher.

Die Pferde witterten sie und flohen mit hohem, ängstlichem Wiehern in den hintersten Winkel der Weide. Samuel und Arkadi tauschten einen Blick.

»Brauchst du Hilfe?«, fragte Samuel.

Arkadi schüttelte den Kopf. »Wenn ich allein mit ihnen bin, ist es einfacher.« Er verschwand aus dem Lichtschein der Taschenlampe und ging mit sicheren Schritten durch das Gras, den Geräuschen und dem Geruch folgend. Vita hörte ihn in den Wind flüstern: »*Ne boisja*. Keine Angst.«

Die anderen drei warteten eng beisammen in einem Winkel der Weide und versuchten, das unheimliche Rauschen der Bäume zu ignorieren. Die Kälte war beißend, sie drang in jede Pore von Vitas Haut. Im Dunkeln war plötzlich ein lautes Wiehern zu hören, danach ein Gemurmel auf Russisch.

Anschließend lachte Arkadi glücklich und es ertönte ein dumpfes Stampfen und dann ritt der Junge hoch auf dem Rücken eines Rappen in den Lichtschein der Taschenlampe. Eine braune Stute trabte hinterdrein. Die Pferde hatten weder Geschirr noch Zügel, gehorchten aber jeder Berührung und jedem Ruf Arkadis.

»Wir sollten aufbrechen«, sagte Arkadi, »bevor jemand kommt.«

Samuel ging zur Stute und streichelte sie. »Sie ist kräftig«, sagte er bewundernd. »Und sie ist bestimmt schnell.«

Silk starrte die Pferde mit blankem Entsetzen an. »Mir war nicht klar, dass sie so groß sind!«, sagte sie.

»Hast du noch nie ein Pferd gesehen?«, fragte Arkadi verblüfft.

»Doch, natürlich!« Silk klang schrill. »Aber nicht von Nahem!«

»Warum hast du dann Angst? Hast du eine Pferdeallergie?«

Sie holte tief Luft und versuchte, so abgebrüht zu klingen wie üblich. »Normalsterbliche sind nicht reich genug, um herauszufinden, ob sie eine Pferdeallergie haben oder nicht. Sie sind bloß … so groß, das ist alles.«

Arkadi bückte sich und verschränkte die Finger neben der Stute zur Räuberleiter. »Setz den Fuß hier rein und schwing dich rauf – ist viel leichter, als ein Fallrohr zu erklimmen.«

»Fallrohre beißen nicht«, sagte Silk, aber sie setzte einen Fuß in die Räuberleiter und er hievte sie fast mühelos auf den Rücken der Stute. Sie saß zusammengekauert da, der weiße, pelzbesetzte Mantel bauschte sich vor ihrer Brust.

Es bedurfte einiger Mühe und viel Hilfe von Arkadi, damit Vita auf dem Rücken des anderen Pferdes landete, aber es machte ihr ausnahmsweise kaum etwas aus. Denn sobald Arkadi vor ihr saß, kehrten die Aufregung, der Elan und die Hoffnung, die mit ihrer Mission verbunden waren, so schlagartig zurück, dass ihr wieder warm ums Herz wurde. Dann saß auch Samuel auf und sie starrten den Zaun an, der sie von der Straße trennte.

»Wer zuerst?«, fragte Arkadi und Samuel sagte: »Gleichzeitig« – und die Pferde preschten ohne Vorwarnung los.

»Knie fest andrücken!«, rief Arkadi und im nächsten Moment flog Vita über das Gatter, so weit zurückgelehnt, dass sich ihr Körper in einem rechten Winkel zum Boden befand, und dann landeten die Pferde klappernd auf dem leeren Weg.

»Wohin?«, fragte Arkadi leise.

»Dorthin«, sagte Vita, zog die Landkarte aus der Manteltasche und schaute im Schein ihrer Taschenlampe sicherheitshalber darauf. Es wäre nicht nötig gewesen, so oft, wie sie darauf geschaut hatte. »Folgt dem Stern dort«, sagte sie.

18

Im Schein von Vitas Taschenlampe warfen die Bäume Schatten und die Äste schienen Arme und Hände zu haben, die Waffen hielten. Arkadi pfiff eine Melodie, wenn auch dünn und schief, denn die Dunkelheit des Waldes war erstickend, und auf einen Blick von Silk verstummte er. Vita schlug ihren breiten Kragen hoch und sie ritten in grimmigem Schweigen weiter.

Endlich begann sich der Wald zu lichten. Dahinter erstreckten sich unberührte, wilde Wiesen, wie Vita wusste, und danach kam ein schlammiges Ufer. Man konnte schon den Fluss hören.

»Wir sollten die Pferde besser im Wald lassen«, sagte Vita. »Sie wären zu auffällig.«

Sie saßen ab. Vita hatte die Höhe unterschätzt und schrammte sich bei der harten Landung ein Knie auf. Sie dachte an die langen, kräftigen Finger ihres Großvaters, die ihre Schrammen verbunden hatten, als sie klein gewesen war, und kam wieder auf die Beine.

Arkadi glitt so mühelos vom Pferd, als stiege er aus dem Bett, und bot Silk eine Hand an. Zum Erstaunen aller – auch zu ihrem eigenen, wie ihr Gesicht verriet – nahm sie die Hilfe an.

Arkadi führte die Pferde etwas tiefer in den Wald, wobei er Ausschau nach einer Stelle hielt, wo sie grasen konnten. Er musste nur mit der Zunge schnalzen, damit sie gehorchten.

»Sollen wir sie anbinden?«, fragte Silk.

»Womit denn?«, erwiderte Arkadi.

»Kannst du ihnen nicht – keine Ahnung – irgendwas um den Hals schlingen?«, meinte Silk.

»Sie werden warten«, sagte Arkadi. »Ich bin mir sicher.«

»Und wohin jetzt?«, fragte Samuel. Drei Augenpaare richteten sich auf Vita.

»Hier entlang«, sagte sie und führte sie aus dem Wald. »Wartet kurz, der Mond kommt gerade hinter der Wolke hervor. Dort! Hudson Castle!«

Alle schauten in die Richtung, die sie wies.

»Ah«, sagte Silk. »Es stimmt also – das ist wirklich eine Burg.«

Sie sah aus wie von jemandem entworfen, der mehr Burgen in Bilderbüchern gesehen hatte als in der Realität; sie sah aus, als hätte jemand die Essenz einer Burg einfangen wollen.

Der künstliche See war von Bäumen umgeben, sein Wasser blauschwarz. Aus dem See erhob sich eine Mauer und dahinter lag ein Garten, der die Burg auf drei Seiten umschloss.

Die Burg hatte Brustwehren und einen Turm, der im Mondschein silberig schwarz aussah. Eine Mauer fiel steil zum Wasser ab und ihr Spiegelbild glitzerte und schimmerte wie in einem Märchen. Bei diesem Anblick erbebte Vita vor Aufregung am ganzen Körper. Die Burg war Wirklichkeit.

»Mein Ururgroßvater hat sie in Frankreich entdeckt«, sagte Vita. »Er hat sie abtragen und hier wieder errichten lassen. Sie hatte danach einige Macken: zum Beispiel war der Turm einsturzgefährdet. Alle erklärten ihn für verrückt, aber er meinte nur, dann wäre er immerhin ein Verrückter mit einer Burg, alle anderen dagegen bloß vernünftige Langweiler mit kleiner Bude.«

»Wo ist das Kanu?«

»Am Westufer des Sees unter einem Weidenbaum versteckt. Es heißt *Lizzy*, wie meine Großmutter.«

»Und wenn Sorrotore das Kanu gefunden und verkauft hat?«, fragte Silk.

»Dafür bekäme man nicht viel«, sagte Vita. »Es ist uralt.«

»Tja, und wenn es leckt?«

»Über ein vielleicht gar nicht existierendes Kanu zu streiten, ist Unfug«, meinte Samuel. »Lasst uns nachschauen.«

Sie liefen im Gänsemarsch zum See. Die langen Gräser piekten Vita trotz des Kleides in die Knie. Sie scheuchten zwei Kaninchen auf, die im hohen Gras davonflitzten.

»Hier ist es unglaublich still«, sagte Silk. »Ich glaube, ich war noch nie an einem so stillen Ort.«

Sie hatte noch nicht ganz ausgesprochen, als ein Gebell die Luft zerriss, heiser und schrill und hungrig.

»Das müssen die Wachhunde sein«, sagte Vita und sah Arkadi an, der die Augen verengte.

»Schäferhunde«, sagte er. »Zwei Jahre alt, vielleicht auch zweieinhalb. Wahrscheinlich zwei Rüden.« Das Bellen ertönte noch einmal. »Man hat sich nicht gut um sie gekümmert – hört ihr, wie heiser der eine klingt? Er hatte eine Infektion, die nicht behandelt wurde. Sie sind bestimmt hungrig.«

Das Kanu lag genau dort, wo es laut Grandpa immer gelegen hatte.

Sie erreichten das Seeufer, wobei sie auf Stimmen horchten, und Vita schlängelte sich im Dunkeln durch das Baumgestrüpp am schlammigen Ufer und versuchte gleichzeitig den Dornbüschen auszuweichen, bis sie das hölzerne Kanu fand.

Grandpa hatte gesagt, es sei so leuchtend grün wie Lizzys Augen. Bis auf wenige Stellen war die Farbe aber so stark abgeblättert, dass es inzwischen überwiegend braungrau war. Vita zog einen Placken des grünen Lacks ab und steckte ihn ein.

Ihre drei Gefährten huschten geduckt zu ihr. Ihre Art zu laufen entsprach dem, was sie waren – eine Truppe von Akrobaten und Dieben –, und im schlammigen Sand waren ihre Schritte lautlos. Sie scharten sich um das Kanu und schoben es ins Wasser.

Silk warf einen Blick über die Schulter. »Bist du auch wirklich sicher, dass es nachts keinen Wächter hier gibt?«

Vita schüttelte den Kopf. »Ja, ziemlich sicher.«

»*Ziemlich* sicher?«

»Warum sollte es einen geben? Der Wächter schläft in einem Häuschen auf der anderen Seite des Sees. Nachts gibt es nur die Hunde.«

Das Gebell ertönte wieder, tief und heiser.

»Na, super«, sagte Silk.

Sie stritten sich kurz, wer paddeln sollte. Silk löste das Problem, indem sie sich ein Paddel schnappte und wie ein Schwert in die Höhe reckte. Vita griff nach dem zweiten. Anfangs ließen sie ihre Paddel ungeschickt ins Wasser klatschen – »Pst!«, zischte Arkadi –, aber dann fanden sie einen Rhythmus und glitten fast lautlos über den spiegelglatten See.

Samuel saß am Bug des Kanus und behielt die näher kommende Steinmauer im Blick. Auf der Karte war auf der anderen Seite der Burg ein kleiner Anleger eingezeichnet, der aber vom Häuschen des Wärters aus zu sehen war; also paddelten sie direkt zu der Gartenmauer, die sich hoch aus dem Wasser erhob.

»Mein Ururururgroßvater«, sagte Vita, »hat in Venedig Häuser gesehen, die direkt am Kanal stehen, und er meinte, noch nie im Leben etwas so Schönes erblickt zu haben – wie eine Frau, die einem See entsteigt, so hat er es beschrieben. Also hat er seine Architekten angewiesen …«

»Könnten wir die Architekturgeschichte für die Rückfahrt mit der Bahn aufsparen?«, fragte Silk, die mit zusammengebissenen Zähnen paddelte.

Sie hatten die Mauer nun fast erreicht. Sie bestand aus großen, grauen Quadern, grob behauen und durch Mörtel verbunden.

»Hier?«, fragte Samuel.

»Ich glaub schon«, sagte Vita. Und dann, um selbstgewisser zu klingen: »Genau hier, ja.«

Samuel richtete sich im Kanu auf, ohne es zum Schwanken zu bringen. Die sorgsam aufrechterhaltene, ausdruckslose Höflichkeit, die er der Welt zeigte, war verschwunden. Seine Augen funkelten vor Aufregung und Abenteuerlust und seine Mundwinkel zuckten.

Arkadi drehte sich zu Samuel um. »Ich frage mich wirklich, wie du das schaffen …«

Doch Samuel schüttelte den Kopf und bat mit erhobener Hand um Stille. Im Kopf kalkulierte er sechs Dutzend Möglichkeiten durch. Seine Lippen bewegten sich, während er halblaut murmelte, und seine Finger zuckten. Er griff in seinen Beutel und holte ein dickes, aufgerolltes Seil heraus.

»Kein Enterhaken?«, fragte Arkadi. »Ich dachte, an einem Ende wäre ein Haken!«

»Die Mauer ist zu breit«, sagte Samuel. »Ich mache das auf meine Art.«

Er zog die Schuhe aus, schlang das Seil zwei Mal um seine Taille und hängte sich den Rest über die Schulter, wobei das Kanu unter seinen Bewegungen leicht schwankte. Vita versuchte, sich an der Mauer festzuhalten, aber sie fand keinen Halt.

»Okay«, sagte er. »Haltet das Kanu still.« Er beugte sich über den Rand, griff mit einem ausgestreckten Arm nach der Mauer und zwängte die Finger in einen Spalt zwischen zwei Quadern.

»Samuel!«, zischte Arkadi, der plötzlich panisch klang. »Lass das! Man kann keine senkrechte Mauer hochklettern!«

Man kann keine senkrechte Mauer hochklettern. Man kann keine – außer man ist von Kindesbeinen an so hoch geklettert wie nur möglich. Man kann das nicht, außer man hat im Alter von fünf Jahren beschlossen, dass man Luftakrobat werden will, und seither nach einer Möglichkeit gesucht, diesen Traum zu verwirklichen.

Samuel tastete weiter oben. Seine Finger entdeckten noch einen Spalt und zwängten sich hinein. Er zog sich hoch, dann suchten seine Füße nach Halt. Und so kletterte er langsam, aber stetig immer höher.

Vita saß da wie erstarrt, ihre Augen prickelten und sein Können verschlug ihr den Atem. Plötzlich stand Arkadi unsicher auf, um seinen Freund mit halb ausgestreckten Armen zu stützen. Vita und Silk kamen auch auf die Beine, bereit, Samuel aufzufangen, wenn er abstürzte, was ganz sicher passieren würde.

Doch Samuel näherte sich der Mauerkante und er bewegte sich nun schnell; verblüffend schnell. Er schwang einen Arm oben auf die Mauer, dann war ein Schnaufen zu hören und plötzlich saß ein Junge mit schicker, grauer Hose und der Ausstrahlung eines Adeligen auf dem Rand. Er beugte sich zur Seite, wobei er ein Bein baumeln ließ, und legte sich dann flach auf die Oberseite der Mauer. Schließlich ließ er das Seil wie eine Kaskade zum Kanu hinabfallen.

»Kommt rauf!«, flüsterte er. »Vita zuerst. Es ist ihre Mauer.«

Vita schüttelte den Kopf und spürte, wie ihre Wangen erröteten. Sie hatte sich insgeheim vor diesem Moment gefürchtet. Es war zwar dunkel, aber die anderen würden trotzdem mit ansehen, wie sie mit dem Seil kämpfte, und das wollte sie nicht. »Ich bin das Schlusslicht. Ich brauche am längsten.«

Silk sagte leise und ohne jeden Sarkasmus: »Dann warten wir eben.«

Vitas Hände waren schweißnass. Als sie das Seil packte, merkte sie, dass ihr Halt glitschig und unzuverlässig war. Sie wickelte das Seil um ihren rechten Fuß und benutzte den linken, um sich nach oben zu drücken, wobei sie den stechenden Schmerz in der Achillessehne ausblendete. Sie reckte einen Arm, griff in einen Spalt und zog sich ein paar Zentimeter höher.

»Gut«, sagte Samuel. »Jetzt den rechten Fuß aus dem Seil lösen und das Ganze noch einmal. Nur zehn Zentimeter. Denk nicht in Metern, sondern in Zentimetern.«

Der Wind blies ihr beim Klettern die Haare in Augen

und Mund. Sie richtete ihren Blick nicht nach unten, sondern nach oben, auf Samuels ermutigende Miene, und zog sich abwechselnd mit jeweils einer Hand höher. Er hievte sie den letzten halben Meter hinauf und sie setzte sich auf die Mauer.

»Nun Silk«, sagte Samuel.

Silk hatte geschickte Hände, aber lange und ungelenke Beine, und sie sah Arkadi finster an, als er anbot, ihr zu helfen. Sie war gerade oben angelangt und wurde von Vita und Samuel auf die Kante gezogen, als die Luft von Gebell zerrissen wurde.

Ein dunkler Schatten hetzte durch das Gras auf sie zu.

19

Das Seil straffte sich und dann erschien Arkadis Kopf wie ein Springteufel über der Mauerkante. Er nickte Samuel zu; sie verstanden einander wortlos. Arkadi zog das Seil hoch und ließ es auf der anderen Seite hinunter. Samuel spannte die Muskeln an und hielt es fest, während sich Arkadi abseilte. Er verzog schmerzhaft das Gesicht, weil er sich die Hände am groben Seil verbrannte.

Die Schäferhunde hatten ihn fast erreicht. Einer war graubraun, der andere pechschwarz, beide reichten Arkadi bis zur Schulter und sie waren sehr schnell. Der Schwarze war ihm am nächsten. Seine Zähne waren so zahlreich und so weiß, dass sie ihm vorauszueilen schienen.

Arkadi schluckte und sein Lächeln kam kurz ins Wanken, aber er zwang sich, es wieder aufzusetzen, und ging entschlossen auf die Hunde zu, hielt ihren offenen Mäulern eine Hand hin. Dabei flüsterte er auf Russisch.

Die Hunde hielten inne. Der schwarze Hund verharrte knurrend zwei Schritte vor Arkadi. Seine Rückenhaare sträubten sich. Arkadi redete ununterbrochen und begann, zwischendurch zu pfeifen – es war das Pfeifen, mit dem er einen Krähenschwarm von einem Nachbardach rufen konnte. Der braune Schäferhund winselte und das Knurren des Schwarzen wurde unsicherer. Arkadi trat noch näher, beide Handflächen erhoben.

Doch jetzt kam er ihnen zu nahe. Der schwarze Hund schnappte nach einer Hand und bellte mehrmals. Vita kniff vor Schreck und Entsetzen die Augen zu.

»Njet!«, sagte Arkadi streng. *»Ja snaju, ty nje takoi.* Ich weiß, ihr wisst es besser.« Und er pfiff noch einmal leise und gedehnt und legte jedem Hund eine Hand auf die Schnauze.

Als Vita die Augen wieder öffnete, lag der schwarze Hund auf der Seite und Arkadi kniete neben seinem Kopf und kraulte ihn zwischen den Ohren, während der andere versuchte, die Zunge in seinen Ärmel zu schieben.

Er schaute auf die Halsbänder. »Dieser heißt Viking, der andere Hunter. Ihr könnt jetzt runterkommen. Aber verbrennt euch nicht die Hände am Seil.«

Sie kauerten hinter ein paar Büschen und spähten den Garten aus. Dieser war groß und kunstvoll angelegt, inzwischen aber verwildert, und wohin sie auch schauten, überall wuchs Efeu. Von der Hintertür der Burg gingen Pfade in jede Richtung aus; manche waren schmal und schlängelten sich um die Blumenbeete, andere waren mit Kies bedeckt. Auf der Westseite der Rasenfläche gab es ein umwalltes Gärtchen, auf der Ostseite eine Reihe von Rosenbeeten. An den Sträuchern, die von Ranken überwuchert waren, ließen letzte winterliche Rosenblüten die zerzausten Köpfe hängen, sie waren im Mondschein von einem mitternächtlichen, gespenstischen Blutrot.

»Ich kann den Springbrunnen nicht entdecken«, flüsterte Silk.

»Nein«, sagte Vita. »Er steht in dem umwallten Gärtchen – da hinten, siehst du?«

Sie huschten über den Rasen. Viking blieb Arkadi anhänglich auf den Fersen und Hunters Schweif klatschte gegen ein Bein des Jungen.

Silk schaute über den Rasen zur Hintertür. »Ist das die Tür mit dem Super-Sicherheitsschloss?«, fragte sie leise.

»Ja«, sagte Vita. Sie betrachtete die Burg, die in den Nachthimmel ragte. »Alle Schlösser sind so. Es ist eine Festung.« Vita langte zuerst beim umwallten Gärtchen an. Wie auf den Plänen angegeben, gab es eine kleine, schwarze Holztür. Vita wollte sie öffnen, aber sie war natürlich verriegelt.

Vita wurde zur Seite geschoben.

»Lass mich mal«, flüsterte Silk. Sie schob ihren Draht in das Schloss. »Das ist nicht einfach. Dauert ein bisschen.«

Sie brauchte keine Minute, aber jede Sekunde kam den anderen vor wie eine Woche. Silk zischte erleichtert, als sich das Schloss mit einem Klicken öffnete.

Sie schlängelten sich gemeinsam mit Viking und Hunter durch die Tür und schlossen sie hinter sich.

Vita atmete tief und erleichtert auf.

»Und nun?«, fragte Arkadi.

Vita zeigte auf den Springbrunnen. Er enthielt kein

Wasser, war aber von hohen, kahlen Rosen umrankt. Der Zahn der Zeit hatte ihn seiner Schönheit beraubt, aber nicht zerstört: Er wurde von der Gestalt eines lachenden Jungen bekrönt. Dieser, fand Vita, sah so ähnlich aus wie ihr Großvater in jungen Jahren. Sie holte die Schaufeln aus ihrem Rucksack. »Nun graben wir«, sagte sie.

Sie machten sich an die Arbeit. Der Boden war frostig und Vitas Hände fühlten sich bald taub an. Doch sie grub und grub, wobei ihre Schaufel manchmal mit der von Silk zusammenstieß, und alle waren bis zu den Ellbogen verdreckt.

Das Loch wurde immer größer und tiefer. Fünfzehn Zentimeter tief, dann dreißig.

Vita merkte, dass ihr Puls immer schneller ging. Würde es klappen? Würde der Plan aufgehen?

Und dann geschah es. Sie hörten hektische Laufschritte. Alle ließen die Schaufel fallen und sprangen auf, nur Vita behielt ihre Schaufel in der Hand und stellte sich vor ihre Freunde.

Die Holztür in der Steinmauer flog auf und ein Mann stürmte hindurch, schwitzend und keuchend und mit wutverzerrtem Gesicht.

»Was zum Teufel geht hier vor?« Der Wächter war groß und stämmig und sein Gesicht hatte nichts Gütiges.

Vita handelte blitzschnell. Sie ging auf den Mann los, die Schaufel vor sich gereckt wie ein Bajonett. Er wollte nach ihrer Schulter greifen, aber sie wich zur Seite aus und wirbelte herum, um nach seiner Brust zu schlagen. Dann packte er mit beiden Händen ihren Oberarm.

»Lauft!«, rief Vita und drehte sich zu den anderen um, die kerzengerade und mit geballten Fäusten dastanden und sie nicht aus den Augen ließen.

»Ihr müsst abhauen!«, schrie sie und glühend heiße Panik flammte in ihr auf.

Sie mussten weglaufen.

»Was macht ihr denn? Ihr habt geschworen, abzuhauen!«

Aber die drei liefen nicht weg.

Der Wächter hielt ihr Handgelenk schmerzhaft fest gepackt und wollte auch Samuel schnappen, der reglos dastand.

»Nein!«, rief Vita. »So war das nicht abgemacht! *Lauft*! Wir hatten eine Vereinbarung! *LAUFT*!«

Ein zweiter Mann erschien und baute sich vor der Tür auf.

»Rührt euch nicht vom Fleck«, sagte er und richtete eine Flinte auf Silks Herz. »Keine Bewegung oder es knallt.«

Sie wurden im Gänsemarsch aus dem Gärtchen, über den Rasen und durch die Hintertür geführt. Der Mann mit der Flinte bildete das Schlusslicht. Alle Fenster waren mit hässlichen, schwarz lackierten Eisenstäben vergittert.

Die Küchentür war verriegelt; der Wächter öffnete sie. Vita bemerkte, dass Silk aus den Augenwinkeln die Schlösser betrachtete.

Silk schüttelte den Kopf. »Das ist tatsächlich eine Festung«, flüsterte sie.

Vita hielt den Rucksack fest, der unter ihrem Mantel versteckt war. Man hatte ihn ihr noch nicht abgenommen.

Sie wurden durch eine leere Küche geführt, die in leuchtendem Kobaltblau gestrichen war, danach durch einen Flur zu einer Holztür, hinter der eine Steintreppe in einen Weinkeller hinabführte.

Am Fuß der Treppe gab es einen weitläufigen Kellerraum, in dem mehrere Regalreihen standen, eine ganze Bibliothek von Weinflaschen, ein paar Regale mit Whisky, ein oder zwei mit Rum. Irgendjemand hatte vor Kurzem davon gekostet und einige halb geleerte Flaschen standen auf einer Kiste neben der Treppe.

Die gehören meinem Großvater, nicht Sorrotore, dachte Vita und wurde wieder von Wut erfüllt. Dieb.

Der Fußboden bestand aus Steinplatten. Es gab kein Licht.

Der Wächter stieß die vier Kinder vor sich her, bis sie mit dem Rücken an der Kellerwand standen. Dann zogen sich die beiden Männer zurück, wobei der eine weiter mit der Flinte drohte.

Als die Tür hinter ihnen zufiel, drehte sich die verzweifelte, ausgepumpte Vita zu ihren drei Freunden um, die dastanden und darauf zu warten schienen, dass sie etwas sagte. Arkadi lächelte leise.

»Warum seid ihr nicht weggerannt?«, fragte sie mit erstickter Stimme, denn ihr Herz pochte so heftig, dass ihr die Luft wegblieb.

Arkadi grinste. »Hast du allen Ernstes geglaubt, wir würden dich im Stich lassen?« Und er lachte.

Samuel lächelte so schief und zaghaft, wie es seine Art war. »Wir haben nie wirklich versprochen, wegzurennen.«

»Überleg mal, was wir *tatsächlich* gesagt haben«, meinte Silk.

20

Die Nacht zuvor

Vita hatte in ihrem Schlafzimmer auf dem Bett gesessen, hoch über New York, und ihren Freunden alles gebeichtet. Sie hatte ihnen das aufgeschlagene Buch hingelegt.

»Eine letzte Sache muss ich noch erledigen«, sagte sie.

»Welche?«

»Ich muss dafür sorgen, dass Sorrotore dieses Buch in die Hände fällt. Ich muss ihm den Plan zuspielen.«

Drei Augenpaare starrten sie verblüfft und entsetzt an.

»Aber dann wüsste er, wo der Smaragd versteckt ist!«

»Nein«, sagte Vita. Sie seufzte so tief, dass ihre Rippen knackten, und dieser Seufzer enthielt alle Geheimnisse, die sie gehütet hatte. »Er wüsste es nicht.«

»Doch!«, sagte Arkadi. »Steht ja alles hier drin! Dein Notizbuch beschreibt …«

Vita blickte über die Stadt in Richtung des Dakota Building. »Das Notizbuch ist nur ein Märchen.«

Die Augen ihrer Freunde wurden noch größer, dann verengten sie sich.

»Wie bitte?« Silk rutschte fort von Vita. »Hast du uns etwa belogen?«

»Der Smaragd ist nicht neben dem Springbrunnen vergraben«, sagte Vita. »Aber genau das muss er glauben. Er muss seine ganze Aufmerksamkeit auf den Brunnen richten und all seine Männer dorthin schicken.«

»Und wo ist der Smaragd?«, fragte Samuel.

»In Hudson Castle.«

»Aber du hast doch gesagt, man kann nicht in die Burg …«

»Man kann nicht einbrechen«, sagte Vita. »Richtig.«

»Das stand sogar in der Zeitung!«, sagte Arkadi.

»Ich weiß«, sagte Vita.

»Es ist also ein Ding der Unmöglichkeit«, meinte Silk.

»Unmöglich heißt nicht, dass es keinen Versuch wert wäre. Ich muss mich bloß schnappen lassen.«

»Schnappen lassen?«, sagten Silk und Samuel wie aus einem Mund.

»Es gibt weit und breit keine anderen Häuser. Wenn sie mich schnappen, gibt es nur einen Ort, wo sie mich einsperren können, bis die Polizei eintrifft.«

Samuels Mund formte ein »O«, als würde er plötzlich begreifen. »In der Burg?«

»Ganz genau. Ich kann nicht einbrechen – aber sie können mich hineinbringen.«

»Aber das rote Buch!«, sagte Arkadi. »Es enthält alle Pläne – alle Details! Den Grundriss! Und darin heißt es, der Smaragd sei bei dem Springbrunnen vergraben!«

»Sicher. Nur habe ich all das nicht für mich notiert. Sondern für Sorrotore.«

»Wenn man nicht in die Burg einbrechen kann, dann kann man auch nicht ausbrechen! Dann säßen wir dort alle fest!«, sagte Arkadi.

»Nein!«, entgegnete Vita. »Ein Ausbruch ist nicht unmöglich. Und nochmals nein: Wir säßen dort nicht fest. Ihr jedenfalls nicht – denn ihr müsst abhauen. Ihr wärt also gar nicht in der Burg.«

»Wir hauen nicht ab!«, sagte Arkadi.

»Oh, doch. Das müsst ihr mir versprechen. Ihr flieht vom Anwesen und verschwindet. Ich brauche eure Hilfe, um das umwallte Gärtchen zu erreichen, vielleicht auch, um neben dem Brunnen mit dem Graben zu beginnen, damit es echt wirkt – aber danach müsst ihr abhauen. Ihr könnt das Bahnhofs-Taxi warten lassen und nachher wieder zur Station zurückfahren. Zum Frühstück wärt ihr wieder zu Hause. Und ich durchsuche die Burg allein.«

»Warum hast du das nicht gleich gesagt?«, fragte Silk, die immer noch misstrauisch dreinschaute.

»Ich hatte Schiss«, sagte Vita, die merkte, dass ihr die Tränen kamen. »Ich dachte … wenn ich es aussprechen würde, dachte ich, wäre es aus und vorbei. Ich dachte, ihr würdet das für Blödsinn halten. Für viel zu schwierig – zu idiotisch – zu riskant.« Sie holte Luft und beichtete ihnen dann die beschämende, egoistische Wahrheit. »Ich dachte, ihr würdet abspringen, wenn ich euch alles erzähle.«

Arkadi entließ ein verächtliches Schnauben. »Ich scheue *nie* ein Risiko!«

»Ich weiß«, brachte Vita mühsam hervor. »Ich kannte euch noch nicht gut genug. Das hat sich inzwischen geändert.«

»Dann hast du all das – du hast das von Anfang an so geplant?«

Sie nickte. »Ich habe geplant – beobachtet, nachgedacht – so bin ich nun mal.«

Samuel betrachtete Vita aufmerksam; die Sehnsucht war ihrem Stirnrunzeln anzusehen, ihren Händen und Füßen.

»Na, schön«, sagte er. »Wenn die anderen weiter dabei sind, dann bin ich es auch.«

Silk warf Vita einen langen, strengen Blick zu. Dann nickte sie. »War von Beginn an eine absolut verrückte Sache. Und sie ist immer noch absolut verrückt. Ich bin weiter dabei.«

»Ihr haut also ab, wenn die Wächter kommen? Schwört ihr, dass ihr dann wegrennt?«, fragte Vita. »Wie Samuel gesagt hat – wenn einer von uns zur Flucht bläst, müssen wir die Flucht ergreifen. So lautet die Vereinbarung.«

Und sie hatten alle genickt.

»Ich mache noch mehr Kakao«, sagte Vita und verließ das Zimmer, um in die Küche zu gehen.

Arkadi schaute zu Silk und Silk schaute zu Samuel.

Arkadi hob die linke Hand; seine Finger waren überkreuzt. »Ich renne nicht weg«, sagte er.

Samuel nickte. Er zog die Hände aus den Taschen. Alle Finger waren überkreuzt. Er lächelte schief. Die zwei Jungen wandten sich an Silk.

»Ich habe die Finger nicht überkreuzt«, sagte sie grinsend. »Ich habe schlicht gelogen. Ich renne bestimmt nicht weg.«

21

Im Keller war es finster und eisig und Vita zitterte, wenn auch nicht vor Kälte. Sie holte eine Taschenlampe aus dem Rucksack – die Batterie war nur noch schwach, der Schein also auch, aber es war besser als nichts –, danach zwei Kerzenstummel. Sie riss ein Streichholz am Daumennagel an – ein Trick, den sie von ihrem Großvater gelernt hatte und der ausnahmsweise funktionierte. Sie schaute die vor ihr stehenden Freunde an.

»Warum habt ihr verschwiegen, dass ihr nicht abhauen würdet?«, wollte sie wissen.

»Hättest du uns mitgenommen, wenn wir es gesagt hätten?«, erwiderte Samuel.

»Nein«, sagte Vita. »Auf keinen Fall.«

»Da hast du's«, sagte Silk.

»Wir sind jetzt eine Truppe«, sagte Arkadi. »Wir haben gemeinsam gekämpft, wir haben zusammen gegessen. Wir sind ein Team.«

Bei diesen Worten wurde Vita warm ums Herz. Bevor sie etwas erwidern konnte, knirschte der Schlüssel im Schloss der Kellertür, die einen Spalt geöffnet wurde.

»Macht bloß keinen Quatsch. Sorrotore sagt, er sitzt schon im Motorboot. Er ist bald hier.«

Vitas Herz setzte kurz aus. »Welches Motorboot?«, flüsterte sie.

Doch die Tür wurde schon wieder zugeknallt. Die vier Kinder starrten einander an.

»Sorrotore darf nicht kommen!«, sagte Vita. »So war das nicht geplant! Er hätte den Männern nur befehlen sollen zu graben. Dann wären sie abgelenkt gewesen und ich hätte das Haus in Ruhe durchsuchen können. Darum haben wir den letzten Zug genommen – damit er uns nicht folgen kann! Die Fahrt mit dem Auto hätte Stunden gedauert.« Sie klang sehr kleinlaut. »An ein Motorboot habe ich nicht gedacht.«

Die finstere Burg mitten im dunklen See war auszuhalten. Die Flinte, mit der man sie bedroht hatte, war auszuhalten. Aber Sorrotore – mit seinen Augen und seinem Lächeln und dem Bewusstsein der Macht, das er wie einen Mantel um seine Schultern trug –, den hatte sie nicht einkalkuliert. Ihr schlimmes Bein war plötzlich kraftlos und sie sank auf den Boden.

»Wir können das jetzt nicht mehr ändern«, sagte Silk. Sie griff in ihren weißen Schwanenfedermantel und zog einen Stoffbeutel hervor. Sie ließ ihn fallen und im Kerzenschein quollen Kleider heraus, Seide und Wolle.

»Hier. Wenn wir die Sache durchziehen – und das werden wir, davon kannst du uns nicht abhalten, Vita –, dann müssen wir zweckmäßig gekleidet sein. Also habe ich heute Morgen eure Klamotten eingepackt, während ihr euch gewaschen habt.«

»Mein Pullover!«, sagte Arkadi.

Sie hantierten hastig im Dunkeln.

Arkadis Pullover leuchtete im Kerzenschein scharlachrot. Samuel ließ die Arme in seinem schwarzen Trikot spielen, seine schwarze Baumwollhose reichte bis auf den Boden. Beide Jungen waren trotz der Kälte barfuß. Silk trug jetzt ein grünes, knielanges Kleid mit fransigem Saum. Die Ärmel endeten vor den Handgelenken und ließen die Hände frei.

Vita tastete im Zwielicht nach ihren Kleidern. Sie zog die weiche Seidenbluse ihrer Großmutter und ihren roten Rock an, der nur bis auf die Knie fiel und zum Laufen bestens geeignet war. Sie schnürte ihre Stiefel wieder zu. Dann holte sie ein kleines Öltuch aus dem Rucksack, das sie in die hintere Tasche stopfte, tat einen Kerzenstummel dazu und überprüfte anschließend ihr Taschenmesser. Sie klappte die Klinge aus und testete die Schneide mit dem Daumen. Sie war scharf.

Ihre Hände zitterten. »Seid ihr bereit?« Sie schlug ihren Kragen hoch und roch die mürbe Süße des Parfüms ihrer Großmutter.

»Auf zur Schatzsuche«, sagte Arkadi.

Sie warteten, während Silk mit dem Dietrich in der Hand vor der Tür kniete.

»Was hättest du getan, wenn wir tatsächlich abgehauen

wären? Wie wärst du aus dem Keller entkommen?«, wollte sie von Vita wissen.

»Ich habe geübt«, sagte Vita. Sie holte einen Draht aus der Tasche und zeigte ihn Silk. »Ich hätte vermutlich ein oder zwei Stunden gebraucht, aber am Ende hätte ich die Tür geöffnet.«

Ein Lächeln – flüchtig und unwillkürlich – umspielte Silks Lippen. »Tja«, sagte sie, als das Schloss klackte, »das hat jedenfalls keine Stunde gedauert.«

Vita spähte durch den Spalt unter der Tür, hielt Ausschau nach Füßen oder Anzeichen für einen Wächter. »Sie sind vermutlich draußen. Ich schätze, sie graben.« Sie spürte einen Adrenalinschub und war auf einmal wie elektrisiert.

Sie drückte die Tür auf. Der Gang wurde von einer Gaslampe erhellt, die an der Wand hing.

»Die Luft ist rein«, sagte sie und die vier Kinder huschten aus dem Keller.

»Wohin jetzt?«, flüsterte Samuel.

»Grandpa sagt, der Smaragd liegt noch im alten Versteck. Damit hat er sicher den Safe gemeint. Und der steht im Salon«, sagte Vita. »Hier entlang.«

»Sorrotore hätte ihn doch längst gefunden, wenn er im Safe läge«, meinte Silk.

Vita schüttelte den Kopf. »Der Safe ist nicht hinter einem Gemälde verborgen oder so. Er ist fast unauffindbar.«

Sie schlichen auf Zehenspitzen durch den Gang und

erreichten die Küche. Von dort gingen sie durch eine Schwingtür in die Eingangshalle.

Die Halle war ebenso groß wie schmutzig, doch im Mondschein leuchteten die Wände dunkelblau. Vita spürte die Kälte des Steinfußbodens durch die Stiefelsohlen und über ihnen hing der verstaubte, kerzenlose Kristalllüster an einer Kette unter der Decke.

Sie lehnte sich gegen die alte Standuhr, schloss die Augen und rief sich den Grundriss ins Gedächtnis. Sie hatte ihn komplett im Kopf – jedes Zimmer, ordentlich beschriftet.

»Zum Salon geht es hier entlang«, sagte sie. Ein Flur mit Marmorfliesen zweigte von der Halle ab. »Zweite Tür links.« Sie flitzten hinein und Vita schloss lautlos die Tür hinter ihnen.

Alle vier atmeten erleichtert aus, aber als der Strahl von Vitas Taschenlampe durch den Raum wanderte, keuchte Arkadi laut auf. Vitas Großeltern hatten die meisten Möbel verkauft, aber die Sitze und Rückenlehnen der letzten Sofas und Sessel waren aufgeschlitzt worden und die Füllung türmte sich auf dem Fußboden. Der Kopf des Eisbärfells lag zertrümmert da.

»Er hat alles durchsucht«, meinte Arkadi.

»Einer von uns muss an der Tür Schmiere stehen«, sagte Vita.

Silk nickte. »Ich schaue durchs Schlüsselloch.«

»Wo ist der Safe?«, fragte Samuel.

Vita zeigte auf den riesigen Kamin. »Dadrin.«

»Im Boden versenkt?«

»Nein. Er befindet sich im Schornstein. Grandpa meinte, wenn man ihn öffne, sei man zwar voller Ruß, aber niemand könne ihn dort entdecken.«

Vita ging zum Kamin. Dieser war so hoch und so breit wie ein Kleiderschrank. »Ich kann nichts erkennen … Wartet mal, doch, jetzt sehe ich etwas – aber es ist auf halber Höhe des Schornsteins.«

»Kennst du die Zahlenkombination?«, fragte Samuel.

Vita nickte. »Es ist mein Geburtsdatum.«

Samuel trat neben sie und schaute in den Schornstein. »Soll ich raufklettern?«, fragte er leise.

Ihr Fuß begrüßte den Vorschlag freudig, aber Vita schüttelte den Kopf. Dies war der letzte Teil des Plans – sie musste es selbst machen. »Ich übernehme das.«

Sie rubbelte ihr linkes Bein, um die Durchblutung anzuregen, und begann, den Schornstein hinaufzuklettern. Sie hob den linken Stiefel und drückte ihn gegen die eine Wand, presste den Rücken gegen die andere. Sie schob sich langsam und unter Schmerzen höher, ihre Knie zitterten vor Anstrengung.

»Prima!«, flüsterte Arkadi.

Zuerst verschwand ihr Kopf im Schornstein, danach Schultern und Oberkörper. Wenn sie Luft holte, hatte sie Ruß im Hals.

Dann erstarrte sie, denn sie hörte etwas, so leise, dass es der Atem der Burg hätte sein können.

Es war Silks Stimme. »Da kommt jemand!«

Vita knipste hektisch die Taschenlampe aus und hievte sich höher, schob ihren Rücken an der Mauer nach oben, bis ihr ganzer Körper im Schornstein verschwunden war. Sie hatte nur Schwärze vor Augen. Die anderen huschten auf der Suche nach Verstecken lautlos durch den Salon.

Und dann ging die Tür auf.

Vita, die im Schornstein nach unten blickte, sah, wie der Salon vom Schein einer Taschenlampe erhellt wurde, und dann hörte sie träge Schritte.

Sie kniff die Augen zu. Es glich einem quälenden, grässlichen Versteckspiel.

Die Schritte bewegten sich weiter in den Salon. Vitas Rückgrat schmerzte und der Ruß kratzte in ihrer Kehle. Sie unterdrückte einen Hustenreiz.

Die Schritte klangen, als würde die Person wieder gehen. Der Lichtschein wanderte zur Tür; dann tanzte er noch mal durch den Raum. Ein dumpfes Geräusch, als hätte der Wächter gegen ein Sofa getreten. Plötzlich wölkte Staub in den Schornstein, und obwohl Vita sich krampfhaft bemühte, still zu bleiben, entwich ihr ein leises Geräusch – ein ersticktes, gedämpftes Husten.

Die Person blieb stehen. Da ertönte die Stimme eines anderen Mannes im Flur, zu weit weg, als dass Vita hätte hören können, was er rief, doch er klang ungeduldig. Die Schritte entfernten sich und die Tür wurde geschlossen.

Stille. Schließlich meldete sich Samuel zu Wort. Er schien neben dem Schornstein zu stehen.

»Alles in Ordnung da oben?«, hauchte er fast unhörbar.

»Ja«, sagte Vita. »Wer war das?«

»Der Wächter«, sagte Silk.

»Du hast gemeint, sie würden graben«, sagte Arkadi.

»Das habe ich geglaubt, ja«, entgegnete Vita.

Sie spannte alle Muskeln an und biss die Zähne zusammen und schob sich im Schornstein die letzten zwanzig Zentimeter nach oben. Hier war er enger. Links von sich, auf Schulterhöhe, spürte sie kaltes Metall in der Wand.

Sie knipste die Taschenlampe an.

Im Lichtschein sah sie, dass ihre Fingerknöchel schwarz und feucht von Ruß waren. Sie konnte auch das Einstellrad in der Safetür sehen. Mit verkrampften Armen und bebender Hand stellte sie die Zahlen ein.

Die Tür klackte. In der Enge war sie kaum zu öffnen, zumal Vitas Schultern und Kopf im Weg waren. Sie spähte in das Innere.

Gähnende Leere. Kein Kästchen, kein smaragdgrünes Funkeln.

Ihr war auf einmal elend vor Enttäuschung. Sie stemmte die eine Hand gegen die Mauer und zwängte die andere in den Safe.

Sie ertastete bloß eine Hand voll Papiere – ein paar Bögen, ein paar Fetzen. Sie zog sie heraus und stopfte sie unter ihre Bluse, weil sie nicht wusste, wohin damit. Dann quälte sie sich wieder nach unten, bis sie sich auf den dunklen Boden sacken lassen konnte. Sie landete auf dem schlimmen Bein und musste sich zusammenreißen, um nicht aufzuschreien – nicht so sehr wegen des

Schmerzes, sondern wegen der Zweifel, die nun über sie hereinbrachen.

Die anderen drei standen in der Dunkelheit vor dem Kamin.

»Hast du ihn?«, flüsterte Silk.

Vita schüttelte unmerklich den Kopf. »Im Safe lag nur dies hier«, sagte sie, fischte die Papiere unter der Bluse hervor, faltete sie dann handlich zusammen und schob sie unter den Bund ihres Rocks.

Es trat ein Schweigen ein, während Vita versuchte, ihren Mut wieder zusammenzukratzen.

»Schau nicht so betrübt aus der Wäsche«, sagte Samuel. »Gibt es noch einen Ort, wo der Smaragd versteckt sein könnte?«

»Er könnte«, ließ sich Silk vernehmen, »überall in dieser Burg sein.« Sie klang angespannt. »Die – falls ihr das noch nicht bemerkt habt – gigantisch ist.«

»Hat dein Grandpa noch andere Verstecke erwähnt?«, fragte Arkadi. »Hast du einen Plan B?«

Vita nickte langsam. Sie hatte inständig gehofft, nicht darauf zurückgreifen zu müssen.

Arkadis Miene hellte sich auf. »Wusste ich's doch! Wo könnte er sein? Heraus mit der Sprache!«

»Da gibt es einen Ort, den mein Grandpa als Kind entdeckt hat – aber ich war so fest davon überzeugt, dass er im Safe liegt!«

»Wo denn? Sag schon!«

Vita schluckte. »Im Turm.«

»Der Turm, der angeblich einsturzgefährdet ist?«, fragte Silk.

»Genau der«, sagte Vita. »Kommt, nichts wie hin.«

Sie huschten im Gänsemarsch durch den Flur, wobei sie immer wieder Blicke über die Schulter warfen, bis sie eine weitere geschwungene Treppe erreichten, so breit, dass sie alle nebeneinander hätten gehen können. Früher war sie immer gebohnert worden und das Eichholz glänzte noch leicht, hatte aber viele Wurmlöcher und sah morsch aus. Eine Seite der Treppe lag im Mondschein.

Vita ging auf den Stufen voran, wobei sie sich im Schatten hielt. Ihre Muskeln waren so angespannt, dass sie spürte, wie sie sich unter der Haut verkrampften.

Sie wusste, dass die Treppe oben auf einen Flur mündete, der auf sie zu warten schien, als wäre sie schon Dutzende Male dort gewesen. Alles, was sie sich eingeprägt hatte, fiel ihr jetzt wieder ein, und ihre Erleichterung darüber war so tief, als hätte sie frische Nachtluft in ihre Lunge gesogen.

Vita bog nach links ab. Als sie durch den Flur schlichen, knarrte ein Dielenbrett unter Arkadis Fuß, so laut, dass Vita glaubte, jemand hätte geschrien. Alle erstarrten.

Im Rest der Burg blieb es still. Alles schien wieder in verstaubter Pracht zu versinken.

»Alles in Butter«, sagte Vita.

Plötzlich ertönte ein Knall, laut wie ein Kanonenschuss. Silk, Arkadi und Samuel pressten sich gegen die Wand, doch Vita flitzte zum Fenster. Hier draußen, mitten im Nirgendwo, konnte nur eines so laut sein: eine schwere, zufallende Tür. Vor dem Eingang der Burg befand sich der Anleger und dort lag jetzt ein kleines Boot vertäut, dessen Chromleisten im Mondschein glitzerten.

»Die Eingangstür«, hauchte Vita. Ihre Hand zuckte zum Taschenmesser. »Er ist da.«

22

Vita konnte keinen klaren Gedanken fassen. Der Drang wegzulaufen packte und schüttelte sie wie eine Ratte; er trieb sie, die anderen zur Seite zu stoßen, die Treppe hinunterzustürmen, in den See zu springen und nach Hause zu schwimmen.

Nichts wie weg, schrie er. *Vergiss die anderen. Hau ab.*

Sie klammerte sich an die Fensterbank und wartete darauf, dass der Drang verflog. Das geschah schließlich, doch ihr war übel. Sie hatte das Gefühl, als hätte es eine Stunde gedauert, obwohl es nur Sekunden gewesen waren. Die anderen standen noch im Flur und warteten auf ihre Entscheidung.

Vita drehte sich zu ihnen um, hob das Kinn und drückte die Schultern durch, so dass sie der Nacht entgegentreten konnte wie eine Detektivin, wie eine Katze, wie eine Akrobatin.

»Entweder schaut er sofort nach uns oder er geht zuerst in den Garten, weil er wissen will, ob seine Leute den Edelstein schon gefunden haben. Das halte ich für wahrscheinlicher.«

»Ja«, sagte Silk.

»Er wird auf jeden Fall bald merken, dass wir entwischt sind«, sagte Vita. »Und dann wird er die Burg durchsuchen.« Sie sprach so schnell, dass sie sich verhaspelte, und die anderen beugten sich näher zu ihr hin. »Hört zu. Die Burg hat sechsundzwanzig Zimmer. Wenn er jedes gründlich durchsucht und im Erdgeschoss anfängt, braucht er etwa sechsundzwanzig Minuten, bis er das letzte erreicht.«

»Nein. Eine Minute ist zu lang. Man braucht wohl eher dreißig Sekunden pro Zimmer – insgesamt also dreizehn Minuten«, sagte Arkadi, aber seine Augen begann wieder zu leuchten, weil ihm dämmerte, worauf Vita hinaus wollte.

»Der Ausgang«, sagte sie hastig. »Ihr müsst wissen, wo er sich befindet. Hinten im Keller sitzt ein Gitter in der Wand – das Gitter verdeckt ein Loch – an der Stelle befand sich früher das Abflussrohr.«

»*Abflussrohr*? Das soll der Ausgang sein? Ein Abfluss?«

»Das war früher – nun ist dort nur noch ein Loch. Das Gitter ist mit Schrauben befestigt, aber die kann man lösen. Silk hat bestimmt ein Werkzeug dabei. Durch das Loch kann man in den See springen – darum ist es nur ein Ausgang – ihr müsstet also schwimmen.« Sie entfernte sich im Flur ein paar Schritte rückwärts, weg von ihnen.

»Er ist da. Das tut mir so leid – so hätte es nicht laufen sollen. Ihr müsst jetzt abhauen.«

Arkadi schnaubte, aber es klang wie ein Lachen. »Wir lassen dich hier bestimmt nicht allein!«

»Oh, doch! Dass Sorrotore kommen würde, gehörte nicht zum Plan. Ich hätte euch nie mitgenommen …«

»Was hast du denn vor?«, fragte Samuel.

»Ich schleiche mich zum Turm. Dort wird er zuletzt nachschauen. Er wurde schon vor Jahren verrammelt, weil er zu baufällig ist. Kann sein, dass er sich gar nicht hinaufwagt. Vielleicht.«

»Und wenn du in der Falle sitzt?«, fragte Silk. Sie sprach sehr leise. »Vielleicht hast du ja recht, Vita – vielleicht sollten wir abhauen. Aber wenn wir das tun, musst du mitkommen. Das ist kein Spiel. Du weißt nicht, was er dir antut, wenn er dich findet.«

Vita schüttelte den Kopf. »Ich habe es geschworen.«

»Dein Großvater würde nicht wollen, dass du das tust!«, sagte Silk.

»Ich habe es *geschworen.*« Vita hatte Angst, aber das Bild ihres Großvaters war stärker – die Vorstellung, wie er den Smaragd mit seinen krummen Fingern hob, damit er im Licht funkelte, dazu das Lächeln, das sein Gesicht erstrahlen ließ. »Ich weiß, dass es kein Spiel ist! Wenn ich den Anhänger finde, ändert sich *alles.*«

»Gut, wir haben schon eine ganze Minute verplempert«, sagte Samuel. »Los.«

»Ich komme mit«, sagte Silk. »Wenn du so blöd bist, dann bin ich auch so blöd. Vielleicht gibt es ja Schlösser.«

»Ark und ich passen unten auf«, sagte Samuel. »Wir geben euch ein Zeichen, wenn er in den Turm will.«

Vita nickte. Sie hätte gern Worte gefunden, die dem

Schmerz in ihrer Brust gerecht wurden – Worte, die nicht so banal und alltäglich waren –, aber es blieb keine Zeit, denn wer wusste schon, was Sorrotore gerade tat.

Also sagte sie nur: »Danke«, und rannte los.

23

Vita überließ den Jungen die Taschenlampe. Sie ging im dunklen Flur voran, eine Hand auf der Wand, bis sie eine weitere Treppe erreichte. Sie humpelte die Stufen hinauf, gefolgt von der schwer atmenden Silk. Die Treppe führte zu einem Absatz und zu noch mehr Zimmern. Es ging nach links und nach rechts.

»Links«, flüsterte sie.

Die Tür am Ende des Flurs war kleiner als die anderen. Sie war mit einem Vorhängeschloss zugesperrt.

»Na, dann«, sagte Silk. Ihr Gesicht war angespannt, ihre Augenbrauen berührten einander fast. Sie kniete sich hin und schob den Dietrich in das Schloss. Sie fummelte herum. Dann runzelte sie die Stirn.

»Wer hat das Schloss angebracht?«

»Grandpa. Dies ist die Tür zum Turm. Er wollte nicht, dass jemand hinaufsteigt.«

»Komisch … Das Schloss wurde demoliert.«

»Demoliert? Wollte man es aufbrechen?«

Silk schüttelte den Kopf. »Der Mechanismus ist kaputt – als hätte jemand nach dem letzten Abschließen absichtlich mit einem Schraubenzieher das Innere zerstört, um dafür zu sorgen, dass die Tür nie wieder geöffnet werden kann.«

Vita fühlte sich mutlos. »Und was heißt das? Dass wir nicht in den Turm kommen?«

»Nein«, sagte Silk. Sie tauschte den Dietrich gegen einen langen, dünnen Haken, den sie aus ihrem Strumpf zog. »Es dauert bloß länger.«

»Uns fehlt aber die Zeit!«

Silk sah sie mürrisch an. »Das ist mir schon klar«, sagte sie. »Hast du Licht?«

Vita riss ein Streichholz an. Die Flamme erhellte Silk, deren Hände auf dem Vorhängeschloss ruhten, als könnten ihre Fingerspitzen in das Innere horchen.

Tief unten knallte plötzlich eine Tür. Vitas Hand zuckte und das Streichholz erlosch, doch sie sagte nichts.

Silk atmete tief ein, schob den Haken in das Schloss und hielt die Luft an, bis ein fast lautloses Klicken ertönte. Sie nahm das Schloss ab und reichte es Vita, die es in die Tasche steckte und die Tür aufzog. Die Scharniere ächzten.

Hinter der Tür befand sich eine Wendeltreppe mit schiefen Stufen, im Laufe der Zeit ausgetreten und nun glatt wie Marmor. Unter der Decke hing ein graues Spinnennetz, das im Licht des angerissenen Streichholzes silberig glitzerte.

»Wenn du nicht mitkommen willst«, sagte Vita, »hätte ich vollstes Verständnis.«

Silk schnaubte, eine Antwort war unter ihrer Würde.

Vita stieg die Treppe so schnell hinauf, wie es ihr Bein erlaubte. Silk folgte ihr, zog die Tür aber zuvor fest zu.

Es war stockdunkel und Vita blieb auf der Treppe stehen, um die Notfall-Kerze aus der Tasche zu holen. Wenn das hier kein Notfall war, dachte sie, was dann?

»Ist es noch weit bis zur Spitze?«, hauchte Silk.

»Wir müssten bald oben sein«, sagte Vita. Sie hatte kaum ausgesprochen, da öffnete sich die Treppe zu einem Raum, nicht größer als neun Quadratmeter, aber extrem hoch. In einer Ecke führte eine steile Holztreppe zu einer Tür hinauf, die zehn Meter über dem Boden in der Wand saß und kaum größer war als ein Fenster.

»Müssen wir dort hinauf?«

Sie musterten die Treppe. Diese wirkte so wackelig, als hätte die Zeit mit Klauen und Zähnen und Klingen an ihr genagt.

»Holzwurmfraß«, sagte Vita.

»Hält sie denn?«, fragte Silk.

»Ich kenne Haltbareres«, meinte Vita. »Aber es gibt nur diesen einen Weg.«

»Was ist ganz oben?«

»Der Himmel«, sagte Vita. »Ich gehe vor.«

Sie setzte einen Fuß auf die Mitte der ersten Stufe und spürte, wie sie sich bog. Sie tat einen zweiten Schritt, einen dritten und die Treppe knackte, als würde sie brennen. Unter ihrem Fuß zerbrach etwas. Sie ging schneller, sank schließlich auf alle viere und spürte, wie das Holz unter ihren Händen nachgab. Silk eilte hinterher, schrie aber nicht auf. Vita war fast oben, da erstarrte sie bei einem Geräusch – tief unten, auf den Steinstufen.

Irgendjemand stieg die Wendeltreppe hinauf.

Vita hetzte auf den letzten Stufen nach oben, stemmte die kleine Holztür auf und zwängte sich hindurch. Sie fand sich auf der offenen Plattform eines runden Turms wieder. Silk folgte ihr und schloss lautlos die Tür. Dann lugten sie durch den Spalt unter der Tür in den hohen, dunklen Raum.

Dieser wurde nach einer Weile vom flackernden Schein einer Gaslampe erhellt. Ein Kopf erschien, danach ein Körper mit breiten Schultern.

Sorrotore blieb stehen, atmete den Staub ein und richtete seinen Blick auf die Holztreppe. Aus Vitas Perspektive sah sie aus wie ein Wrack. Er brummte, dann ging er zur Treppe.

Bei seinem ersten Schritt ging die Stufe zu Bruch. Er zog eine Grimasse und wollte gerade die zweite Stufe testen, als auf einmal Lärm zu hören war – weder eine zuknallende Tür noch der Wind. Sondern ein Triumphschrei, ein Jubelruf, der von den Wänden widerhallte.

»Vita!« Der Ruf hallte durch die ganze Burg. »Ich habe ihn gefunden!«

»Arkadi«, hauchte Vita.

Sorrotore erstarrte. Dann fuhr er herum und stürmte die Wendeltreppe hinab.

»Er hat ihn gefunden!«, flüsterte Silk. »Lass uns runtergehen! In den Keller!«

»Warte!«, sagte Vita.

»Wieso denn? Komm schon! Arkadi hat den Smaragd entdeckt!«

»Wenn er ihn entdeckt hätte, würde er nicht so schreien. Er ist doch kein Idiot.«

Silk schnaubte.

»Natürlich ist er kein Idiot«, sagte Vita. »Er ist klug – ziemlich klug sogar. Da stimmt etwas nicht.«

»Er klang aber glücklich!«

»Und wenn er Sorrotore die Treppe hinunterlocken wollte? Wenn er wusste, dass wir in der Falle sitzen?«

Silk begriff. Dann fragte sie: »Und was jetzt?«

In Vitas Kopf wirbelten die Gedanken. »Wir gehen wieder nach unten – aber ganz leise. Wir brechen Holz von der Treppe ab, um eine Waffe zu haben. Dann versuchen wir, ihn von hinten zu überwältigen.«

»Aber wenn Arkadi und Samuel den Smaragd dort unten nicht entdeckt haben, muss er hier oben sein, und wenn er hier oben ist, dann dürfen wir erst gehen, wenn wir ihn gefunden haben.«

»Wenn Sorrotore Arkadi und Samuel in seiner Gewalt hat, bleibe ich bestimmt nicht hier oben.« Vita wollte sich an Silk vorbeidrängen. »Ich bin schließlich schuld daran, dass sie hier sind …«

»Nein!« Silk stieß Vita zurück. »Die beiden bringen uns um, wenn wir jetzt aufgeben. Wo ist das Versteck?«

Vita schüttelte sich. »Tja … das weiß ich auch nicht. Hinter einem losen Stein, ganz oben auf dem Turm.«

Silk ließ einen entgeisterten Blick über die vielen Steine gleiten. »Du machst Witze. Geht es nicht ein bisschen genauer?«

»Nein.« Das Wort kam Vita schwer über die Lippen.

»Denk nach, Vita!«

Vita unternahm eine mächtige Anstrengung, um sich zu erinnern – dachte nicht länger an ihre Füße, ihren Bauch, ihre panisch pochende Brust. »Grandpa war Juwelier«, sagte sie. »Er meinte, fast alles könne ein Juwel sein. Wir müssen nach schönen Steinen suchen.«

»Diese Steine sind nicht schön! Es sind nur Steine!«

Doch im Licht des Mondes und im Schein der Kerze sahen manche Steine tatsächlich schöner aus als andere. Einige waren von nüchternem Grau, andere hatten dunkelrote Streifen oder weiße Adern oder waren blau gesprenkelt.

Vita suchte die Brüstung mit Blicken ab, zog und drückte Steine, die gescheckt waren oder die Form von Kontinenten hatten. Silk war in die Hocke gegangen, um die untersten Steine zu untersuchen, und murmelte: »Schöne Steine. Klar. Luxus-Brocken. Wieso nicht?«

Der Turm war rund und die Plattform hatte einen Durchmesser von knapp fünf Schritten. Sie fragte sich schon, ob sie jemals den richtigen Stein finden würde, als unter ihren Fingern plötzlich etwas nachgab.

Sie betrachtete den Stein, an dem sie gerüttelt hatte. Es war ein fast makelloses, graues Quadrat mit einem bläulichen, an einen Blitz erinnernden Streifen.

Vita krallte die Finger in den Mörtel rings um den Stein

und zerrte. Der Stein quietschte – Stein auf Mörtel auf Fingernägeln –, aber dann löste er sich, anfangs langsam, dann ruckartig und sie ließ ihn auf die Steinplatten fallen, wobei sie fast ihren Fuß zerschmettert hätte.

»Silk!« Ihre Stimme klang brüchig, weil es ihr aus rätselhaften Gründen die Kehle zuschnürte. »Silk!«

Silk drehte sich um. Sie machte große Augen. Im Kerzenschein war ein Holzkästchen zu sehen, das tief in die Mauer gezwängt worden war.

»Das ist das Versteck«, flüsterte Vita.

Silks Stimme klang heiser und verblüfft: »Ich habe nicht daran geglaubt! Unfassbar!«

Vita griff mit zitternden Händen in das Loch und zog das Kästchen heraus. Sie klemmte ihre Finger ein und schrammte sich die Haut zweier Fingerkuppen auf, aber davon spürte sie nichts.

Das Kästchen war staubig und von Mörtelbröckchen bedeckt. Es war so lang und breit wie eine Kinderhand. Vita wischte mit einem Ärmel darüber und das tiefbraune Holz fing an zu glänzen. Sie schüttelte das Kästchen; kein Klappern, sondern das dumpfe Geräusch von etwas, das in Stoff gewickelt war. Sie schob einen Fingernagel unter den Deckel, um ihn zu öffnen.

Sie probierte es noch einmal, nun kräftiger. »Es geht nicht auf!« Vita starrte das Kästchen an und drehte es hin und her. »Ich sehe kein Schloss.«

Silk nahm das Kästchen zur Hand. »Es gibt mit Sicherheit ein verstecktes Schloss. Darf ich …«

Sie wurde durch einen Schrei unterbrochen, der unten in der Burg ertönte. Vita sah Silk an.

»Samuel! Komm mit.« Vita zog das Öltuch aus ihrer Tasche und versuchte, das Kästchen darin einzuwickeln, während sie zur Tür humpelte. Sie schob sich das Kästchen unter die Bluse.

Dann sprang sie die Treppe hinunter. All die Jahre, in denen man ihr geraten hatte, langsam und vorsichtig zu gehen, waren wie weggewischt und sie stürmte mit polternden Stiefelschritten die Treppe hinunter zu Samuel und Arkadi. Silk glitt einmal aus und knallte auf eine Hüfte, fluchte aber bloß und war sofort wieder auf den Beinen. Als Vita ihr helfen wollte, verpasste Silk ihr einen Knuff gegen den Rücken.

Sie stürmten durch die Holztür in den Flur, ohne darauf zu achten, ob man sie hören konnte.

»Warte«, keuchte Silk. »Lass uns horchen.«

Vita versuchte, den Atem anzuhalten. In der Burg herrschte Totenstille. Aber dann ertönte es wieder: ein Schrei, der anschwoll und schließlich wieder leiser wurde.

Vita runzelte die Stirn. Das war kein panischer Schrei – sondern einer, der die kalte Luft durchschnitt wie ein Kriegsruf.

»Das kommt von unten«, sagte Silk.

»Nichts wie hin«, sagte Vita.

Sie huschten so lautlos wie möglich durch den finsteren Flur, vorbei an stillen, geschlossenen Türen.

Da flog eine Tür auf und jemand sprang heraus. Er

packte Vita mit beiden Armen in der Mitte, presste die Arme an ihre Seiten und warf sie der Länge nach auf den Boden.

Sie riss einen Arm los und wollte gerade nach dem Gesicht ihres Angreifers schlagen, als dieser japste: »Vita!« Der Griff wurde gelöst. »Ich dachte, es wäre Sorrotore!«

Es war Arkadi. Er rollte sich zur Seite und sprang auf. »Alles in Ordnung?«

Es war nicht alles in Ordnung – in ihrem linken Fuß brannte ein Nerv wie Feuer –, aber sie sagte nur: »Was ist passiert? Schnell, erzähl!«

»Ich habe gesehen, wie Sorrotore in die Richtung gelaufen ist, in der ihr verschwunden wart, also habe ich mich im Schlafzimmer gegenüber versteckt und gebrüllt, ich hätte den Smaragd gefunden – und nach einer Weile kam er herein. Ich hatte mich in der Kommode versteckt – der Schrank wäre zu naheliegend gewesen – und er wollte sie schon öffnen, aber dann …«

»Was dann?«, fragte Vita.

»Dann schrie Samuel. Aber nicht hier im Schlafzimmer. Sondern irgendwo unten. Und Sorrotore fauchte wie eine wütende Katze und rannte los. Durch einen Spalt im Holz konnte ich aber sehen … Vita, er hat eine Waffe.«

»Kommt«, sagte Vita, die vorsichtig aufstand und ihr Bein ausprobierte. Sie konnte es belasten. »Samuel!«

»Schleichen wir oder stürmen wir los?«, fragte Silk.

»Wir schleichen«, sagte Vita. »Jedenfalls erst mal. Wir müssen wissen, was los ist.«

Arkadi gab Vita die Taschenlampe und sie ging bis zur Treppe voran. Dort blieb sie stehen. »Was geht da vor?«

Weitere Schreie blieben aus, aber unten in der Halle klatschten hastige Schritte über den Marmorfußboden.

Dann brüllte jemand: »Junge! Du kannst nicht entwischen, Junge! Wo steckst du? Das ist kein Versteckspiel.«

Vita ging langsam die Treppe hinunter, wobei sie sich ganz am Rand hielt, denn dort war das Holz weniger wurmstichig und knarrte nicht so laut.

Vor der Biegung zur Eingangshalle zögerte sie. Noch einen Schritt weiter und Sorrotore würde sie sehen.

Vita schaute Arkadi an, der Silk anschaute, die Vita anschaute.

»Es geht um meinen besten Freund«, sagte Arkadi. »Ich schleiche jetzt nicht mehr.«

»Dann blasen wir zum Angriff«, sagte Vita.

Arkadi entließ ein lautes Kriegsgebrüll und sie rannten los wie die geölten Blitze. Sie flitzten mit Vita an der Spitze durch den Flur in die riesige, hohe Halle. Sorrotore stand mitten darin, eine Lampe in der einen Hand, in der anderen Hand eine Flinte. Er wirbelte herum.

In diesem Augenblick geschahen mehrere Dinge. Sorrotore erblickte Vita. Er schrie so wutentbrannt auf, dass Vita wie angewurzelt stehen blieb und ihn anstarrte. Sie hatte noch nie jemanden gesehen, der so wütend wirkte und eine so furchterregende Grimasse zog, und ihr stockte der Atem.

Zugleich schwang sich jemand an einem Seil aus zwölf

Metern Höhe aus dem obersten Fenster. Das Seil war am Fenstergitter befestigt und es ächzte und stöhne, als der Körper durch die Luft flog.

Alle sahen auf. Samuel ließ das Seil mitten im Flug los, ergriff das untere Ende des Kronleuchters und schwankte daran über ihnen hin und her, wobei die großen Kristalle klirrend aneinanderstießen und die kleineren wie Hagel auf den Boden prasselten.

Sorrotore sah diesem Schauspiel ungläubig zu.

»Lauft!«, flüsterte Vita Silk und Arkadi zu. »Ihr müsst im Keller das Gitter lösen.« Sie zögerten, aber Vita gab beiden einen Schubs. »Bitte!«

Dieses Mal rannten sie weg, sie sausten an Sorrotore vorbei, der immer noch den akrobatischen Jungen anglotzte. Samuel hangelte sich bis zur Kette, mit der der Kronleuchter unter der Decke befestigt war.

Vita rannte den anderen beiden nach, bog hinten in der Halle aber ab und kauerte sich hinter die kaputte Standuhr, deren Zeiger auf Mitternacht wiesen.

»Hast du so gebrüllt, Junge? Hast du den Smaragd?«, rief Sorrotore.

Samuel schwieg.

Vita holte das Taschenmesser hervor. Sie klappte die Klinge aus. Sie kalkulierte die Flugbahn, die das Messer nehmen musste, um sich in Sorrotores Brust zu bohren, mit der Präzision eines Profis.

Aber sie brachte es nicht über sich, das Messer zu werfen. Sie dachte an ihren Großvater, der ihr blind vertraute. »Die Waffe, die du in deinem Leben führst, wird kein Messer sein.« Ihre Hand weigerte sich, auszuholen und das Messer fliegen zu lassen. Vita war wie erstarrt.

»Komm sofort runter, Junge«, sagte Sorrotore, »sonst knalle ich zuerst dich ab und danach deine Freunde.«

Wenn sie das Messer würfe, würde sie ihn töten. Vita begann zu zittern, während sie weiter hinter der Standuhr kauerte und zuschaute. Sie wollte mit dem Tod nichts zu tun haben – nichts mit dem Dunkel und der Endgültigkeit des Sterbens. Sie hasste den Mann mehr als jedes andere Geschöpf auf Erden, aber sie durfte ihn nicht töten.

Samuels Augen waren geweitet, er starrte Sorrotore an.

Wirf das Messer, schrie Vita im Stillen. *Wirf.*

Doch die Hand mit dem Messer sank auf ihre Seite und sie spürte das rostige Vorhängeschloss aus dem Turm in der Tasche.

Sie zog es heraus und hatte ihren Körper plötzlich wieder unter Kontrolle. Sie zielte – berechnete in aller Schnelle Entfernung und Winkel –, holte aus und warf.

Das Schloss traf Sorrotore an der linken Schläfe. Er taumelte einen Schritt rückwärts, dann noch einen und klappte zusammen wie eine Marionette, deren Fäden gekappt worden waren.

Vita kam auf die Beine. »Samuel! Kannst du runterspringen?«

Samuel schaute nach unten. Er schüttelte den Kopf. »Nicht auf die Steinplatten. Ich würde mir den Knöchel brechen.«

»Bleib, wo du bist! Ich hole eine Leiter«, rief sie, und obwohl sie so steifbeinig war, dass sie kaum stehen konnte, wollte sie zum Flur rennen.

»Halt!« Samuel schüttelte hoch über ihr den Kopf. Er riss sich vor und zurück, so dass der Kronleuchter an seiner Kette wie wild zu schwanken begann und Kristalle auf Sorrotore regnen ließ. Samuel wollte loslassen, als der Leuchter den höchsten Punkt des Schwunges erreichte – zögerte aber mit ängstlicher Miene und schwang wieder zurück.

Vita erinnerte sich; sie erinnerte sich an die strahlende Freude, mit der er im mitternächtlichen Ballsaal in die Luft gesprungen war, und ihr fiel ein, was er gesagt hatte.

»Listo!«, rief sie. *»Listo*, Samuel!«

Er antwortete japsend: »Bereit!«

Der Kronleuchter schwang nach rechts, hoch hinauf und Vita rief: *»Hep!«* Mit einem Schrei, der in der großen Halle widerhallte, ließ Samuel den klirrenden Kronleuchter los und flog durch die Luft.

Er sauste an Vita vorbei, breitete die Arme aus, schlug ein oder zwei Saltos und landete auf dem weichen, wurmzernagten Holz des Flurs, flog auf die Schulter, kullerte zwei Mal um die eigene Achse und sprang auf, verzog das Gesicht und rieb sich die Seite.

»Hast du dich verletzt?«, fragte Vita. Sie ging zu Sorrotore, hob die Flinte auf und eilte zu Samuel. Er hatte sich auf dem Holz die Haut aufgeschrammt. »Du blutest!«

Er sagte nichts dazu. »Hast du ihn gefunden?«

Vita begriff erst mit leichter Verspätung, was er meinte.

»Ja«, sagte sie, nun ohne jeden Triumph. Sie warf einen Blick auf das Chaos aus abgefallenen Kristallen und den Mann, der mitten darin lag. Dann sprach sie die Worte aller Helden und Kriminellen und Entfesselungskünstler.

»Nichts wie weg hier.«

24

Sie rannten, wobei sie ständig über die Schulter schauten. Auf dem Weg durch die Küche hörten sie in der Ferne die Stimmen des Wächters und seines Kumpans und das Klirren der Spatenblätter. Als sie den Keller erreichten, war er verwaist. Vita ließ den immer schwächeren Strahl ihrer Taschenlampe durch den Raum zucken. Der muffige Geruch des Staubs war verflogen, denn der kalte Nachtwind blies durch ein offenes Loch in der Wand, das einen Durchmesser von dreißig Zentimetern hatte. Sie schauten hindurch. Auf der anderen Seite gab es weder ein Ufer noch Erde – die Mauer fiel steil, aber nicht tief zum See ab.

Vita warf Sorrotores Flinte durch das Loch und bekam, als sie Samuels breite Schultern bemerkte, einen Schreck. »Passt du hindurch?«

»Müssen wir probieren«, sagte er. »Du zuerst.«

»Nein!«, sagte Vita. »Du bist größer, also du zuerst. Wenn ich durchpasse, du aber nicht, dann sitzt du hier allein fest.«

Er zog ein Gesicht, als wollte er diskutieren, aber sie schob ihn zum Loch.

»Überflüssig, jetzt den Kavalier zu spielen! Es ist eine logische Entscheidung!«

»Na, schön«, sagte Samuel. Er schob zuerst die Beine durch das Loch und reckte die Arme über den Kopf, damit die Schultern so schmal wie möglich waren. Seine Haut, die er sich schon bei der Landung aufgeschrammt hatte, schabte über das Mauerwerk. Er sagte nichts, sondern schob sich weiter, wobei er die Augen vor Schmerz zusammenkniff.

»Ich stecke fest!«, japste er.

Während er dies sagte, ging die Kellertür auf.

Vita ließ die Taschenlampe fallen, packte Samuels Arme und drückte ihn mit aller Macht durch das Loch. Er keuchte und fiel mit einem Klatschen ins Wasser. Sie ließ die ersterbende Lampe liegen und flitzte in das Dunkel zwischen den Regalen, kauerte sich hinter eine Reihe von Rotweinflaschen.

Sorrotores blank polierte schwarze Schuhe erschienen in der Tür und gingen die Treppe hinunter. Unten blieb er stehen, denn er sah das Loch und die kreiselnde Taschenlampe. Sie flackerte und erlosch.

»Ich weiß, dass du noch hier bist«, rief er und seine Stimme hallte durch die Dunkelheit. »Ich höre dich atmen.«

Seine Schritte dröhnten zwischen den Regalen. Er hielt eine kleine Petroleumlampe; das Licht war zwei Regalreihen von ihr entfernt. Sie wollte zurückweichen, merkte aber, dass sie sich nicht bewegen konnte.

»Es reicht, Kleine«, ertönte Sorrotores Stimme. Sie war so eisig wie der Steinfußboden. »Ich habe die Nase voll.«

Vita kauerte in der Schwärze. Angst flammte in ihr auf und sie konnte sie nicht zum Erlöschen bringen. Die Angst begann, ihr Denken zu lähmen, wurde immer größer und Vitas Körper erstarrte wie der eines Tieres. Als hätte ihr jemand eine fremde Haut übergestreift.

Und sie dachte: Ich schaffe es nicht.

Sie musste an den auf der Bühne angeketteten Elefanten denken. Seine Hoffnungslosigkeit war ihre Hoffnungslosigkeit.

Und die Angst schäumte über ihren Kopf und schlug über ihr zusammen.

Doch dann rief sie sich mit pochendem Herzen noch einmal den angeketteten Elefanten vor Augen und mit ihm kehrte auch die Erinnerung an Jack Welles, ihren Großvater, zurück: an ihren Grandpa, wie er früher gewesen war, als er Zielscheiben auf Krankenhauswände gemalt hatte, so eigenwillig, so begabt und so lebendig.

Und die Liebe vermischte sich mit der Angst.

Und die Liebe wurde ihre Waffe.

Und sie kam mit einem Wutschrei, den Sorrotore nie erwartet hätte, auf die Beine und sprang ihn an.

Dies war etwas ganz anderes als der Kampf gegen eine Bande von Taschendieben damals in der Gasse. Hier loderte auf beiden Seiten Wut; seine Wut auf dieses hässliche, verkrüppelte, stierende Kind und die Möglichkeit zu unterliegen; ihre Wut auf die Dummheit einer Welt, die

Männer, die so viel raubten und zerstörten, auch noch bewunderte.

Er war größer, aber sie war wütender und trotz ihrer jungen Jahre und ihrer körperlichen Unterlegenheit unbarmherziger und schmerzunempfindlicher. Er wollte sie bei der Taille packen, doch sie wand sich und schlug ihre Zähne in Haut, bis Blut floss, ohne zu wissen, wo sie hineinbiss. Er schüttelte sie wie ein Tier, das gegen ein anderes Tier kämpft.

Sie riss eine Hand zurück, ertastete einen Flaschenhals, ergriff ihn und schlug mit der Flasche nach seinem Kopf. Er rutschte auf dem Alkohol und den Scherben aus und ging kurz zu Boden und sie rannte zum Loch in der Wand.

Dann war er wieder auf den Beinen, nass und keuchend, und rannte ihr nach.

Vita klappte die Klinge ihres Taschenmessers aus, holte kurz Luft, zielte und warf. Das Messer traf exakt die Mitte der Whiskyflasche über Sorrotores Kopf. Die Flasche platzte, der Whisky ergoss sich auf seine Haare und dann purzelten ein Dutzend weitere Flaschen aus dem Regal. Überall flogen Glassplitter herum und prallten von den Wänden ab. Sorrotore duckte sich mit einem Wutschrei und hob die Hand, um seine Augen zu schützen.

Vita rannte weiter zum Loch. Sie stützte sich auf den Steinen ab und drehte sich noch einmal um.

»Ihr Handlanger, dieser Dillinger«, sagte Vita, »er meinte, ich würde mit dem Feuer spielen.«

Und sie bündelte ihre Wut und ihre Angst in ihrer

Hand. Sie hob die Taschenlampe auf, nahm sie zwischen die Fingerspitzen und warf sie – nicht auf die Flaschen, sondern auf die Petroleumlampe, die Sorrotore auf den Fußboden gestellt hatte. Die Lampe explodierte; der Whisky fing Feuer und die Flammen schlängelten sich über den Boden zu Sorrotore.

Vita sog japsend Rauch in die Lunge und dann erreichten die Flammen Sorrotores sorgsam geölte und extrem brennbare Haare. Er schrie auf und versuchte, die Flammen mit seiner Jacke zu ersticken.

Vita zwängte sich durch das Loch in der dicken Mauer und fiel kopfüber in die Tiefe. Als sie ins Wasser klatschte, fühlte sich dieses so hart an wie Erde, aber es tat sich für sie auf und sie versank darin, wobei sie sich mehrmals überschlug.

Unter Wasser war es stockdunkel. Sie wusste nicht, wo oben und unten war. Sie zwang sich, nicht panisch zu werden. Sie öffnete die Augen und drehte sich orientierungslos. Dann fiel ihr ein, dass sich beim Ausatmen Blasen bildeten – die zur Oberfläche hinaufstiegen. Sie entließ die Hälfte der Luft in ihrer Lunge, schluckte im Gegenzug etwas Wasser und versuchte, nicht zu würgen. Die Bläschen stiegen auf – ihr kam es vor, als würden sie zur Seite treiben, doch sie schwamm ihnen nach, wobei sie mit einer Hand ruderte und die andere auf das Kästchen unter ihrer Bluse drückte.

Dann durchbrach ihr Kopf die Wasseroberfläche, sie spuckte und würgte und holte hektisch Luft. Am Ufer erschien eine Gestalt im Mondschein: Samuel. Er wurde sofort wieder in die Büsche gerissen.

Vita begann wie wild zu paddeln, aber dann fiel ihr ein, dass sie vielleicht beobachtet wurde. »Vorsichtig!«, ermahnte sie sich flüsternd und versuchte, halb zu tauchen, obwohl Rauch und Wasser in ihrer Brust brannten. Sie trieb sich mit Schwimmzügen und Beinschlägen voran, die nicht besonders kräftig, sondern vor allem verzweifelt waren. Sie rechnete damit, gleich das Motorboot zu hören, das sie verfolgte. Sie riskierte einen Blick zurück. Aus dem Loch in der Burgmauer quoll Rauch.

Sie strampelte noch einmal mit den Beinen und spürte, wie ihre Füße den Grund berührten. Sie richtete sich im Schlamm auf, fiel wieder auf die Knie, erhob sich noch einmal und stolperte zu Silk, die bis zur Taille ins Wasser gewatet war, um Vita beim Handgelenk zu packen und zwischen die Büsche zu ziehen.

Dort warteten Arkadi und Samuel, beide klitschnass. Neben ihnen saßen die Hunde, Viking und Hunter, auch klitschnass.

»Sie sind vermutlich entwischt, als die Männer kamen, um zu graben«, meinte Arkadi. »Ich nehme sie mit.«

Nass und matschbeschmiert, wie sie waren, stolperten sie ohne ein weiteres Wort durch die Nacht zurück zu den Pferden. Vitas Bein tat höllisch weh. Die Pferde wieherten, als sie Arkadi erkannten, und er schwang sich auf den Rappen und zog Vita, die sich bemühte, nicht umzukippen, vor sich auf den Pferderücken.

Silk half Samuel mit einer Räuberleiter auf die Stute. Aus einem Schnitt auf seiner Schulter tropfte Blut auf das braune Fell, doch er hielt Silk den anderen Arm hin, damit sie sich hinter ihn schwingen konnte. Sie galoppierten durch den Wald, bis sie die Landstraße erreichten, Viking und Hunter links und rechts von Arkadis Pferd. Dann ritten sie aneinandergeklammert schnurstracks in den Sonnenaufgang.

Unterwegs begann es zu schneien.

Im Garten der Burg reckte der Wächter den Kopf im inzwischen zweieinhalb Meter tiefen Loch. Er schnupperte, dann rannte er los. Er entdeckte ein halb gelöschtes Feuer, einen weggetreten auf der Treppe liegenden Sorrotore und jede Menge Scherben. Er brüllte nach Eimern, nach Wasser, nach Hilfe.

Und in einer Ecke, die die Flammen noch nicht erreicht hatten, türmten sich die Kleider von Kindern jener Art, die in ihrem Leben noch nie einen gefährlichen Gedanken gehabt hatten.

25

Der nächste Zug ging erst in einigen Stunden. Der Rappe bettete sich auf den Bahnsteig und die vier Kinder und zwei Hunde schmiegten sich an seinen Körper und versuchten, einander Wärme zu spenden. Arkadi fand auf der Weide ein paar Pferdedecken, doch als sie in den Zug stiegen, tat Vita trotzdem alles weh. Sie biss die Zähne zusammen, damit sie nicht klapperten.

Im Zug war es herrlich warm, ihre Kleider dampften bald und die Abteilfenster beschlugen. Ein Wägelchen mit Essen wurde durch den Zug geschoben. Arkadi kramte seine letzten zehn Cent aus der Tasche und sie teilten sich eine heiße Schokolade, ohne zu warten, bis sie abkühlte. Obwohl Vita eingebläut worden war, dass man die Schuhe nicht auf den Sitz legt, zog sie die Stiefel unter ihren Po und lehnte sich in die Ecke des Waggons.

Sie erwachte, als sie sich New York näherten. Silk und Arkadi schliefen, aber Samuel sah noch aus dem Fenster. Er drehte sich zu Vita um.

»Ich habe lange darüber nachgedacht – über das rote

Buch. Es enthielt ja nicht nur den Plan – nicht bloß die Karte und die Abfahrtzeiten der Züge und so weiter. Ich habe gesehen, dass du hinten … eine Art Tagebuch geschrieben hast. Über deinen Großvater und das Messer. Wozu?«

»Auch für Sorrotore«, sagte Vita. »Er sollte wissen, welchem Menschen er wehtun wollte.«

In der Grand Central Station funkelten die Sterne grüßend unter der Decke. Die Kinder schleppten sich bibbernd durch den Schnee, gefolgt von den zwei Schäferhunden, überquerten die West 45th und folgten der Seventh Avenue über den Times Square in Richtung Carnegie Hall.

»Ob sie zu Hause gemerkt haben, dass wir weg waren?«, fragte Arkadi.

»Davon können wir wohl ausgehen«, sagte Samuel.

»Mal schauen, was uns blüht.«

Vita fragte sich das auch. Sie versuchte, den Gedanken aus ihrem Kopf zu verbannen. Der Ärger, der ihr bei der Heimkehr drohte, war im Vergleich mit den möglichen Gefahren ihrer Mission so harmlos, dass sie kaum einen Gedanken daran verschwendet hatte. Nun meldeten sich ihre Befürchtungen aber sehr lautstark zu Wort.

Als sie um die Ecke bogen, sank Vita das Herz in die Hose. Vor der Carnegie Hall stand eine Menschentraube auf dem Bürgersteig: Arkadis Eltern; Morgan Kawadza mit zorniger Miene; und Maiko, die Akrobatin. Ein Polizist machte sich Notizen. Am Rand dieser Schar stand Vitas

Mutter und hielt auf der Straße Ausschau. Ihr Blick war verzweifelt.

Silk zuckte blitzschnell zurück. Die anderen auch.

»Ich komme nicht mit«, sagte sie. »Ich gehe direkt zur Bowery.«

»Unsinn!«, sagte Arkadi. »Der Polizist kennt dich nicht – es ist nicht derselbe. Und wir müssen zusammenbleiben. Willst du den Smaragd denn nicht sehen?«

Sie bogen gemeinsam um die Ecke: klitschnass, verdreckt und erschöpft. Einen Herzschlag lang herrschte Stille – dann hallte ein schriller Ruf durch die Luft und Julia Marlowe rannte auf sie zu.

Sie riss Vita in die Höhe und drückte sie an sich, als wollte sie mit ihr verschmelzen.

»Wo wart ihr? Seid ihr verletzt? Ihr blutet ja! Was ist denn passiert? Was habt ihr *angestellt*?«

Vita vergrub ihr Gesicht in der Schulter ihrer Mutter und atmete ihr Parfüm tief ein. Sie schlang die Arme um den Nacken ihrer Mutter und ließ selbst dann nicht los, als ihre Mutter den Griff löste, um über ihre Augen zu wischen.

Der Polizist zog brummelnd ab und vorübergehend herrschte ein Chaos. Arkadi wurde von seiner Mutter gleichzeitig geohrfeigt und umarmt, während sein Vater puterrot vor Zorn danebenstand. Samuel stand reglos vor seinem Onkel, der leise auf Schona auf ihn einredete und dabei am ganzen Körper bebte. Silk hielt sich abseits, den Blick zu Boden gesenkt.

»Wir sollten reingehen, da ist es warm.« Mr Lazarenko sprach mit starkem russischem Akzent und seine Stimme zeugte von mühsam gebändigtem Zorn. »Ich kann nur hoffen, dass ihr eine gute Erklärung für die Nacht habt, die wir durchmachen mussten.«

Sie gingen in die marmorne Eingangshalle. Die beiden Hunde folgten Arkadi.

»Lasst uns besser in den großen Saal gehen«, meinte Mrs Lazarenko. »Der wird schon für die Matinee geheizt. Und dort wartet jemand.«

Sie schlängelten sich in den Saal. Die Schäferhunde sprangen auf je einen Stuhl und schliefen auf den Samtpolstern ein. Vita hatte aber nur Augen für die Person, die mitten auf der Bühne auf einem Holzstuhl saß. Eine Stimme hallte durch den großen Saal.

»Satansbraten. Eine Erklärung, wenn ich bitten darf.«

Vitas Großvater stand auf. Er stützte sich auf seinen Stock und blickte auf sie hinab. Er hatte das Gesicht in verärgerte Falten gelegt. Er lächelte nicht.

Vitas Mutter gab ihrer Tochter einen Schubs. »Geh zu ihm. Er hatte so viel Angst um dich und war so außer sich, dass ich einen Herzinfarkt befürchtet habe.«

Wir haben viel zu selten Gelegenheit, geliebten Menschen unsere Treue zu beweisen, indem wir ihnen einen Schatz vor die Füße legen. Der Saal, den Vita durchquerte, schien immer größer zu werden, und als sie zur Bühne hinaufstieg, hatte sie das Gefühl, mehrere Meilen zurückgelegt zu haben.

Sobald sie vor ihrem Großvater stand, knöpfte sie ihre Bluse auf und griff unter das Unterhemd. Sie holte das Kästchen hervor. Sie wickelte es aus dem Öltuch, das immer noch feucht war. Sie überreichte ihrem Großvater das Holzkästchen.

Der alte Mann begann zu zittern.

Sein Blick suchte den von Vita. »Satansbraten – wo hast du das her? Was hast du getan?«

»Wir konnten es nicht öffnen«, flüsterte Vita. »Wir haben kein Schloss entdeckt – ist das Kästchen verleimt? Es war oben auf dem Turm.«

»Dem Turm von Hudson Castle? Ihr wart in der Burg?« Sein Blick wanderte von Vita zu Samuel zu Silk und zu Arkadi, die ihrer Freundin gefolgt waren und nun in einer Ecke der Bühne standen.

»Ja. Wir dachten … es muss dieses Kästchen sein. Oder nicht?«

Ihr Großvater drehte es hin und her. Vita befürchtete einen schrecklichen Moment lang, er würde es nicht erkennen – dass es das falsche wäre, dass sie sich durch ein fremdes Land gekämpft hatte, nur um ein Kästchen mitzubringen, das bedeutungslos war.

Doch ihr Großvater tastete das Holz ab, als suchte er nach etwas. Er drückte und auf einer Seite des Kästchens glitt die Unterkante nach vorn und enthüllte ein Schlüsselloch, nicht größer als der Nagel von Vitas kleinem Finger.

Er griff nach seiner Uhrkette. »Ich habe den Schlüssel daran befestigt«, sagte er. »Ich glaubte, er wäre alles, was mir geblieben ist. Ich dachte, das Kästchen wäre für immer verloren. Ich dachte, der Schlüssel wäre das einzige Andenken. Und ich wollte mir einreden, er würde genügen.«

Der Schlüssel war winzig und es kostete ihn Mühe, ihn mit seinen arthritischen Fingern in das Schlüsselloch zu stecken. Dann klickte das Schloss, als wäre es zuletzt vor einer Stunde geöffnet worden.

Vita stopfte ihre Hände in die Taschen und drückte beide Daumen, so fest sie konnte.

Grandpa stellte das Kästchen auf seinen Schoß. Seine Hände, die immer ein wenig zitterten, zuckten nun so stark, dass er den Deckel erst beim dritten Anlauf aufklappen konnte.

Er öffnete sich mit dem Knarren alten Holzes; oben war der Lack gesprungen. Im Kästchen lag ein Bündel aus schwarzem Samt, unberührt vom Wasser des Sees.

Grandpa hatte den Atem angehalten. Als er einen Zipfel des Samts anhob, füllten sich seine Augen mit Tränen. Sein bleiches Gesicht errötete wie das eines Kindes.

Dann zog er den Samt weg und stieß einen leisen Schrei voller Liebe und Sehnsucht aus, wie Vita ihn noch nie gehört hatte.

Er hob einen grünen Anhänger aus dem Kästchen, so groß wie das Auge eines Löwen. Er fummelte daran herum und ertastete einen Verschluss und dann klappte der Anhänger auf und enthüllte zwei Fotos. Eines zeigte Grandpa in jungen Jahren, aber mit derselben langen Nase und breiten Stirn.

Das Foto auf der anderen Seite zeigte eine Frau, die aus großen und gütigen Augen in die Welt blickte. Sie war feinknochig und ihr Haar an den Schläfen schon leicht grau. Sie lächelte und es war Vitas Lächeln. Und sie trug den Smaragdanhänger um den Hals.

Grandpa schob einen Fingernagel unter das Foto, zog es aus dem Anhänger und führte es an seine Lippen. Der Smaragd fiel auf den Fußboden, als wäre er eine Nebensache.

»Lizzy«, flüsterte Vitas Großvater. Tränen liefen ihm über das Gesicht, sie blieben in den Wangenfalten und an der Nase hängen. »Oh, Lizzy. Mein Mädchen. Mein Augenstern.«

Vitas Mutter ging zur Bühne.

»Nach ihrem Tod«, sagte Grandpa, »habe ich dies auf dem Turm versteckt und das Vorhängeschloss zerstört. Ich wollte das Foto nie mehr anschauen. Ich war wütend, weil sie mich alleinließ. Weil sie mich ohne jede Lebensfreude zurückließ. Aber du hast sie mir wiedergeschenkt.«

Vita bückte sich nach der Kette mit dem Anhänger und legte ihn in seinen Schoß.

Er betrachtete ihn lächelnd. »Das alte Ding. Möchtest du ihn haben?« Und er hielt ihr die Kette hin, als wollte er sie ihr um den Hals hängen.

»Wie meinst du das?« Vitas Herz schlug panisch. »Nein! Wir müssen den Anhänger verkaufen!«

»Verkaufen? Wozu?«

»Mit dem Geld können wir einen Anwalt bezahlen – wir verkaufen den Anhänger und dann bekommen wir Hudson Castle zurück. Das ist der *Zweck* des Ganzen!«

Da begriff ihr Großvater, und die Erkenntnis tat ihm weh. »Oh, Satansbraten. Das ist kein Smaragd. Sondern farbiges Glas. Nicht einmal die Einfassung besteht aus echtem Silber.«

Vitas Herz tat einen Satz. »Nein! Aber er war berühmt! Der Familienschmuck war berühmt!«

»Ja, das war er, aber die Stücke wurden entweder verkauft oder gingen verloren. Der Smaragd war das letzte Stück. Wir haben ihn damals verkauft, um das neue Dach bezahlen zu können.«

»Aber er sieht …«

»So echt aus? Ich weiß. Ich habe diese Replik selbst angefertigt, bevor wir das Original zum Auktionshaus gebracht haben. Lizzy fand sie genauso schön wie den echten Smaragd. Sie legte die Kette um und sagte: ›Tanzschuhe zuschnüren, Jack‹, und dann gingen wir aus und aßen die günstigsten Suppen in den teuersten Restaurants. Ah, das war unsere schönste Zeit! Aber diese Replik ist keine fünf Dollar wert.«

Vita schnürte es die Kehle zu. »Aber«, flüsterte sie so leise, dass er die Worte nicht hören konnte, »dein Zuhause – ich wollte die Burg für dich zurückholen.«

Vita verließ alle Kraft und sie sackte mit einem dumpfen Geräusch auf die Bühne. Sie hatte so viel gewollt. Sie hatte für ihren Großvater kämpfen und siegen wollen.

Obwohl sie versuchte, sie zurückzuhalten, kullerte eine Träne über ihre Wange.

Doch ihr Großvater strahlte vor Glück und sie versuchte, sich zusammenzureißen: Er durfte sie nicht weinen sehen. Sie kramte nach ihrem Taschentuch. Sie zog etwas unter dem Bund ihres Rocks hervor, das noch etwas feucht war, und wollte sich damit schnäuzen, als sie plötzlich innehielt. Zwei Wörter fielen ihr ins Auge: »Hudson Castle«.

Es waren die Unterlagen aus dem Safe, noch nass und zart wie Seidenpapier, aber die Tinte war nicht verlaufen.

»Die habe ich auch gefunden«, sagte sie. Grandpa hielt immer noch das Foto in beiden Händen und deshalb reichte sie die Dokumente ihrer Mutter. »Hier, Mama – die lagen im Safe. Im Schornstein des Kamins.«

Ihre Mutter starrte sie mit großen Augen an und ihr Zorn verflog. »In dem Safe im Schornstein? Vita, was um alles auf der Welt hast du …« Aber da fiel ihr Blick auf die Papiere und sie verstummte so plötzlich, als hätte sie eine Ohrfeige bekommen. Sie nahm Vita die Dokumente behutsam ab und breitete sie auf der Bühne aus.

»Was ist das?«, fragte Vita.

»Die Eigentumsurkunde für Hudson Castle«, sagte ihre Mutter. »Sorrotore besitzt sie also nicht.« Ihr Gesicht hellte sich mit einem Mal auf. »Und er hat sie nie besessen.«

Es dauerte eine Weile, bis Jubel und Trubel abgeflaut waren. Vitas Mutter und ihr Großvater steckten die Köpfe zusammen und tuschelten und seine Hände zitterten vor Freude und Verblüffung. Die Lazarenkos und Morgan Kawadza schauten weiter verwirrt von einem zum anderen. In ihren Augen funkelten Skepsis und Verärgerung.

»Ihr müsst alles von Anfang an erzählen«, sagte Mrs Lazarenko.

»Und zwar dalli«, sagte Mr Lazarenko.

Samuel und Arkadi sahen Vita an. Silk senkte den Blick auf ihre Hände.

»Am besten, du erzählst«, meinte Arkadi. »Es ist deine Geschichte.«

»Zuerst das Warum«, sagte Mrs Lazarenko.

Vita stellte fest, dass ihr die Worte dafür fehlten. Das lag ja nun auf der Hand, dachte sie. So machte man das doch – man stritt für die Menschen, die man liebte. Sie schüttelte den Kopf.

»Gut, dann das Wie«, sagte Morgan Kawadza. »Und das Was.«

Vita nickte. Sie schaute Grandpa an, als sie begann, denn das erleichterte ihr die Sache. Seine Augen funkelten wie Smaragde.

»Ich nehme an, es begann mit dem roten Buch. Es begann mit meinem Plan.«

»Das klingt nicht wie der Anfang, Satansbraten. Wir möchten den wahren Anfang erfahren.«

Also holte Vita aus – ganz weit aus. Sie erzählte von ihrem Ururgroßvater und der Burg; sie berichtete, wie Grandpa an ihrem Krankenhausbett gesessen hatte, und erzählte dann von Sorrotore und dessen gut kaschierten Lügen.

Sie beschrieb Silks langfingerige Taschendiebstähle und Silk, die vor Peinlichkeit oder Scham oder Wut oder allem zusammen knallrot anlief, schüttelte unmerklich den Kopf und starrte die Wand an. Mr Lazarenko verengte die Augen.

Vita schilderte Arkadis Händchen für Vögel und Hunde und Pferde und seine tiefe Sanftmut, die alle Geschöpfe zu wittern schienen. Sie erzählte, dass sie Arkadi zum ersten Mal erblickt hatte, als er auf Moskau durch die Straßen geritten war, und Morgan Kawadza verzog verdrossen den Mund.

Sie beschrieb, wie Samuel die Gartenmauer erklommen hatte. Sie schilderte seinen Sprung vom Kronleuchter; wie er sich der Schwerkraft entledigt hatte, als könnte man sie ausknipsen, als würde sie für Menschen wie ihn nicht gelten. Samuel fing den Blick seines Onkels auf und starrte danach auch die Wand an.

»Am Kronleuchter hin- und hergeschwungen!«, sagte Grandpa. »Donnerwetter, das ist ja sagenhaft!«

Und als sie zum Ende kam, herrschte verblüfftes Schweigen.

Schließlich drehte sich Mr Lazarenko zu Silk um. »He, Mädchen.« Er klang barsch. »Führ deine Künste mal vor. Zeig mir, ob es stimmt.«

»Versprechen Sie auch, mich nicht verhaften zu lassen?«, fragte Silk. »Denn was ich tue, ist verboten.«

Mr Lazarenko nickte, schaute aber weiter unbeeindruckt und zweifelnd drein.

Silk wandte sich an Vitas Mutter und fragte leise: »Können Sie mir eine Münze leihen?«

Julia kramte in ihrer Tasche und gab ihr zehn Cent.

»Würden Sie sich«, sagte Silk, »bitte in die erste Reihe setzen? Dann ist es einfacher.«

Die Erwachsenen tauschten Blicke. Dann brummte Mr Lazarenko und alle gingen an Silk vorbei zur ersten Reihe im riesigen Saal. Silk zog ihr Kleid gerade und kämmte das Ende ihres Zopfes mit den Fingern. Die Kinder folgten den Erwachsenen und dann stand Silk allein am Rand der Bühne.

Sie hob die Münze. Sie faltete ihre Hände, öffnete sie dann wieder und die Münze war weg. Die Erwachsenen klatschten brav, wirkten aber nicht sehr beeindruckt. Vita verkniff sich ein Grinsen. Sie biss sich in ihrer Vorfreude auf die Lippe.

Silk zuckte die Schultern. »Steckt in meinem Ärmel«, sagte sie. »Das haben Sie sicher geahnt.« Sie lächelte schüchtern Vitas Mutter an. »Würden Sie mir helfen, Mrs Marlowe? Könnten Sie etwas für mich notieren?«

Vitas Mutter holte den Füller aus ihrer Brusttasche und zog die Kappe ab. Im nächsten Moment starrte sie ihn entgeistert an.

»Sie hat die Patrone aus meinem Füller entfernt«, sagte sie.

Silk lächelte ein fast unsichtbares Lächeln. »Mr Lazarenko, wenn Sie in Ihren rechten Stiefel fassen«, sagte sie, »finden Sie darin ein Seidentuch, das Vitas Großvater gehört.«

Mr Lazarenko bückte sich, musterte seinen Stiefel und zog dann ein knallrotes Tuch heraus. Grandpa senkte den Blick schockiert auf seinen Kragen.

»Aber … das ist doch unmöglich …«

»Mr Marlowe«, sagte Silk, »würden Sie bitte in Ihre linke Tasche greifen?«

Grandpa fischte einen goldenen Ring heraus, denn er mit offenem Mund betrachtete.

»Der gehört mir!«, sagte Morgan Kawadza. »Das ist mein Siegelring!«

»Oh, Bozhe«, hauchte Mr Lazarenko. Er drehte sich zu den Kindern um und sein Gesicht war wie verwandelt. Er sah Arkadi auf einmal sehr ähnlich. »Was hast du noch stibitzt?«

Der Goldene Ballsaal war leer, als Arkadi sein Publikum hineinführte; leer bis auf Moskau und Cork, die beide angelaufen kamen, um den Jungen zur Begrüßung abzuschlecken. Arkadi überhörte Mr Lazarenkos verblüffte Kommentare zu dem Hund, riss die Fenster auf, beugte sich aus einem und stieß seinen lauten, lockenden Pfiff aus.

Die Vögel rauschten an wie ein Gewitter; sie stoben durch alle Fenster, erfüllten die Luft mit Federn und Zwitschern.

Rasko umflog Arkadis Kopf und landete dann auf einer

Schulter. Rimski flog krächzend und heiser lachend aus einem nahen Baum herbei und landete auf Grandpas Arm. Grandpa jauchzte vor Vergnügen.

Arkadi pfiff noch einmal. Fünf Minuten verstrichen und die Zahl der Vögel wuchs sekündlich. Sie schwärmten zu ihm und drängten sich auf seinen Schultern; ein Arm war voller Tauben, auf seiner Schulter saß ein Rotkehlchen, oben auf seinem Kopf hockte eine Blaumeise.

Mr Lazarenko staunte nicht schlecht. »Was hat das zu bedeuten?«

Arkadi grinste seinen Vater an, doch war sein Grinsen etwas wackelig. »Das hier will ich machen, Papa. Ich will nicht nur mit Pudeln auftreten – nicht nur mit Pferden –, sondern mit allen möglichen Tieren. Mit Hunden und Pferden und Tauben und Eichhörnchen und Ratten und Krähen. Mit all den Tieren, die wir Menschen übersehen, und alle sollen zusammen tanzen. Ich möchte, dass die Menschen sie sehen – bewusst sehen. So als sähen sie sie zum ersten Mal. Das wäre dann so, als stünde man auf einer Theaterbühne und zugleich im Herzen des Waldes. Kannst du dir das vorstellen?«

Mr Lazarenkos Augenbrauen waren noch immer nicht in ihre normale Position zurückgekehrt. Mrs Lazarenko lächelte jedoch und in ihrem Lächeln lag genug Stolz, um eine ganze Stadt mit Licht zu erfüllen.

»Das hat etwas.« Sie richtete die Worte an ihren Mann und er erwiderte ihren Blick mit einem Verständnis, das sich vielen gemeinsamen Jahren verdankt.

Sie legte fragend den Kopf schief. Und er nickte langsam, so langsam, als wollte er sich verneigen.

»Was denn?«, fragte Arkadi.

»Eine Zirkustruppe«, sagte Mr Lazarenko.

Morgan Kawadza hob eine Hand. »Nein, Nikolai. Nicht Samuel.«

»Morgan. Nicht so vorschnell«, erwiderte Lazarenko und wandte sich dann an Silk, die neben Cork stand, eine Hand auf den mächtigen Schädel des Hundes gelegt. »Du da. Mädchen. Was würdest du davon halten, alles hinter dir zu lassen und dich dem Zirkus anzuschließen?«

Silk starrte ihn verständnislos an. »Bitte?«

»Ich hole jemanden, der dich trainiert. Ich kann die größte Taschenspieler-Artistin dieses Kontinents aus dir machen. Du könntest auch die Entfesselungskunst erlernen – immerhin knackst du schon Vorhängeschlösser. Die Leute würden Schlange stehen, um von dir ausgeplündert zu werden.«

Silk war baff, ihr fehlten die Worte.

»Ich … weiß nicht. Ich bin nicht … ich habe keine …« Silk wandte sich hilflos an ihre drei Freunde, deren Mienen sie ermutigten. Sie holte Luft und reckte ihr Kinn. Sie war groß, aber in diesem Moment wuchs sie um weitere zehn Zentimeter. »Ja«, sagte sie, »ich bin dabei.«

»An wen muss ich mich wenden? Wer ist erziehungsberechtigt? Deine Eltern?«, wollte Lazarenko wissen.

Silk schüttelte den Kopf. »Ich weiß nicht, wer mein Vater ist. Und meine Mutter ist schon lange tot.«

»Du hast keine Angehörigen?«

»Keinen einzigen«, sagte Silk und ließ ihren Blick dann auf Arkadi, Samuel und Vita ruhen. »Ich war immer allein – bis jetzt.«

»Also eine Zirkustruppe«, sagte Lazarenko.

»Eine solche Truppe kann Unglaubliches schaffen und Ruhm und Ehre ernten«, meinte Maiko.

»Walzer tanzende Tiere«, sagte Mrs Lazarenko, »eine Taschendiebin … und eine Messerwerferin.«

Vita kämpfte mit dem Gefühl, sich in einem Traum zu befinden. Die Erschöpfung nach dem nächtlichen Abenteuer machte sich bemerkbar und das Pferd, das gerade ihre Haare fressen wollte, linderte ihr Gefühl der Unwirklichkeit auch nicht unbedingt. Doch bei diesen Worten riss sie den Kopf zurück und starrte die Lazarenkos an.

»Meinen Sie mich?«

»Ja, dich«, sagte Mr Lazarenko. Er hatte nun das Funkeln eines gerissenen Geschäftsmanns in den Augen. »Der Zirkus kann ein prima Zuhause sein. Das dauert natürlich seine Zeit. Ist kein Kinderspiel. Aber du wärst nicht übel, denke ich.«

Mrs Lazarenko seufzte belustigt und gleichzeitig genervt auf. »Kolya! Sie ist doch kein Gaul, um den man schachert. Ich finde, sie könnte mehr als ›nicht übel‹ sein. Ich finde, sie könnte sich als bemerkenswert erweisen.«

»Sie ist viel mehr als nur bemerkenswert«, meinte Grandpa. »Dieses Mädchen ist eine Armee in einer Person.«

Vita sah ihre Mutter und ihren Großvater an.

»Mama?«, fragte sie.

Die Miene ihrer Mutter war vieldeutig. Dutzende Gefühle, die Vita nicht zu deuten wusste, überzogen ihr Gesicht, aber auch einige, die sie kannte: Stolz, Zweifel und mehr als zwölf Jahre liebevoller Sorge. Am Ende stand ihr nur noch Liebe ins Gesicht geschrieben. »Möchtest du das denn wirklich?«

Vita sah sich auf der weiten und riesigen Bühne um. Sie dachte an Lady Lavinia, an die entschlossene Eleganz und Präzision, die in ihren Händen und Augen zum Ausdruck gekommen war. Sie dachte an ihren krummen Fuß, ihre magere Wade und ihre unterschiedlich hohen Schuhe und an die unzähligen Menschen, die all das bemerken würden, wenn sie jeden Abend auf der Bühne stünde.

Sie drückte ihren Rücken durch und reckte ihr Kinn wie ein Boxer.

»Heißt das ja?«, fragte Lazarenko.

Vita spürte, wie sich ein Lächeln auf ihrem Gesicht ausbreitete, und sie wollte gerade antworten, als Arkadi dazwischenging.

»Natürlich heißt das ja! Das steht schon ewig fest. Wir sind längst eine Truppe.«

Bei dem Wort »Truppe« hob Morgan Kawadza eine Hand. »Nein!«, sagte er. »Ihr drei könnt das machen, wenn ihr wollt. Und ich bilde deinen Jungen gern mit aus, Lazarenko, falls er mehr über Pferde erfahren will – er hat ein Händchen dafür, wie mir scheint. Aber ich weiß, was ihr denkt. Und meine Antwort lautet: Nein, nicht Samuel.

Er wird meine Nummer weiterführen. Außerdem bin ich für ihn verantwortlich – ich habe geschworen, für ihn zu sorgen wie für einen Sohn. Ich werde ihn nicht der Willkür und der Grausamkeit der Welt aussetzen.«

Samuel stand trotzig da, die Arme straff um den Oberkörper geschlungen.

»Ich will Luftakrobat werden«, sagte er. »Alles andere interessiert mich nicht die Bohne. Mir ist klar, dass es nicht einfach sein wird, aber das ist mir egal – absolut egal.«

»Auf gar keinen Fall«, sagte Kawadza. »Du kannst eine Wand erklimmen und an einem Seil hin- und herschwingen? Na, meinetwegen!«

Vita sah nicht Kawadza an, sondern Samuel, der mitten im Ballsaal stand. Sein Gesicht zeigte dieselbe Entschlossenheit wie auf dem Trapez.

»Nein«, sagte er.

»Ein *Nein* kann ich nicht …«, erwiderte Kawadza.

»Na, gut! Schön. Also *ja*«, sagte Samuel. »*Ja*, Onkel, ich möchte, dass du für mich sorgst. Aber das reicht nicht. Und *ja*, ich weiß, dass es schwer wäre – fast unerträglich schwer, und vielleicht werde ich am Ende scheitern.« Er löste seine Arme vom Körper. »Aber ich werde auf jeden Fall Luftakrobat.«

Und er rannte zu einem Fenster des Saals, der sich im dritten Stock befand.

»Hiergeblieben!«, schrie Kawadza.

Samuel blieb nicht stehen. Samuel war nicht dafür geschaffen, stehen zu bleiben. Er sprang auf die Fensterbank und warf sich in die Luft. Er sauste lotrecht in die Tiefe und packte im Fallen die Fahnenstange an der Fassade der Carnegie Hall. Er schwang sich an der Stange im Kreis wie ein Athlet bei den Olympischen Spielen, zwei Mal, drei Mal. Er hielt kurz inne, die Füße zum Himmel gereckt. Dann ließ er los und schlug im Fallen einen Salto, die Arme vor der Brust verschränkt, und landete aufrecht auf dem Dach eines geparkten Autos. Von dort glitt er auf den Bürgersteig.

Er salutierte.

Morgan Kawadza starrte auf die New Yorker Straße – er sah die Passanten, die aneinander vorbeieilten, den Zeitungsjungen, der eine Zeitung schwenkte und nichts bemerkt hatte, und er sah Samuel, der mit hoch erhobenem Kopf strahlend und ganz für sich allein mitten im Strom der Menschen stand.

Vita nahm den Zeitungsjungen genauer in den Blick. Sie konnte ein paar Wörter der Schlagzeile lesen: »GESCHÄFTSMANN« und »HUDSON« und »INFERNO«.

Eine Träne rollte über Kawadzas Wange. »Er fliegt«, sagte er. »Ein Junge, der fliegt.«

26

Man ermittelte wegen des Brandes. Manche Dinge kann man nicht einfach unter den Teppich kehren und so kursierten bald Geschichten, unter anderem die über den Brand im Keller einer Burg und eine Bande von Kindern mit Messern im Gürtel und Flügeln an den Füßen. Vita löste den Siegelring aus ihrem Rocksaum und übergab ihn den Ermittlern.

Sorrotore wurde im Krankenhaus verhaftet. Der Brand war gelöscht worden, bevor er sich in der Burg hatte ausbreiten können. Sorrotores Kopf hatte am stärksten gelitten, seine Haare waren fast vollständig verkokelt, die Kopfhaut war rot und wund.

Man leitete eine Ermittlung wegen Mordes ein. Sorrotores Wohnung wurde durchsucht und man stellte die Unterlagen und jede Menge verbotener, selbst gebrannter Spirituosen sicher. Auch die anderen Brände auf Sorrotores Grundstücken wurden genauer unter die Lupe genommen und man deckte mehrere Fälle von Sachbeschädigung und Versicherungsbetrug auf, begangen von achtzehn Scheinfirmen.

Dillinger wurde in einer Flüsterkneipe aufgespürt und verhaftet. Möglicherweise war er zu besoffen, um die Verlesung seiner Rechte mitzubekommen, aber wenn man genauer hingeschaut hätte, dann hätte man den Eindruck haben können, dass er erleichtert dreinschaute.

»Spiel mit dem Feuer«, sagte er und lachte bitter.

»Nun gehört Hudson Castle also wieder Ihrem Vater«, sagte Mr Lazarenko zu Vitas Mutter. Er hatte sie und Vita in seine Garderobe in der Carnegie Hall gebeten, um »Geschäftliches zu bereden«. Geschäftliches schien das Lebenselixier Lazarenkos zu sein, und als er die beiden hereinbat, strahlte er bis über beide Backen. »Wollen Sie dort einziehen?«

»Theoretisch gesehen würden wir gern dort wohnen«, sagte Julia. »Aber das bleibt wohl Theorie, denn die Burg bröckelt und bröselt. Nein, wir wollen sie verkaufen. Wie es scheint, ist der künstliche See ziemlich einzigartig und deshalb von hohem Wert. Einige Bauunternehmer haben Interesse angemeldet.«

»Ich möchte dort wohnen«, sagte Vita. »Trotz allem.«

»Tja, warum auch nicht?«, meinte Lazarenko. »Wenn du es gern willst?«

»Hudson Castle ist baufällig«, sagte Julia. »Holzwurmbefall, Hausschwamm, kaputte Dächer.«

»Verstehe.«

»Und obendrein hat meine Tochter den Keller in Brand gesetzt.«

Lazarenko nickte ernst. »Ja, das ist nicht ohne.« Aber seine Augen leuchteten, als würde eine Idee Gestalt annehmen.

»Ich suche einen Ort, wo ich mich niederlassen kann«, sagte er. »Einen Ort zum Überwintern. Arkadi braucht auch eine feste Bleibe, wenn er mit seinen Tieren arbeitet. Wir sind zu lange mit ihm umhergezogen. Ich suche einen Ort, wo ich Nachwuchs trainieren und Ausschau nach neuen Talenten halten kann – eine Schule, wissen Sie?«

»Nein, das wusste ich nicht«, sagte Julia.

»Ich dachte dabei an das Umland von New York«, fuhr Lazarenko fort. »Irgendwo am Hudson. An ein Anwesen, das den Kindern Auslauf bietet.« Er lächelte Vita an. »Man müsste aber viel Arbeit in den Ort investieren, an den ich denke. Und ich bräuchte jemanden, der diese Arbeiten beaufsichtigt und sich in meiner Abwesenheit um alles kümmert. Wären Sie und Mr Welles an einem solchen Job interessiert – rein hypothetisch?«

»Aber … Sie kennen mich ja gar nicht«, sagte Julia.

»Vita hat ein ausgeprägtes Organisationstalent. Und nach allem, was sie erzählt, hat sie es von Ihnen geerbt. Wie wäre das, hypothetisch gesehen, für Sie?«

»Hypothetisch?«, fragte Julia und holte sehr tief Luft. »Tja, hypothetisch gesehen könnte ich mir keine wunderbarere Hypothese vorstellen.«

»Prima«, sagte Lazarenko. »Dann stelle ich Ihnen einen ganz und gar unhypothetischen Scheck aus.«

Alle stimmten darin überein, dass die IMPERIUM-Schildkröte nicht an den Eigentümer zurückgegeben werden musste.

Und mitten in diesem Wirrwarr ging Grandpa mit Vitas Pass zur Polizei und erklärte, die zweite Schildkröte, die als Beweisstück einbehalten worden sei, gehöre seiner Enkelin. Das sei so klar wie Kloßbrühe, denn der Name der Besitzerin sei schließlich mit Rubinen auf dem Panzer buchstabiert.

Arkadi löste die Rubine mit Vitas Pinzette sehr behutsam aus dem Schildkrötenpanzer und ließ sie in ihre Hände fallen. Wie sich herausstellte, waren sie nicht annährend so wertvoll wie gedacht; wie so vieles, was Sorrotore besaß, waren sie in erster Linie Blendwerk. Das Geld, das sie einbrachten, reichte aber, um einen kleinen Elefanten zu kaufen, nach Indien zu verschiffen und in einem Reservat unterzubringen. Dort, im Reich seiner Geburt, wurde er nicht mit spitzen Eisenstangen gequält und konnte in Frieden unter dem weiten Himmel durch das satte Grün ziehen.

Als sie die Carnegie Hall verließen, war es Frühling. Sie gingen zu Fuß zum Bahnhof und New York kam ausnahmsweise zum Stillstand. Alle drehten sich nach ihnen um und sahen ihnen nach. Ein Kellner, den Finger im Nasenloch, erstarrte. Zwei junge Männer stellten ihre Aktentaschen ab und glotzten. Ein vielleicht dreijähriger Junge, kaum größer als ein Labrador, schrie vor Freude und rannte ihnen auf der Straße hinterher.

Sie zogen in vollem Ornat durch die Stadt: Arkadi war ganz in Rot, Cork folgte ihm auf den Fersen und schnappte nach seiner Hand, wenn er den zwei Schäferhunden zu viel Aufmerksamkeit schenkte. Auf jeder seiner Schultern saß eine Krähe. Dahinter trabte Moskau, mit weißen Bändern geschmückt und ohne Reiter und drückte hin und wieder die Nüstern gegen Arkadis Ohr.

Silk trug ihre Trainingskleidung: Trikot, Wickeljacke und Rock. Sie weigerte sich, die Sachen auszuziehen, und an Waschtagen musste man sie ihr regelrecht abnötigen. Ihre Haare, frisch gewaschen und gebürstet, fielen mit dem weißgoldenen Schimmer ferner Sonnen bis auf ihre Taille.

Julia Marlowe und Morgan Kawadza hatten Grandpa in ihre Mitte genommen und untergehakt.

Samuel trug eine himmelblaue Hose, ein ärmelloses Trikot und schwarze Trainingsschuhe. Die wachsame Miene war ihm erhalten geblieben – und so blieb es bis zu dem Tag, an dem er starb (nicht weltberühmt, wie er es verdient hätte, aber auch nicht allein. Im Jahr nach seinem Tod sollte sein Enkel in der Carnegie Hall tanzen). Trotzdem hatte Samuel an diesem Tag die Miene eines Menschen aufgesetzt, der wusste, was es hieß zu fliegen. Er ging nicht auf dem Bürgersteig, denn es war ein denkwürdiger Tag, und um ihn nie zu vergessen, sprang er von der Spitze einer Straßenlaterne zur nächsten und glitt über Autodächer – flog also.

Vita trug ihre roten Stiefel und ihren roten Rock und eine Kette mit einem Anhänger aus grünem Glas.

Sie stiegen in der Grand Central Station in den Zug und belegten einen ganzen Wagen mit Beschlag. Das Pferd sorgte für Protest, aber das war rasch geregelt.

Als der Zug an der winzigen Bahnstation hielt – im hellen Sonnenschein kaum wiederzuerkennen –, sahen die Kinder automatisch Vita an. Doch sie hielt sich zurück und ließ ihrem Grandpa den Vortritt, der mit seinem Stock losstelzte.

»Hier entlang.« Sie stiegen in Taxis und fuhren auf gepflasterten Straßen. Arkadi ritt auf Moskau, gefolgt von Cork und den zwei Schäferhunden. Sie stiegen an einer Stelle aus, wo ein Feldweg begann, und folgten ihm vorbei an Heckenrosen, die sich bis in den Staub ringelten, vorbei an zwitschernden Vögeln.

Vita grinste Arkadi und Silk und Samuel an und lief nach vorn, um den Arm ihres Großvaters zu nehmen und neben ihm herzugehen.

»Satansbraten«, sagte er mit gedämpfter Stimme. »Was, wenn ich es nicht schaffe?«

»Wenn du was nicht schaffst?«

»Was, wenn ich ohne sie nicht heimkehren kann?«, sagte er und warf einen Blick über den See zur Burg. »Sie war mein Ein und Alles. Wie könnte ich ohne sie heimkehren?«

Vita fand keine Worte, denn es gab keine. Sie drückte seinen Arm noch fester.

Sie stiegen in Boote, ruderten zum Anleger und gingen zum Tor des Gartens. Grandpas Beine zitterten und er griff nach dem Tor, um sich abzustützen. Er hob einen Fuß und setzte ihn wieder ab.

Vita befürchtete plötzlich, er könnte nicht weitergehen, dass Beine oder Herz versagten. Sie machte einen zaghaften Schritt nach vorn, da griff er in seine Brusttasche und holte das Foto seiner Frau heraus.

»Du und ich, mein Mädchen«, sagte er.

Auf dem Foto zog Lizzy eine Augenbraue hoch.

Und er lächelte und betrat den Garten, der nun in allen Farben blühte; rote Rosen rankten die Mauern hinauf.

Sie gingen auf dem Pfad zu dem umwallten Gärtchen, Vita voran, gefolgt von ihrer Mutter, wiederum gefolgt vom Zirkus. Sie traten ein. Der Springbrunnen war zum Leben erwacht, das Wasser plätscherte auf ein Meer aus Rosen und ganz vorn hatte man eine Plakette angebracht.

Niemand sprach. Dann las Vita die Aufschrift laut vor.

»Elizabeth Ailsa Welles. Geliebt, geliebt, geliebt.«

Großvater stand mit gesenktem Kopf da. Eine Träne rollte über seine Wange und benetzte die dürre Erde.

Samuel machte den Anfang. Er begann, gemächlich und fast lautlos Saltos rückwärts durch die Blumen zu schlagen. Arkadi folgte ihm und dann auch Silk, drei Menschen, die immer mit Händen und Füßen gesprochen hatten und nun tanzten, als hätten sie just in diesem Moment den Mut erfunden.

Grandpa lehnte sich an Vitas Schulter und benutzte sie als Halt, um sich aufzurichten. Ihr linkes Bein wankte, doch sie schaffte es, ihn zu stützen. Er betrachtete die

Plakette, als wollte er sich jeden Kratzer und jede Linie einprägen. Dann drehte er sich zu den Kindern um, die im Gras tanzten, und dann zu seinem Zuhause und schließlich zu seiner Enkelin, die voller Liebe zu ihm aufsah.

»Das war ein wahres Abenteuer, Satansbraten!«, sagte er und schob sie zu den Tänzern. »Na, geh schon und mach mit.«

Er sah ihr nach, als sie loshumpelte und mit den Füßen Erde aufwirbelte. Er ließ langsam die Lider über die Augen sinken.

Als er die Augen wieder öffnete, waren es die eines Mannes, der lange durch ein ödes Land geirrt ist; die eines Mannes, der wider jede Wahrscheinlichkeit doch noch eine Lebensfülle wiedergefunden hat.

»Was für ein Abenteuer!«, sagte er. »Was für ein wunderbar unvorstellbar unsinniges Abenteuer« Und er stampfte mit seinem Stock auf die Sommererde und machte sich auf den Weg zur Burg.

DANK

Ich bilde mir stets ein, das nächste Buch ginge leichter von der Hand, und ich liege jedes Mal falsch. Dass es dieses Buch gibt, ist allein den folgenden Menschen zu verdanken. Ich schulde ihnen mehr, als ich auszudrücken vermag.

Ellen Holgate, meiner Lektorin bei Bloomsbury, und Claire Wilson, meiner Agentin, schulde ich den tiefsten Dank. Beide haben sich als unermesslich adleräugig und scharfsinnig und engelsgeduldig erwiesen. Sie sind die zwei größten Glücksfälle in meinem Berufsleben.

Ich danke allen bei Bloomsbury, ganz besonders Fliss Stevens, der mit dem labyrinthischen Gebilde gerungen hat, das dieser Text am Ende war.

Ich danke allen bei Simon & Schuster USA für das hellsichtige Lektorat sowie dafür, Vitas Wege durch New York geografisch nachvollziehbar gemacht zu haben.

Meinem großen Bruder danke ich dafür, ein so zuverlässig freundlicher Leser zu sein und mich immer wieder auf meine fast krankhafte Sucht nach dem Oxford-Komma hingewiesen zu haben. Meiner Mutter und meinem Vater danke ich für alles und für immer.

Mein Dank gilt der wunderbaren Gemeinschaft der britischen KinderbuchautorInnen, vor allem Cat Doyle, Abi Elphinstone, Kiran Milwood Hargrave, Ross Montgomery, Lauren St John, Piers Torday, Katherine Woodfine und Katie Webber.

Außerdem meiner Bande junger Leser, die großartige Vorschläge gemacht und dem Buch eine Zustimmung entgegengebracht haben, die ich mir so nie hätte erhoffen dürfen.

Ich danke Cerrie Burnell, die eine frühe Fassung des Manuskripts gelesen hat: Ich stehe tief in ihrer Schuld. Ich danke Tlotlo Tsamaase und Marcus Ramtohul, die als aufmerksame, gütige und sensible Leser fungiert haben.

Mein Dank gilt Dmitri Levitin, meinem Fachmann für Russisch; Max McGuinness, meinem New-York-Spezialisten, und Jeremy Seysses, der sichergestellt hat, dass der Champagner, den mein Bösewicht trinkt, von erlesenster Qualität ist.

Ich danke den Lehrern der Gorilla Circus Flying Trapez School, die mir beigebracht haben, mich mit über das Trapez gehängten Knien kopfüber zu drehen.

Und Charles Collier, der gemeinsam mit mir hundert Meilen durch die Natur gewandert ist, über gestohlene Juwelen und aufmüpfige Kindern geredet und mir so vieles, was ich nicht wusste, über diese Geschichte erzählt hat.

ALLEIN IM URWALD

Katherine Rundell
MITTEN IM DSCHUNGEL
Taschenbuch
304 Seiten
ISBN 978-3-551-31992-0
Auch als E-Book erhältlich

MITTEN IM DSCHUNGEL stürzt die kleine Propellermaschine ab und plötzlich sind Fred, Con, Lila und ihr kleiner Bruder Max auf sich allein gestellt. Wo sollen sie einen Unterschlupf und etwas zu essen finden. Und wie kommen sie aus diesem Urwald überhaupt wieder heraus? Immerhin ist ein Fluss in der Nähe und wilde Früchte, und Fred hat genug Abenteuerbücher gelesen, um ein Floß zu bauen. Und dann entdecken sie eine alte Landkarte und machen sich auf den Weg.